中国书籍文学馆 大师经典

章衣萍精品选

章衣萍◎著

中国书籍出版社
China Book Press

图书在版编目（CIP）数据

章衣萍精品选 / 章衣萍著.—北京：中国书籍出版社，2014.3
（中国书籍文学馆·大师经典）
ISBN 978-7-5068-3934-1

Ⅰ.①章… Ⅱ.①章… Ⅲ.①中国文学—现代文学—作品综合集
Ⅳ.①I216.2

中国版本图书馆CIP数据核字（2013）第306353号

章衣萍精品选

章衣萍 著

图书策划	武　斌　崔付建
责任编辑	杨铠瑞
责任印制	孙马飞　马　芝
出版发行	中国书籍出版社
地　　址	北京市丰台区三路居路 97 号（邮编：100073）
电　　话	（010）52257143（总编室）（010）52257140（发行部）
电子邮箱	eo@chinabp.com.cn
经　　销	全国新华书店
印　　刷	阳谷毕升印务有限公司
开　　本	710 毫米 ×960 毫米　1/16
字　　数	296 千字
印　　张	23
版　　次	2014 年 6 月第 1 版　　2021 年 1 月第 5 次印刷
书　　号	ISBN 978-7-5068-3934-1
定　　价	39.80 元

出版前言

我国现代文学是指用现代文学语言与文学形式，表达现代中国人思想、感情、心理的文学。是在20世纪初“五四”新文化运动的影响下，广泛接受外国文学影响而形成的新兴文学。其不仅用现代语言表现现代科学民主思想，而且在艺术形式与表现手法上都对传统文学进行了革新，建立了新的文学体裁，在叙述角度、抒情方式、描写手段以及结构组成等方面，都有新的创造。

我国现代文学的主流是人民的文学，集中表现为大大加强了文学与人民群众的结合，文学与进步社会思潮及民族解放、革命运动的自觉联系，构成了我国现代文学的基本历史特点与传统。此时的文学，以表现普通人民生活、改造民族性格和社会人生为文学根本任务。

在创作实践上，我国现代文学中出现了从未有过的彻底反封建的新主题和新人物，普通农民与下层人民，以及具有民主倾向的新式知识分子，成为了文学主人公，充分展示了批判封建旧道德、旧传统、旧制度以及表现下层人民不幸、改造国民性与争取个性解放等全新主题。也是通过这些内涵和元素，现代文学对推动历史进步起到了独特作用。

我们刚刚跨入21世纪，今天的历史状况和时代主题与现代文学的成长背景存在巨大差异，但文学表现人物、反映社会、推动进步的主旨并没有改变，在此背景下，我们非常有必要重温现代文学的经验，吸取其有益的因素，开创我们新世纪的文学春天，我们编辑《中国书籍文学馆·大师经典》丛书，精选鲁迅、郁达夫、闻一多、徐志摩、朱自清、萧红、夏丏尊、邹韬奋、鲁彦、梁遇春、戴望舒、郑振铎、庐隐、许地山、石评梅、李叔同、朱湘、林徽因、苏曼殊、章衣萍等我国现代著名作家的文学作品，正是为了向今天的读者展示现代文学的成就，让当代文学能在与现代文学对话中开拓创新，生机盎然。因为这些著名作家都是我国现代文学的开拓者和各种文学形式的集大成者，他们的作品来源于他们生活的时代，包含了作家本人对社会、生活的体验与思考，影响着社会的发展进程，具有永恒的魅力。

章衣萍简介

章衣萍（1900～1947）乳名灶辉，又名洪熙，安徽绩溪人。他的著作甚多，有短篇小说集、散文集、诗集、学术著作、少儿读物、译作和古籍整理等20多部，是我国现代著名作家和翻译家。

章衣萍自幼在家乡就读。1908年，他进入安徽省立第二师范学校。1917年，他到南京一所学校当书记。1921年，他进入北京大学预科。北大毕业后，他在著名教育学家陶行知创办的教育改进社主编教育杂志，并在上海大东书局任总编辑。

1924年，章衣萍与著名作家鲁迅筹办《语丝》月刊。1925年，他的成名作《桃色的衣裳》问世。1927年，他到上海在暨南大学给校长郑洪年当秘书，同时讲授国学概论、修辞学等课程。1936年，他去四川先任省府咨议，很快又到一军校当教官。

在抗战时期，章衣萍前往成都，投奔了当地的军界人士。1937年，他出版了一本旧体诗词集《磨刀集》。之后，文坛上很少提到他的名字。1947年12月，他因脑溢血逝于成都。

章衣萍以《情书一束》小说集和《我的朋友胡适之》出名。《情书一束》是他的成名之作，这部短篇小说集，可以说是他和画家叶天底、女作家吴曙天三角恋的产物。他又因叶天底写给吴曙天的情书，连着他自己创刊号的部分，编写成《情书二束》，结果他和吴曙天结为伉俪。《情书一束》成为当时主要畅销书之一。

章衣萍创作的作品还有《深誓》《种树集》《樱花集》《枕上随笔》《青年集》《黄仲则评传》《枕日记》《随笔三种》《衣萍书信》

《我的儿时日记》《小娇娘》《管仲》《柳眉君情书选》《秋风集》《我的祖国》等。

章衣萍凭着自己的才气和胡适、鲁迅的提携，在20世纪初我国文坛上享誉卓著。他的作品兼具英美文学之风，在随意的描写中可以看出一位青年的热血，总是在沸腾，在燃烧。他在《救火夫》中赞美那些平凡救火夫勇敢、善良、无畏品质的同时，深刻鞭笞自己内心的懦弱。

章衣萍在《“还我头来”及其它》中，写出了一位青年对权威的藐视以及独立思考、不盲目崇拜的精神；在《又是一年春草绿》中，他表现了自己的感伤与对人间美好生活的留恋。他的作品虽然不多，但写得机智、灵活，充满文学的趣味。

章衣萍写《古庙集》时，还是一位热血青年，他虽不能像鲁迅那样用匕首去刺进敌人胸膛，但他的长矛也足以刺伤那些古旧的、虚伪的假面孔，能够给周围的人带来一份清新与舒畅。因此，他嘲笑那些现代诗人只做诗而不思诗，只写糊涂诗而不写明白流畅的诗。

章衣萍在《浪漫的与写实的》一文中，把徐志摩、余小沅、梁实秋等著名人士调侃了一番，从中可以看出他的胆识与率直。他在杂文里表达了他内心的忧虑，这忧虑这悲哀都是当时苦难中国以及在苦难中挣扎的人们心中的真实表现。

有人曾经评价说：“作家，应当有一种悲悯天下的胸怀，有一种疾恶如仇的勇猛，有一种天道我行的牺牲精神。如果文学创作成为一种游戏，一种理念的演绎，那不仅是文学的悲哀，也是这个民族的悲哀。我向来注重文字的内在意蕴，反对以文字为游戏，即使在我心不在焉的时候，我也不去亵渎文学。我喜欢章衣萍的作品，是因为我从他‘童言无忌’的文字中看出了一颗年轻、勇敢、率直的心。虽说我已不再年轻，不能用热血一样的文字去热爱生活、赞美生活，但我仍不肯放弃平实文字后面那颗跳动的充满青春热血的心。”

散文

小说

文学精品选

散文

章衣萍精品选

记濮文昶的词

近来在《金陵词钞》中看濮文昶的九十九首词，觉得他的确是清代的一个很好的白话词人。我因为濮文昶的名字似乎很少人知道，所以在这里略略的介绍一下。濮文昶，字春渔，溧水人。他是咸丰九年（一八五九）的举人，同治四年（一八六五）的进士。他曾做过随州的知州。他生在清末，正当内忧外患纷来的时代。咸丰九年（一八五九）僧格林沁破英法兵于大沽。十年（一八六〇）英法两军破天津，入北京，咸丰帝避难热河，那时洪秀全正扰乱南方。十一年（一八六一）官军克复安庆。同治二年（一八六三）左宗棠定浙江。三年（一八六四）曾国藩克复金陵，秀全自杀。濮文昶有《惜余春》（甲子，十二月，叶县题壁）为词，下半首写那时代的情景：

又况是战血模糊，凶风浩荡，满地虎狼成队。几人马上，将相王侯，已是毛锥不贵。尽道名酣利酣，我敢独醒，天胡此醉？偏尝些苦辣酸咸，留待回甘一味。

《词钞》卷七，一页。

他的词时常不避白话句子，我们在《惜余春》的末句便可看出。濮文昶虽生在清末内忧外患民不聊生的时代，但他的最好的词却是情词。近来很有人提倡血与泪的咀〔诅〕咒文学，厌恶宛转呻吟的情诗。但我们以为在人类本能方面，性欲实在和食欲有同样的重要；恋爱的呻吟的声音，同血与泪的咀〔诅〕咒的声音，在文学上占同样的价值，有同样的重要。我们现在且看濮文昶的情词：

甚名花，难称意。百样娇嗔，百样将人腻。一任人猜心上事，问了无言却又盈盈泪。脸销红，眉敛翠，浪说同心只有愁难替。除却埋愁无别计，寻遍人间没个埋愁地。

《鬓云松》，《词钞》卷七，三页。

“除却埋愁无别计，寻遍人间没个埋愁地。”这两句词何等沉痛！何等动人！但我们可以决定不是那些呆笨的文言词藻所可写出的。最妙的却是《河满子》一词：

消息声声钗钏，光阴寸寸鞋尖。不信天涯真个远，算来只隔重帘。琐碎零香剩影，无端付与泥黏。

心上丁香结子，几回欲解还箝。试问工夫间也未，口头格外矜严，手摩桃瓤梅核，人儿各自酸甜。

《词钞》卷七，七页。

还有那纯粹的白话词，如：

偎颊迴眸小语骇，几回贪恋几回猜，不曾中酒软绵绵。紧护春寒防转侧，为劳将息互安排，贴侬心坎贻郎怀。

醒也欢娱睡也甜，衾窝真个暖香添，手搓裙带当花拈。好梦模糊偏耐想，春光漏泄不能瞒，眉头尖又指头尖。

《浣溪纱》四首之二，《词钞》卷七，十二页。

这两首词描写得多么宛转，多么细丽；要是给提倡道德的胡梦华看见，又要骂他是不道德的情词了！

近来的诗人犯了一个大毛病，便是直率的抽象的乱写。有许多新诗，照我们看来，只可算是白话，不能算得诗；我现在且举出一个极端的例子：

南通的文明，
不过生活程度的增高。
缪金源《南归杂诗》，二十四首。

十，二十，《晨报副刊》。

缪君的杂诗也有几首是我所爱读的，但我不得不大胆的说一句：上面的诗是一句很平常的话，不能算是诗！我们读濮文昶的词应该得着一种教训，做诗的人不妨用平常的事实，但同时却应该有浓厚的情感。我们且看濮文昶的词：

眉月伴三星，历历成心字。月下刚排雁影斜，心上人儿是。月又向西沉，雁又从南去。暮雨楼空不见人，化作心头泪。

《卜算子》，《词钞》卷七，六页。

这首词看来很寻常，却有异样的说不出的美。我们应该懂得此词的妙处，然后才不致做出那直率的诗！

据《金陵词钞》的小注上说，濮文昶著有《珠雪龛词钞》，我曾花了一天的工夫，找遍了琉璃厂的书店，终于没有找得。他死后不过几十年，他的《词钞》竟几乎绝迹，不是《金陵词钞》选的九十九首，我们几乎不知道这个好白话的大词人了！我现在且举出吴虞《秋水集》上的两句诗，做这篇短文的结束：

我论诸家还一叹，

古来佳作半无名！

十一，十一，十四，早。

记石鹤舫的词

石鹤舫，安徽绩溪人。生当前清道光季。其生平事迹不甚可考。著有《鹤舫诗词》一卷。胡适之先生曾藏有钞本。数年前，余偶然与胡先生谈起有清一代的词，提到世人所崇拜的纳兰性德，先生昂然曰："纳兰性德的词远不如我们绩溪的石鹤舫。"可见先生推崇鹤舫之深。其后，余曾见残本《鹤舫诗词》，为道光庚子（1840）扫花山房所刊。卷首有婺源齐彦槐一序。扫花山房不知为何处书坊，此残卷之《鹤舫诗词》实为海内孤本矣！当时曾将所爱读之词，钞录十余首。齐彦槐谓鹤舫之词"有南唐宋人遗韵"，信为知言。今仅钞录数首，如下：

步蟾宫旅感

晓风料峭鸣窗纸。乍睡醒，乳鸦声里。思量幽梦忒匆匆。只恋着枕儿不起！春花秋月如流水。怕回首，愁罗恨绮。别时言语在心头。那一句依他到底！

酷相思忆别

杜宇声声花满地，尽提起伤心事。记暗递香罗挑锦字。一半是相思谜，一半是相思泪。拟托新词传别意，奈未便将书寄。更暮暮朝朝风雨细。待醉也如何醉？待睡也如何睡？

太常引鹧鸪

江南都爱好烟波，偏汝惜蹉跎。谁不是哥哥？是那个殷勤教他？似闻说道：有人为我，青鬓暗消磨。便算汝情多，问听得人儿奈何？

江城子春日旅感

东风吹我落天涯。好年华，不还家。枉费许多情泪送琵琶。心迹近来何所似？墙上草，路旁花。故园回首隔烟霞。树交加，竹横斜。未识何时归理钓鱼槎。来往水村山市里。书可借，酒能赊。

（附记）这篇小文为六七年前在北京时的日记中的一节，后曾钞出发表于《暨南周刊》。关于石鹤舫的历史，尚待考据。我希望将来有替石鹤舫作评传的机会。替石鹤舫作序的齐彦槐，从《中国人名大辞典》（一四二四页）查得其小史如下：

"清，婺源人。字梦树，号梅麓，又号荫三。嘉庆进士，授庶吉士，选金匮知县，有治绩，尝建海运议于苏抚陶澍，得旨优奖，以知府候补。罢官后，侨寓荆溪。精鉴藏，工书法，为诗出入韩苏，尤长骈体律赋，有《双溪草堂诗文集》，《书画录》，《天球浅说》，《海运南漕丛议》等书。"

一九二七年十月二十日记。

柏克赫士特女士

（一）

最近几十年来，世界上有两个女子在教育方法上有重大的发明，在教育制度上有特别的贡献。伊们的地位，在未来的教育史上也许竟和卢梭（Rousseau）福禄培尔（Frobel）一般的重要，伟大，光荣。这两个女子：一个是意大利的孟特梭利（Maria Montessori）女士，一个是美利坚的柏克赫司〔士〕特（Helen Parkhurst）女士。孟特梭利教学法（The Montessori Method）自美国纽约的《马克罗杂志》（The Me-Clure' s Magazine）于一九一一年五月号及十二月号，又一九一二年之五六月两号陆续讨论后，已引起美国以及各国之注意。一九一二年Anne E. George女士复将"孟特梭利教学法"译成英文，风靡全世界。我们教育不发达的中国，也已将孟特梭利的教育学说陆续的介绍了一些过来。"自动主义"的名词已经在国内风行一时，我们可以不必多说。我现在且来谈谈达尔顿制的发明者柏克赫士特女士——今年受“中华教育改进社”之请将于六月间来华的柏克赫士特女士。

柏克赫士特这番到中国来，表面上虽说是中华教育改进社请的，其实是柏克赫士特女士自己愿意来的。我们贵国虽然是一打起仗来便花下几百万几千万，我们的军阀虽然是有钱买炮，买炸弹，买飞机，买无烟火药。然而我们的教育界是教员索薪，学校关门，自己挣饭之不暇，那里还有什么余钱请欧洲，美洲的什么男教育家，女教育家呢！

诸位留心看报的人大概总可记得，去年有一次曾说起柏克赫士特女士于四月间到日本讲演，顺便到中国奉天一行。那时在美国的王卓然君曾为此事寄了一个通信在《京报》上。国内教育界热心达尔顿制的人，大家都望穿秋水了，然而柏克赫士特女士到底没有来！无缘呀，我们寂寞的中国，去年竟请不到柏克赫士特女士。她到日本讲演后，因为身体不舒服，所以匆匆回美了。这令我想起那年到日本讲演的相对论发明者恩斯坦博士。蔡元培先生正在这里找大房子要容下三四千人听讲演的地方，他曾问我是否我们古庙里的正殿能容得三四千人听讲。然而蔡先生正在这里兴高采烈的预备讲演厅，恩斯坦博士却匆匆由日本回德去了。那时热心相对论的人都十分失望，一个自命为“小恩斯坦”的朋友曾咨嗟叹息地对我说起。柏克赫士特女士去年不能到中国来，许多热心达尔顿制的人们一定也十分失望吧。那时曾有人到处发信请大家招待柏克赫士特女士，结果是闹了一场空忙！

然而柏克赫士特女士终于要到中国来了。我们中国因为天灾人祸无力请她。她却自己来，自己拿出来往的川资，她请了一个陪她同来的书记，这书记的薪水和盘费也是她自己出。她觉得中国是可爱的，中国古代的文明也曾给了西方很大的影响。她爱和平的中国人，爱中国古代的美术。她觉得达尔顿制在中国有了试验，有了萌芽了，她总想亲自来看看，我们这个达尔顿制的母亲对于她的孩儿达尔顿制在中国这样天灾人祸的国家里生长，终觉有点放心不下。她每年只有暑假有点空闲时间，她便在今年抽点时间来帮助中国。她已经决定去年六月二十五日从Vancour动身，大约七月间到中国。在那荷花含笑，夏蝉迎风而鸣的时节，我们的达尔顿制的母亲柏克赫士特女士要站在我们沙漠的国土里，对着我们微笑了。这是怎样可喜的事呀！

我们总说美国是一个经济侵略的国家：他们有的是商品，商品，商品，他们要的是金钱，金钱，金钱。我们的同胞们正在这里高唱打倒帝国主义，我们的同胞们正在这里痛心疾首于留美学生之卖国卖家，我们的同胞们正在这里反对美国在中国设立的种种教会学校。然而最近十余年来，美国曾跑进中国几个学者，美国曾输入中国许多文明：自杜威（John Dewey）来而实验主义在中国才占了地位；自孟禄（Paul Monroe）来而教育调查方始盛行；自麦柯（William McCall）来而心理测验才有了基础；自推士（George Twiss）来而中国才有科学的教育考察。我们更可以说，自柏克赫士特女士来而中国的达尔顿制才有了指导。我不是什么留美学生，我也不是什么亲美主义者；但我可以说，我们的留美学生虽然只会站在会场上，大呼"是哥仑比亚（Columbia）的，来呀！"然而最近十余年来，美国的确也输入了中国不少文明，不仅是电灯，电话，轮船，火车的物质文明，并且还有极纯粹，极新奇的精神文明。我们也可以说，最近十余年来，没有一国有美国这样输入了中国许多学术，发生了这么多的影响。至于这些影响是好是坏，这些学术是肤浅是高深，以及美国的学术在中国未来的学术史上，要占若何的位置，这又是另外一个问题。

（二）

我们谈起柏克赫士特女士，自然便想到她所发明的达尔顿制。达尔顿制是“一种教育改组的方法”。（A way of educational reorganization）达尔顿制是对于现行的“年级制”采一种革命态度的。我们且先谈年级制的弊病。年级制从John S. Comenius极力提倡以来，也有了三百余年的历史。现在世界上的学校，大都采用年级制。吾国自清代光绪变政，设立学校，同时年级制也输了进来。年级制是以教员为中心，以教科书为工具，聚智愚不同的学生于一级，不问学生的个性，使他们同时学一样的功课，在一个教室内听讲。聪明的人嫌教师教得太慢，呆笨的人嫌教师教得太快。聪明的人只得坐在课堂上打瞌睡，看小说，混时间，等着呆笨的人的追赶；呆笨的人却整日整夜的忙着，连吃饭，睡觉，如厕都没有工夫，结果还是追赶聪明人不上。所以有一次胡适之先生同我们一班小朋友说笑话，“你们也想进学校吗？我以为学校是为呆笨人而设的。”对呀，现在所谓年级制的学校，的确是为呆笨人而设的。一本陈文编的《算术》，聪明的学生只要两个月就演完了，学校里偏要教上一年半载；一部顾颉刚编的《初中国文》，聪明的学生只要半年就可读完了，学校里偏要教上三年国年。况且在同一时间内，一定要强迫许多学生听同样的干燥无味的功课，所以有时教员正在堂上津津有味的讲“修身而后家齐，家齐而后国治，国治而后天下平”；学生的头脑里，也许竟在想，“贾宝玉初试云雨情”“景阳冈武松打虎”。年级制的讲堂上的教员是一只猴子，他只顾站在台上玩把戏，也不知台下的人是在欢喜，是在厌恶。

达尔顿制是对于年级制的一种革命，一种反动。正因为大家都吃年级制的苦吃够了，正因为大家痛恨年级制已到极点了，所以达尔顿制自柏克赫士特女士提倡以来，不过四五年，已风行世界各国。但是我们研究过教育史的人，总应该知道：每一种的教育制度与方法，决不是从天上掉下来的；每一种制度与方法都有它的理论的来源，都有它的祖宗的来历，都有它的发展的程序。达尔顿制也不是柏克赫士特女士从天到地，从地到天的空想出来的。它是“杜威的教育学说”的应用；它是“孟特梭利教学法”的扩充与改进。

我们知道柏克赫士特是私淑杜威而受业于孟特梭利之门的，她的思想当然免不了受他们很大的影响。杜威曾到吾国讲演，他的教育哲学，自然知道的人很多。他生在民主主义（Democracy）的国家，况且他又是实验主义者，所以他的教育学说，一方面注重个性的自由发展，一方面又以为学校生活，就是社会生活。孟特梭利教学法，以自由为根本基础。其实她所主张的“自由论”，其思想的根源是从卢梭来的。卢梭主张“社会自由”，孟特梭利则主张“普遍自由”（Universal Liberty）。卢梭绝对排斥一切的知识和书籍，大声疾呼的高唱“返于自然”，把所有的教育制度，根本攻击得不留余地。西洋的教育学说，可以说是卢梭以前是一个天地，卢梭以后又是一个天地。从卢梭以至杜威，孟特梭利，柏克赫士特，其根本教育思想多有线索可寻。

我现在不能多谈这些教育进化史上的许多空洞问题，这些问题只好让中国的未来的“孟禄博士”做教育史的时候，再来细说。我们现在且讨论柏克赫士特女士的达尔顿制的根本原理。我们研究达尔顿制的根本原理，把柏克赫士特女士在她的著作中所说的话，归纳起来，可以得以下三条原理：

（一）自由研究。许多人总以为柏克赫士特女士所谓自由是放纵的，无限制的，无范围的，其实是大谬不然。柏克赫士特女士自己说得好：“喜欢做什么便做什么的小孩，不能算是自由的小孩。”达尔顿制的自由是有计划的，有秩序的，有限制的。达尔顿制中所谓自由，是让学生有自由研究科学的机会，使每个人都有机会表现他的天才的真相，没有时间表的限制，不限定于某一时间要强迫他学习某种干燥无味的科学，不限定于某一时间内关住他于某一冷酷的教室。我们研究心理学的人，当知道没有自由便不能引起兴味，没有兴味便不能引起努力。

达尔顿制中的自由研究，是让学生对于每种功课都有学习的兴趣。达尔顿制的教员是不应该采取严格的干涉态度的。达尔顿制中的教员是看守者（Watcher）和助理者（Helper），不是指挥者（Dictator）和向导（Cicerone）。孟特梭利的教学法是以自由为基础的，达尔顿制也一样的以自由为基础。

（二）协力合作。杜威女士（Evelyn Dewey）说：柏克赫士特女士的意思，是以学校为社会学的研究室（The sociological laboratory）而富于团体生活的组织。这种思想完全是受杜威教育学说的影响的。学校不但为将来适应社会的预备，学校应该使环境与组织成为实际的社会。社会不是个人能单独生活的，多数单独的个人不能算是社会生活。社会所以能成立，在于个人能互相合作，互相扶助。达尔顿制是以学校为社会生活的实验。所以学校中有许多集会，学生有学生的集会，教师有教师的集会，各科有各科的集会。无论那一科，那一个学生，那一个教员，都有互相联络的机会：互相批评，互相研究，互相讨论。况且没有赏罚，升级，留级种种荣辱问题，所以学生们自然也不致互相猜忌，互相捣乱，互相虚伪。所以在达尔顿制底下的学生，是真能发展“协力合作”的精神。

（三）先知后行。中国的王阳明提倡“知行合一”，孙中山以为“知难行易”，柏克赫士特女士教人“先知后行”。达尔顿制教人学习功课，先由教员给他一个中心的概念，一个研究的范围，一个学习的方法。我们研究心理学的人，应该知道每一种思想，先有一个概念，然后分析这概念的种种事实，成就一个普通的真理。达尔顿制教人学习，是采用这种原理的。所以有课程指定，使学生知道应学何科，何科有何种的功用。从前的教师只是糊糊涂涂地教学生去学，某时学国文，某时学算术，某时学地理，却丝毫不将某科的清楚的概念告诉学生。这种被动的，依赖的，糊涂的，奴隶的求知识方法是不对的。达尔顿制的使学生求知识，是自动的，独力的，创造的；它不但使学生勇猛精干的去行，却先使学生先知何以去行的原因。先知后行是达尔顿制的第三种原理。

但是达尔顿制的特长，不在它的原理而在它的方法的应用。“自由研究”“协力合作”“先知后行”这些普遍的原理凡是近代的孟特梭利教学法，设计教学法，以及种种的试验学校所同具的。达尔顿制所以能风行世界在于它的方法的应用，——一种对于年级制的革命方法。我们在下节且讨论达尔顿制的应用。

（三）

我们来谈谈柏克赫士特女士的达尔顿制的特长，达尔顿制与旁的新式教育法不同的，就是它的“实验室”。年级制是每一年级一个教室，达尔顿制是每一科一个教室；柏克赫士特女士不叫它做“教室”，叫它做“实验室”。实验室是学生求知识的工场，是学生互相和协作精神表现的场所。某科的实验室，凡关于某科的参考书籍，应用仪器，全都放在里面。那里也有黑板，同旧式教室一般的。那里也有教员，但那里的教员是居于指导的地位，一切功课都由学生自己实习，教员只是站在旁边。学生遇有不懂的地方，自然也可问教员，教员发现学生有谬误的地方，自然也可随时指导学生。那里的学生自己都是实验者，没有旧式制度的依赖，欺骗，敷衍等恶习惯。那里的学生都有完全自由，但因为有了自由，也就有了兴味；有了自由，也就有了责任。在那里的学生都不能不用思想。叔本华（Schopenhauer）赞美思想，反对读书；以为思想是自己跑马，读书是让旁人在自己脑里跑马。叔本华的话虽然偏激，但里面实在也有千古不灭的真理。要学生去读死书是不行的，要学生把老师的话牢牢地记着也是不行的。在旧式教室内，只许教员在堂上讲话，只要学生在堂下静听，真活像教员在学生脑里跑马。朱熹说：“学原于思”。他的话是很对的，达尔顿制的好处，就是能让学生自由思想。旧式制度有教室，有自修室，有图书馆。大概以为教室是教员教授的地方，自修室是学生自己学习的地方，图书馆是学习参考书籍的地方。达尔顿制的实验室，只有一个实验室，便可以免去教室，自修室等种种麻烦。所以就设备方面说，也极经济。从前的教室里，学生总要每人一张桌子，一张凳子。但在达尔顿制的实验室里，只有几张长桌，几张长凳，便可省却许多无用的木料家伙。从前年级制每一级要一个教室，年级愈多，教室也愈多。达尔顿制的实验室，有时竟可容几百人以至一千人。况且性质相同的科，也可以联络起来，在一个实验室里。在我国这样贫穷的教育界里，实行达尔顿制也是救穷的一种绝妙方法。

杜威女士说得好："达尔顿制学校的学生，无论工作和游玩，皆须自我支配（Self-direction）自我训练（Self-dicipline），同校外独立生活一样。"但是达尔顿制学校中的功课，却由教员预先指定的。至于功课指定的方法，是用一种纲目（Syllabus）或者指定范围（Assignment）。在达尔顿制的学校里，每一"学年"（Schoolyear）上课时间，只有四十个星期。每一个指定范围为四星期，因为星期六与星期日皆无功课，所以每一范围只有二十日，称之为学月。每一范围之中，应该学什么功课，参考什么书籍，都由教员预先计划出来，悬在实验室外的"布告栏"上。每一个学生，每四个星期学习什么功课，应该在他的选修科目单上，签一个名字，这在达尔顿制叫做"工约"（Contract）。一个工约学习完了，应该可换新约。

在达尔顿制的学校里，每天上午为"自由学习时间"，下午为"团体会议时间"。在上午自由学习时间里，学生可按照他所选的功课，自由在实验室里学习。他所选的"普通学科"（The academic Subject）如国文，算学，地理，历史等科，他可以依自己"兴味的限度"（The interest span）定自己工作的时间。他今天上午爱学国文，他便可以跑到国文实验室里去；爱学历史，便跑到历史实验室里去；爱学地理，便跑到地理实验室里去。他自己可以在一个上午学习一种功课，也可在一个上午学习两种功课，也可在一个上午学习三种功课。最要紧的是学生每次离开实验室前，都应该把他自己每日所做的成绩算一算，记在教师的“分科图表”（The Teacher's Subject graph）上面。

下午的会议有几种，有“学生会议”，有“分组会议”等等。这些会议之目的，在发达团体的自觉心与创造性。学生会议是学生把自己的成绩互相报告，互相讨论。在分组会议的时节，教员可把学生功课上错误的地方，详细说明，以供学生讨论。在达尔顿制的学校里，凡随意学科如手工，体操，美术等科是在下午举行的。这些科目有由学校划定时间，而且也有分班学习的。

关于达尔顿制的实际应用，真是复杂而且精密，千言万语也说不尽，能看英文书的人，最好是看专书。以上所说，只是一个简单而又粗浅的报告。

（四）

我们都知道柏克赫士特女士的达尔顿制是在Massachusetts的“达尔顿中学校”（The Dalton High School）开始实行的，本来应该叫做“达尔顿实验室制”（The Dalton Laboratory Plan），简单说起来，就是“达尔顿制”（The Dalton Plan）。“达尔顿”的名词是由“达尔顿中学校”借用来，“实验室”的名词是从一本书里找来的。这正和我们《语丝周刊》的“语丝”二字是从《我们的七月》的一首诗上随便翻着的。天下事无巧不成话！一九〇八年那一年，柏克赫士特女士因为读了Edgar James Swift的一本Mind in the Moking，大受感动，在那里面找着“教育实验室”一个名词。但是实验室这个名词是这样容易找，实验室的发明却并不这样简单。我们知道达尔顿制是一千九百二十年二月，柏克赫士特女士在达尔顿中学校才开始实行，到现在刚刚五年。但是柏克赫士特的革命精神，对于旧式制度的反动思想，在十余年前已经蕴藏在心里。积十余年的革命精神，积十余年的努力奋斗，积十余年的研究经验，柏克赫士特女士的达尔顿制才完全告成。我们的肤浅的教育家看呵！你们只是在国内的中学大学毕过业，只是在国外的哥伦比亚，什么剑桥打过滚，只是在什么杂志报纸上发表过几篇论文，你们也配做教育家吗？你们只是偷窃一点学理，翻译两本书籍，开创几个野鸡学校，你们也就满足了吗？没有革命的独创精神不能研究文学，不能研究哲学，不能研究教育，也不配做人。柏克赫士特女士于一九〇四年起，开始为小学教员。小学教员是教育界中最苦的买卖！柏克赫士特女士的学校，学生有四十余人，程度又极不齐，共分八级教授。她一个人要教八级的学生，自然是尝尽千难万苦。但是艰难困苦在懦弱无能的人看来自然是畏途，在富于革命精神的人看来，是给他一个改革的好机会。因为那里的教室很少，她便把那里的储藏室改为教室，叫学生在储藏室里工作，把储藏室分为几部分，各科分开工作，在储藏室的角上标明。因为那里没有操场，她便把那里的大厅，花园改为游戏场。她这种种方法都是她自己特创的，也就是后来达尔顿制的开端。但是这种独自发明的方法，同旧的办法不同，社会是到处一般顽固的，那里的顽固社会，自然极端反对。柏克赫士特却并不把这种顽固社会放在眼里。她只是昼夜努力于学校内部的改良，疲精劳神于她的各科教学，所以学期终了，学生们的成绩都很好。学生们很好的成绩，足以打破社会上一切顽固的迷信，所以后来学生的数目也忽然增加。这种情形自然增加了柏克赫士特女士许多勇气。一九一一年她就开始为八岁至十二岁的小孩拟定一种“教育实验计划”。当时的教育界中人们对于她的计划还很怀疑，学校中也不许她去试验。她只能在街道巷口找一班同道的学生口头提倡。直到一九一三年，这种计划才已经成熟，她的目的也换过方面来，她知道改革不是一点一滴地头痛医头，脚痛医脚能成功的，她的精神注重在学校生活的改组。她的目的是要教师能发挥个人特别的长处，学生能够自由发挥个人特别的个性，使聪明的人与呆笨的人都能够自由发表他的特别个性。她想把学生分作若干组，让每组的学生自由选择一个实验室。她自己便作他们实验室的监督。这样的研究，直到一九一四年。那时孟特梭利的教学法正在轰动一时，她便到意大利研究孟特梭利的教学法。达尔顿制中的自由原理，自然受了孟特梭利学说的不少影响。一九一五年她作孟特梭利的助手。一九一九年她就职于"儿童教育院"，她在那里注意教育上的个性问题。是年九月她应她的朋友Mrs Murray Grane的请求，在Berkshire School实际试验她的计划。她在那里创造一种现在达尔顿制所通用的"成绩计算表"（Graph System）。后来柏克赫士特女士的名声渐渐大起来了，那些顽固的教育家，顽固的学校教员，也不得不睁开眼来看看她的新方法了，所以从一九二年她应达尔顿中学校校长MrFack man之招，在那里开始试验，便即刻轰动世界。后来英国Rennie女士到达尔顿中学参观，对于达尔顿制极为赞美。回国后便设立一个女中学校，实行达尔顿制。柏克赫士特女士复到英国讲演。英国教育界对于达尔顿制极为热心，一九二二年六月在Bristol举行"达尔顿大会"。现在英国已有二千余学校实行达尔顿制，各国莫不风起泉涌，达尔顿制的中小学校林立。去年柏克赫士特女士到日本讲演，今年柏克赫士特女士将到中国讲演，将来中国的中小学校要达尔顿制化是无可疑的。伟哉柏克赫司〔士〕特女士！我要用梁启超赞美罗兰夫人的油滑笔法赞美她：柏克赫士特女士何人也？她为达尔顿制而生，达尔顿制因她而生。柏克赫士特女士何人也？她就是达尔顿制；达尔顿制就是她。柏克赫士特女士何人也？她是达尔顿制的母亲；达尔顿制是她花了二十余年的辛苦养出的一个宠爱的孩儿！

达尔顿制可适用于中小学，无论学校之分为小学中年级及初中部高中部，与夫四年制之中学，皆可采用。将来的进步是不可推测的，也许将来的大学都达尔顿制化。但是达尔顿制发明刚五年，它的思想虽然是丰满康健，然而实际上的困难也很多。杜威女士说得好："教育不是静止的东西，须随人类的知识与社会的情形而变迁进步。人类发展一天，教育也发展一天！"吾国从科举废，学校兴后，一切教育制度完全是抄袭旁人的。起初是抄袭日本，现在又抄袭美国。人家谈设计教学法，我们也谈设计教学法；人家谈达尔顿制，我们也谈达尔顿制。甚至以为达尔顿制就是吾国古代的讲学制，就是吾国近代的私塾制。这种抄袭而又附会的教育是死的，空的，形式的，乌烟瘴气的。我们应该知道达尔顿制也是不可抄袭的，达尔顿制的实际情形是随地不同。达尔顿中学的达尔顿制，不同于伦敦市立斯垂三中学（London County Secondary School）的达尔顿制，也不同于纽约的儿童大学（Children University School）的达尔顿制。柏克赫士特女士是一个教育方面的革命人物，我们应该得着她的革命精神。我以为：我们有一千个形式的达尔顿制的学校，不如有一个学校能得着柏克赫士特女士的革命与试验的精神；有一千个人死心塌地做柏克赫士特女士的奴隶信徒，倒不如有一个人能够对于达尔顿制的原理有彻底的怀疑与评判；有一千本抄袭的翻译的达尔顿制的书籍，倒不如有一篇论文能够指出达尔顿制的困难和缺点。这样，我们总算不辜负柏克赫士特女士远道来华的一番好意。

（附记）我这次的确冒了一个大险，十日前告诉伏老作一篇文介绍柏克赫士特女士，因为我真受了她的感动。她曾对人宣言过："I do not expect evenone cent from China。"我真奇怪：这样腐烂的中国，柏克赫士特女士为什么竟这样热烈地爱它！我是一个爱好文学的人，教育书读得很少。这篇小文全是人云亦云，毫无心得，自然也不能把柏克赫司〔士〕特女士的思想与精神活泼泼地说出。列位懂得英文的人，我且把案头借来的几本参考书介绍给你们：

Helen Parkhurst:

Education on Dalton Plan

Evelyn Dawey:

The Dalton Laboratory Plan

Roman:

The New Education in Europe

Parker:

The History of Modern Elementary School

Maria Montessori:

The Montessori Method

十四，四，二十一。

他们尽是可爱的！

我总觉得，我所住的羊市大街，的确污秽而且太寂寞了。我有时到街上闲步，只看见污秽的小孩，牵着几只呆笨的骆驼，在那灰尘满目的街上徐步。来往的车马是零落极了。有时也有几辆陈旧的洋车，拉着五六十岁的衰弱老人，或者是三四十岁的丑陋妇女，在那灰尘当中撞过。两旁尽站着些狭小的店铺，这些店铺我是从来没有进去买过东西的，门前冷落如坟墓。

“唉，这样凄凉而寂寞的地方！”我长嘘了一口气，回到房里。东城，梦里的东城，只有她是我生命的安慰者：北河沿的月夜，携手闲游；沙滩的公寓里，围炉闲话；大学夹道中的朋友，对坐谈鬼。那里，那里的朋友是学富才高，那里的朋友是年青貌美，那里的朋友是活泼聪明。冬夜是最恼人的！我有时从梦中醒来，残灯未灭，想到那如梦如烟的东城景象，心中只是凄然，怃然，十分难受！记得Richard C.Cabot在他的What men Live By一书中，曾说到人生不可缺的四种东西，——工作，爱情，信仰与游戏。然而我，我的生命的寸步不离的伴侣，只有那缠绵不断的工作呵！我是一个不相信宗教而且失恋的人。说到游戏那就更可怜了。这样黑暗而寥落的北京城，那里找得正当游戏的地方！逛新世界吗？逛城南游艺园吗？那样污秽的地方，我要去也又何忍去！

我真觉得寂寞极了。我只有让那做不完的工作来消磨我的可怜的生命。说来也惭愧，我在羊市大街住了一年，竟没有在左近找着一个相识而且很好的朋友。我是一个爱美爱智的人，我咀〔诅〕咒而厌恶那丑陋和愚蠢。这羊市大街的左右，多的是污秽的商店和愚蠢的工人和车夫，我应该向谁谈话呢？

然而我觉悟，现在已觉悟了。美和智是可爱的，善却同他们一般的可爱。

为了办平民读书处，我才开始同羊市大街的市民接触了。第一次进去的，是一个狭小的铜匠铺。当我走进门的时候，里面两个匠人，正站在炉火旁边，做他们未完的工作。他们看见我同他们点头，似乎有些奇怪起来了。"先生，你来买些什么东西？"一个四十几岁的铜匠，从他的瘦黑的脸色中，足以看出他的半生的辛苦，我含笑殷勤地这般对他说："我不是来买东西的，我是来劝你们读书的。你愿意读书吗？我住在帝王庙。你愿意，我可送你们四本书，四本书共有一千个字，四个月读完。你愿意读，你晚上有功夫，我们可以派人来教你。"他听完我的话以后，乐得几乎跳起来了。"那是极好的事！我从小因为没有钱，所以读不起书。唉，现在真是苦极了。记一笔账，写一封信，也要去拜托旁人。先生，我愿意，我的徒弟也愿意，就请你老每晚来教我们罢。只是劳驾得很！"我从袋里拿出四本《平民千字课》，告诉他晚上再来，便走出铜匠铺了。他送我出门，从他的微笑里，显出诚恳的感激的样子。我此时心中真快乐，这种快乐却异乎寻常。The happy are made by the acquisition of good things，比寻些损害他人利益自己的快乐高贵得多了。我是从学生社会里刚出来的人，我只觉得那红脸黑发的活泼青年是可爱的，我几乎忘记了那中年社会的贫苦人民，他们也有我们同样的理性，同样的感情，同样的洁白良心，只是没有我们同样的机会，所以造成那样悲惨的境遇。许多空谈改革社会的青年们呵！我们关起门来读一两本马克思或是克鲁巴特金的书籍，便以为满足了吗？如果你们要社会变成你们理想的天国，你们应该使多数的兄弟姊妹懂得你们的思想。教育比革命还要紧些。朋友们，我们应该用我们的心血去替代那鲜红的热血！我此时脑中的思想风起泉涌，我又走进一个棺材铺了。一进门，看见许多的大小棺材，我便想起守方对我说的话："看见了棺材，心中便觉得害怕起来。"但是，胆小的朋友呵！我们又谁能够不死呢？Marcus Aurelius说得好："死是挂在你的心上的！当你还活着的时候，当你还有权力的时候，努力变成一个好人罢！"这是我们应该时时刻刻记着的话。那棺材铺中的一个老头儿，破碎的棉袄，抽着很长的烟袋。他含笑地对我说，"先生，请坐。"我此时也忍不住地笑起来了。我说："我不是来买棺材的，我是来劝你们读书的。老人家，你有几个伙计，他们都认识字吗？""我没有伙计，只有一个儿子。哈哈！先生，我今年六十五岁了。你看我还能读书吗？"我的心中真感动极了。我便告诉他平民读书处的办法，随后又送了他两本《平民千字课》。他说，"很好！四个月能够读完一千字，我虽然老了，也愿意试试看。"他恭恭敬敬地端出一碗茶给我，我喝完了茶，便走出门了。我本是一个厌恶老年人的，此时很忏悔我从前的谬误。诚恳而且真实的人们是应该受敬礼的，我们应该敬礼那诚实的老人，胜过那浮滑的青年！我乘兴劝导设立平民读书处，走进干果铺，烧饼铺，刻字铺，在几十分钟之内接谈了十几个商人，他们的态度都那么诚恳，那么动人，那么朴实可爱。

太阳已经没有了，我孤单单地回到帝王庙去。我仿佛看见羊市大街左右的店铺里尽是些可爱的人，心中觉得无限快乐，无限安慰。我忘记了这是一条污秽而寂寞的街市！丑陋和愚蠢是掩不了善的存在和价值的。美和智能给人快乐，也能给人忧愁。只有善才是人生最后的目的，也是最大的快乐！我走进自己的房里，将房门关起来，呆坐在冷清的灯光面前，什么忧愁都消灭了。只有那与人为善的观念，像火一般的燃烧在寂寞的心里。

一九二三，十二，十七，晚。

春　愁

都说是春光来了，但这样荒凉寂寞的北京城，何曾有丝毫春意！遥念故乡江南，此时正桃红柳绿，青草如茵。

北京，北京是一块荒凉的沙漠：没有山，没有水，没有花。灰尘满目的街道上，只看见贫苦破烂的洋车，威武雄纠〔赳〕的汽车，以及光芒逼人的刺刀，鲜明整齐的军衣，在人们恐惧的眼前照耀。骆驼走得懒了，粪夫肩上的桶也装得满了，运煤的人的脸上也熏得不辨眉目了。我在这污秽袭人的不同状态里，看出我们古国四千年来的文明，这便是胡适之梁任公以至于甘蛰仙诸公所整理的国故。朋友，可怜，可怜我只是一个灰尘中的物质主义者！

当我在荒凉污秽的街头踽踽独步的时候，我总不断的做“人欲横流”的梦，梦见巴黎的繁华，柏林的壮丽，伦敦纽约的高楼冲天，游车如电。但是，可怜，可怜我仍旧站在灰尘的中途里，这里有无情的狂风，吹起满地的灰尘，冻得我浑身发抖。才想起今天早晨，忘记添衣。都说是春光来了，何以仍旧如此春寒？我忆起那“我惟一的希望便是你能珍重”的话，便匆匆的回到庙中来了。我想，冻坏我的身体原是不要紧的，因为上帝赐给我的只有痛苦，并没有快乐，我不希罕这痛苦的可怜生命。但是，假如真真的把身体冻坏了，怎样对得起那爱我而殷勤劝我的朋友？近来，我的工作的确很忙了，这并不是工作找我，是我找工作。《小物件》中的目耳马伦教士劝小物件说：“在那最痛苦的生活中，我只认识了三样乐，工作，祈祷，烟斗。”烟斗是与我无缘的；祈祷，明知是一件无聊的事，但有时也自己欺骗自己，在空虚中找点慰安。工作，努力的工作，这是我近来惟一的信条。在我认识而且钦佩的先辈中，有两个像太阳一般忙碌工作的人：一个是H博士，一个是T先生，H博士的著作，T先生的平民教育，已经成为他们的第二生命了。从前，我看见他们整日匆忙，也曾笑他们过：“这两个先生真傻，他们为了世界，把自己忘了！”但近来我觉得，在匆忙中工作，忘了一切，实在是远于不幸的最好方法。我想，假如我是洋车夫，我情愿拉着不幸的人们，终日奔走，便片刻也不要停留。在工作中便痛苦也是快乐的，天下最痛苦的是不工作时的遐想。只要我把洋车放下一刻，我看不过这现实的罪恶世界，便即刻要伤心起来了。朋友！这是我终日不肯放下洋车的原因，虽然在坐汽车的老爷们看来，一定要笑我把精力无用地牺牲，而且也未免走得太慢！

东城近来也不愿去了，一方面因为忙于工作，一方面还有个很小的原因，便是东城的好朋友们，近来都成对了。在那些卿卿我我的社会中，是不适宜于孤独的人的。拿眼儿去看旁人亲热地拥抱，拿耳朵去听旁人甜蜜地喊“我爱”，当时不过有些肉麻，想来总未免有些自伤孤零。所以我打定主意，不肯到东城去。近来工余的消遣，便是闲步羊市大街，在小摊上面，买两个铜子儿花生，三个铜子儿烧饼，在灰尘的归途中，自嚼自笑。想起那北京的文豪们，每月聚餐一次，登起斗大字的广告，在西山顶上，北海亭边，大嚼高谈，惊俗骇世。他们的幸福，我是不敢希望的，但他们谅也不懂得这花生和烧饼混食的绝好滋味！

最无聊的是晚上，寂寞凄凉的晚上。朋友们一个个都出去了，萧条庭院，静肃无声。我在那破书堆里，找出几本旧诗，吊起喉咙，大声朗诵。这时情景，真像在西山时的胡适之先生一样，“时时高唱破昏冥，一声声，有谁听？我自高歌，我自遣哀情。”近来睡眠的时候很晚，因为室内的炉儿已撤了，被褥单薄，不耐春寒，如其孤枕难眠，倒不如高歌当哭。但有时耳畔仿佛闻人悄道：“我爱，夜深，应该睡了。”明知孤灯只影，我爱不知在那里。但想起风尘中犹有望我珍重的人，也愿意暂时丢却书儿，到梦中去寻刹那间的安慰。

好梦难重作，
春愁又一年！

一九二四，三，二十二，早。

鲁彦走了

偌大的北京城，一年以来，我每星期必到的有三个地方：一处是钟鼓寺，一处是后局大院，一处是东高房。但是如今，为了意外的变故，钟鼓寺是不能去了，后局大院是不愿去了，两星期以来，只有东高房的鲁彦那里，还可以暂时安慰我的寂寞的生命。

夕阳西下的时节，我坐着洋车，到东城去。晚风吹动我的头发，脑中显出许多的幻景：北河沿的月夜，断树的影子在灰尘中荡漾。我和伊携着手儿闲步。伊穿着红花格的绵衣，红绫面的鞋子。“好一个大孩子呵！这样满身是红的。”我含笑对着伊说。“你又笑我了。我也穿过白鞋，但我的妈妈要骂我，伊说穿白鞋是带孝的。”月光照着伊粉红的面庞，显出似嗔似羞的样子。“是大学生了，还相信妈妈的荒谬话。”我低声责伊，伊把我的手紧紧的握了一下，这是伊阻止我说话的表示，我只好忍住不响了。这是我最难忘记的一个月夜！从前，两星期以前，我坐在洋车上想起这些事时，总觉得前途有无穷的希望，好像天国就在目前了。但是如今，如今一想起这些事便心痛。我要哭了，只可惜没有眼泪！

“到东高房去！”车儿到了马神庙了，我便这么说了一句。鲁彦的影子仿佛在我的眼前。他永远是含笑的面庞，手里弹着琵琶。——“喂，又来了。为什么又发呆？哈！又想女子了！——不要想，让我弹一个好听的曲子给你听。”鲁彦是一个赤心的大孩子，他闷的时节，不是弹琵琶，便是睡觉，半年以来，他替爱罗先珂君做书记，受了爱罗君不少的影响，他的性格有些和爱罗先珂君相像。他们都是耐不住寂寞的人，他们最爱热烘烘的，他们永远是小孩子一般的心情。

“鲁先生出去了！”我刚走进门，公寓中的伙计便这么告诉我。我茫然上洋车，但不知道要到那里去好，——夜色苍苍地包围着我，没奈何回到寂寞荒凉的古庙里。

“章先生，信哪！”我还没有起来，仆人在房门外喊我。“把信拿进来让我看……”仆人手里拿着一封信，还有一卷书籍。仿佛信封上是鲁彦写的字，我便连忙把它打开看了：“……这世界不是我所留恋的世界了，我所以决计离开北京。……我爱上——是大家知道的。我向来不将心中的事瞒人，在去年我就告诉了许多朋友了，就是她的哥也知道。我明知这是梦，但我总是离不开这梦，我明知道她的年龄小，她的脾气不好，她的说话太虚伪。我明知道我不能和她恋爱，明知道不应和她恋爱，明知道不值和她恋爱。然而不知为什么，我总是忘不了她！我现在感觉万分痛苦……总之世界上的人是不能相爱的……我并不希罕什么生命和名誉。琵琶是我生死离不开的朋友，带去了。爱罗先珂的琴，可请周作人先生保留。爱罗君恐怕有回来的时候的。别了！”这真是天上飞来的事！我万料不到从来不谈爱情的鲁彦，竟为了很为难的爱情而一跑了之！鲁彦走了，我对于他的情史不愿多谈。也许鲁彦要给人们骂为不道德的。然而道德究竟是什么东西呢？戴着有圈眼镜的老爷们，以为中央公园内的男子同女子一块走路是不道德的；吃饱饭不做事的太太们，以为男子打电话给女子是不道德的；甚至于提倡新文化的有名先生，为了一个青年男子陪他的女儿去看戏要大发脾气；还有从外国留学回来的洋翰林，每天用包车送女儿上学时，要叫车夫严重的监视。哈哈！这就是道德！

我不忍用中国式的道德眼光来批评鲁彦，鲁彦的行为也许有可以议论的地方，然而我相信鲁彦的心是真实的。我爱真实的恶人（？），我不爱虚伪的君子！

还有一卷书也是鲁彦君寄来的。内中有一本世界语小说，是叫我代还周作人先生的。还有一本是鲁彦的诗集。鲁彦做的诗不多，他的诗多是真情的流露。他的诗发表的只有《文学旬刊》上的一首《给我的最亲爱的》。假如我有功夫，一定替他多抄几首诗拿出来发表。叫大家从鲁彦的诗中认识鲁彦的人格！

鲁彦的信是从天津寄来的。鲁彦现在是在什么地方呢？是在天津？是在南京？是在上海？我那里知道！我总痴想他还在人间，只好静夜祷祝他平安罢。失恋人只有两种办法：一种办法是自杀，一种办法是忍耐。恋爱是世界上最大的事！如果有人因恋爱而自杀，我决不反对。因为我是相信Love is better than life的。卑鄙无耻的下流中国人！他们用金钱欺骗女子！他们用手段诱惑女子！在这样黑夜漫漫的社会里，如果有用性命去换得爱情的人，或是用性命牺牲爱情的人，都是难能可贵值得崇拜的。但总希望鲁彦没有自杀。因为暂时的失恋也许可以博得永久的成功的。Where is life，there is hope，鲁彦总应该知道罢。但我怎样能够叫鲁彦听见我的话呢？我把我的话写在纸上，我又怎样能够叫鲁彦看得见呢？

我的朋友中两个很相反的人：一个是思永，一个是鲁彦；思永好像冬夜的明月，鲁彦好像夏天的太阳。明月早已西沉了，太阳如今没落了。在我前面的只有黑漆漆的浮云。呵，我觉得寂寞！呵，我想我那不能见面的情人！

天呵！假如我再到东城，叫我还去找谁呢？

十二，八，六，晚二时。

（附记）鲁彦现在是儿女成行的人了。但，这篇小文也不妨留着，因为他究竟是“走了”过的。

十八，四，一，衣萍记。

不要组织家庭——贺竹英，静之同居

从远远的江南传来的消息，知道竹英和静之在黄鹤楼畔已实行同居了。竹英这次不远千里的从杭州跑到武昌，为了爱情而牺牲伊的学业，为了爱情而不顾家庭和朋友的非难，在这样只贪金银和虚荣的中国妇女社会里，在这样朝三暮四毫无主张的中国妇女社会里，竹英这种崇高的纯洁的精神是值得崇拜的。像这样特立独行的女子，可算不枉了少年诗人静之三年来的相思！

半年以来，我除了那不得不写的一个人的信外，旁的朋友的信一概都疏了，关于静之的近况，也就十分隔膜。但时时闻道路上的传言，说是竹英静之的爱情已经淡薄。我虽然不曾写信给静之，然而我的心中是很替静之痛苦的，因为我是一个受过失恋痛苦的人，懂得失恋的难堪滋味。后来胡博士北返，在中央公园偶然闲谈，才知道竹英和静之的爱情还是像火一般的热。到那时，我已明白那不幸的消息全是幸灾乐祸的人们假造出来的。把旁人的流泪的事实来当作茶余酒后的笑谈，这原是残忍的人们的恶根性。在地球没有破灭以前，人们这种下流的恶根性也许不会有铲除的希望罢！

我这番知道竹英和静之同居了，自然是非常欢喜，但一方面也有点害怕。我曾亲眼看见，许多恋爱的青年男女，一到了同住以后，男的便摆起丈夫模样了，女的也“只得努力做一个好家婆”了，过了一两年生下了小孩，便什么爱情也消灭了，所谓以恋爱结合的男女，其结果竟同旧式婚姻一般，这是我非常痛心的！我希望，希望竹英和静之他们俩能够永远保持现在这样崇高的恋爱的精神。——中国的社会实在太沉闷了，整千整万的人们简直在一个模子里面生活，他们永远不会知道模子外还有世界。竹英和静之对于他们的旧家庭大概没有什么关系了，我更望他们不要组织什么新家庭，我是根本反对什么家庭的，就这样亲亲切切地恋爱，就这样勤勤恳恳地工作，就这样浪漫地愉快地度过这几十年的有限人生，也尽可满足了。朋友们，这条浪漫的恋爱的自由道路上，你们俩如能携着手儿走去，你们不要嫌寂寞呵，看，看我和我的“天使”以及那无数的“亚当”和“夏娃”飘飘地飞到这条路上来！

我望着天上的自由的浮云，为黄鹤楼畔的一对朋友祝福！

一九二四，七，十六。

糟糕的《国语文学史》

当蒋君同我做“好朋友”的时候，照例我每月的最后一天拿到薪水以后，总很高兴的跑到伊那里去：“到东安市场去吧，买东西去！”“好吧！你又是去买书，买乱七八糟的书！”伊这么笑着说了一句，便跟着我走出门了。从伊的宿舍到东安市场并不很远，所以我们照例是不坐洋车，缓缓地步行走去。我还清楚地记得：那一天，仿佛是小雨初晴，阴沉沉的天气，北河沿地上的泥土还很湿。伊是穿了皮鞋，新做的八块大洋一双的皮鞋，所以只顾昂头挺胸地走去。我呢，脚上一双一元八角买来的布鞋已经穿了两个多月，布面的前后都已经磨破了，在路上一溜一溜的实在是不胜其苦。“到东安市场去买皮鞋吧。有钱只顾买书，自己用的东西全不注意，真是淘气！”伊似嗔带笑的说。“好吧！一双皮靴——八块大洋，呀，我穷鬼买不起呀！”我们一面谈，一面走，不知不觉间已到东安市场了。

我还记得那一天争论的结果，皮靴是仍旧没有买成，照例我在书摊上买了许多新出版的书，伊又到布店里量了些布，一个月的薪水便用光了。那一天买的几部书之中，我还清楚记得的，是内中有一本凌独见编的《国语文学史》——当我在书摊上发见这本书以后，我仿佛同捉着一个贼似的，因为在买书的不多天以前，我在“何往”先生的家里，“何往”先生一手拿着纸烟，一手执着笔作文，笑嘻嘻的对着桌上的《国语文学史》说：“糟糕，商务印书馆竟出版了这样的书！”那时还有一位朋友也在旁边，他听了“何往”先生的高论，便伸手把桌上那本书轻轻地拿走了，我还没有看见那本书的内容——究竟那个《国语文学史》糟在什么地方呢？这个问题在我脑中盘旋了好久。现在已经在书摊上发现了这本大著，那有放过它的道理，于是便不问三七二十一把它买了回来。我把这本书夹在皮包里，好像关着一个贼似的，心中只想回家的时候，仔仔细细拷打它一番！

不料这本书在我的书架上搁了一个整年多，我自己还没有亲自看过它一次。有一天，一个姓叶的朋友来玩，他要向我借这本书看，我说：“这本书是不值得看的，糟糕！”姓叶的朋友于是没有借书就走了。过两天，又有一个姓杨的朋友来玩。他又要向我借这本书看，我说：“罢了，这本书也值得看么？糟糕！”那位姓杨的朋友也被我说得没趣的走了。

几天以前，曙天因为要选诗，跑到我这里来借参考书，一眼便瞧见书架上的那本《国语文学史》，伊说：“这本书我拿去！”一面说，一面伊便把书架上的那本书拿到书袋里去了。我说：“这样糟糕的书也拿去参考么？拿去有什么用处？”

曙天把这本书拿去看了两天，便又拿来还我了。伊说：“你说这本书糟糕，究竟错在什么地方呢？”——这一问倒把我这个“疯子”问住了，因为“糟糕”两个字是“何往”先生口中说出来的，但是，“究竟糟在什么地方呢？”曙天这个问题，不读《国语文学史》是不能回答的，所以我当时只好沉默了；因为说来也惭愧，骂了一年，《国语文学史》倒没有翻过半页！

昨天因为一个小问题而生了大气以后，自己倒在床上也觉得有些无味了。顺手到书架上取书，便把凌著的《国语文学史》带下来。“我虽然没有详细的看，可是大略的翻了一翻，觉得它搜集的材料很不少。”（黎锦熙序中语）——我的翻是从后面翻过来的，因为这一本三百五十九页的大书，我实在没有留神来从头翻起。我从后面翻到三百四十六页，看见有许多“楹联”，我想“楹联”也可以入文学史么？且看这副妙联：

大着肚皮容物
立定脚跟做人

我当时真忍不住哈哈大笑起来，试问凌先生，这副妙联是什么用意，是骂人还是劝人？再看“育婴堂”的妙联：

我是一片婆心把个孩儿送汝
你做百般好事留些阴骘与他

这种妙联简直是“糟糕！”试问把“孩儿”丢在“育婴堂”里是不是“一片婆心”？试问是不是受经济压迫或者是旧礼教压迫（如私生子）才把“孩儿”丢在“育婴堂”里？凌先生，你老如是相信“阴骘”的，我劝你赶快把这本《国语文学史》的版毁掉，省得“贻误人家子弟”，流毒无穷！

到了三百三十四页，凌先生索性把他自己的两首大作也扯到文学史上来了，我们且恭读凌先生的两首大作：

狂风

半夜忽然有狂风，
吹得风户叽咕噜，
梦中糊涂未细辨，
惊呼有贼撬墙洞。

城站酒家

城站一带酒家多，
生意盛衰竟若何。
炉前如有年少妇，
可断酒客必满座。

这样凌先生自己也知道“卑劣得很”的诗，倒要扯在《国语文学史》上来！中国近代就是无诗人可入文学史，也何至于劳及凌先生！后来我又想，人类自私的心是免不了的，假如我来做文学史，一定要把我许多肉麻的情诗都抄在文学史上，也许连从前C君送我的情诗也要抄上去呢。

我大略把凌先生的《国语文学史》翻了一遍，觉得有很多地方与“何往”先生的大著《国语文学小史》相同。“何往”先生的大著虽未出版，但他的油印本在我这里也有一本。凌先生在他的自序上说：

《国语文学史》，胡适之先生已编到十四讲了，大可拿来现成用一用，为什么还要另编呢？这里面，却有两个理由：

1.他主张从汉朝说起，我却主张从唐虞说起。

2.区分时期上，他只分两期：北宋以前为第一期，南宋以后为第二期。我却认为必须要分四期：自唐虞到周为第一期，自秦到唐为第二期，自宋到清为第三期，民国以后为第四期。

这样说来，凌先生的意见完全与胡先生不同，也许凌先生的意见比胡先生高得多，真是“青出于蓝而胜于蓝了！”（注，听说凌先生是胡先生国语讲习所里面所教出来的高足。）老实告诉凌先生罢，上面所说骂你著作“糟糕”的“何往”先生，就是你的大老师胡适之先生！你说你的著作不是抄袭的，我且随便举出一段来：

胡著《国语文学小史》说：

南唐割据江南，正是儿女文学的老家，故南唐的词真能缠绵宛转，极尽儿女文学的长处：后来李后主（煜）亡国之后，寄居汴京，过那亡国的生活，故他的词里往往带着一种浓挚的悲哀。儿女的文学最容易流入轻薄的路上去。儿女文学能带着一种浓挚的悲哀，便把他的品格提高了。李后主的词所以能成为词中的上品，正是因为这个道理。

凌著《国语文学史》：说（一百四十二页）做儿女恋爱的文学，最容易流入轻薄的路上去，南朝的《子夜歌》，就是好例子。后主在位的词，也免不了这个毛病。儿女恋爱的文学，能够避去轻薄，羼入厚重的真挚的悲苦的情操进去，就成词中的上上品了。后主亡国之后的词，好过在位时节的词，就是这个倾向啦！

这一段我不敢说凌先生抄袭，也许是“贤者所见略同”，——也许还不能算是凌先生的“贼赃贼证”！但是我要问问凌先生：《子夜歌》

怎样“轻薄”？《子夜歌》里何以没有“真挚的悲哀的情操”？

我大略的把凌先生的大著翻了一遍，大概，凌著可分两部分：一部分是暗暗抄袭胡著《国语文学小史》的，大体上还说得过去，一部分是凌先生自己做的，像汉以前的文学，宋以后的文学几章内，引证的错误，诗词句读的荒谬，论断的离奇，真可令人大笑三日，可惜我没有许多闲功夫，不能一一替他抄出来！

写到这里，手也酸了。我真傻，这样热的天气，不学郁达夫先生坐在树底下对着水去，却在这里做歪文章同凌先生捣乱，真是何苦来！但是我想，商务印书馆现在正登起大广告，叫高级中学生买凌著《国语文学史》来读，——我的弟弟正在中学读书，也许要上凌先生的当了！白花几角大洋是小事，把许多似通非通的文学观念装到小孩头脑中去，才真是冤枉呢！我怎样可不写篇小文把这个鬼葫芦插破！我又想，做中国文学史真不容易，谢无量，凌独见那样头脑不清的中国人是没有做中国文学史资格的，藉耳士（Giles）那样荒谬的外国人也没有资格来做中国文学史！著作中国文学史的大业，推来推去，也许不能不推到北京的文豪们的身上！然而文豪们只顾聚餐，在中国做学生也活该倒霉！——也许到我儿子进中学的时代，中国还没有一部可以读的文学史出版罢！

一九二四，八，七。

（附记）这里所根据的胡适《国语文学史》，系他初次在教育部的讲演稿。

感叹符号与新诗

最近看见张耀翔君在《心理》杂志做的一篇文章，题目是《新诗人的情绪》（《心理》第三卷第二号），内容论的是“感叹符号车载斗量。”张君不惮烦的把中国的《尝试集》，《女神》，《春水》，《浪花》等诗集里面的感叹符号“！”一本本的统计起来，又把西洋的莎士比亚，弥尔敦，白朗宁，但丁诸人的诗集里面的感叹符号“！”都一本本统计起来，而得一个“结论”：

> 中国现在流行之白话诗，平均每四行有一个叹号，或每千行有二百三十二个叹号。公认外国好诗平均每二十五行始有一个叹号。中国白话诗比外国好诗叹号多六倍。中国诗人比外国大诗家六倍易于动感叹。子夏《毛诗序》云：“治世之音安以乐，其政和；乱世之音怨以怒，其政乖；亡国之音哀以思，其民困。”若今之白话诗，可谓亡国之音矣。

张君这种“黄绢幼妇”的议论，我个人看了，只能合十赞叹（我不是新诗人，然而也是“易于感叹”的，我只好预备做“亡国奴”），不敢赘一辞。一来呢，张君是有名的心理学家，自然对于“情绪”是很有研究的。无论是新诗人的情绪，旧诗人的情绪，老诗人的情绪，少诗人的情绪，男诗人的情绪，女诗人的情绪，张君自然是历历如数家珍，一下笔就可以几千言。我呢，心理学书虽然也看过几本。但因为生性太笨的缘故，到如今还不懂得“情绪”两个字怎样解，所以对于张君这篇《新诗人的情绪》的大作，自然不敢说什么话了。二来呢，讲到“新诗人”三字，更叫我惭愧惭愧，惶恐惶恐。因为我虽然也曾凑过几首歪诗，也曾大胆的在这里那里的报纸上发表出来。但我从来没有那样狗胆自己冒称“新诗人”，而且有时候拿起镜来自己照照，觉得也半点“新诗人”的相貌都没有。因为现在所谓时髦“新诗人”者：身上自然要穿起洋装，眼上自然要戴上眼镜，脸上自然要搽上几点雪花膏，口上自然也要会背出几首雪莱拜轮的洋诗，或者是能够到什么纽约伦敦去逛逛，会会什么女诗人！就不然也要借几块大洋，到西湖之滨去找一两个女学生，谈谈心。我呢，以上几种资格一种也没有，所以自然不敢梦想做新诗人了。至于在这里那里发表几首歪诗，则另外有一种虚无的奢望。因为我听说国立某大学的女生，整日把苏曼殊遗像挂在床头。我想：苏曼殊这个穷和尚，生前没有几个人理他，死后却还有这种艳福，能够邀大学女生之垂怜，把他的遗像挂在床头，朝思暮想，也许是一本《燕子龛遗诗》在那里作怪罢。我是被大学女生丢过的，对于苏曼殊这种艳福实在有点羡慕而且妒忌。所以不揣棉〔绵〕薄，也拼命的做几首歪诗，希望能积少成多，死后出本什么“雀子龛”或者是“鸽子龛”遗诗，也许一二百年后或者一二千年后能够邀什么国立大学女生的垂怜，把我的丑像挂在床头或棹〔桌〕底，也可出出生前这一股闷气。我做诗的动机和目的，既然是希望死后有大学女生挂遗像，自然与现在所谓“新诗人”

毫无关系。张君这篇文章论的是“新诗人的情绪”，所谓“新诗人”多与我很隔膜的，对于张君的大作也只好“免开卑口”了。（因为张君是大学教授，对他要客气些，所以不敢称“免开尊口”，只好把“尊”字改成“卑”字。）而且照文章上看来，张君也是新诗人之一，我现在且请大家拜读张君的大作：

仰看像一阵春雨，
俯看像数亩禾田。
缩小看像许多细菌，
放大看像几排弹丸。

这是张君咏“感叹符号”的白话诗。记得死友胡思永曾对我说：当罗家伦君在《新潮》上发表几首诗的时节，好像是刘半农先生笑着对什么人说，“诗人之门，不许罗志希（志希，家伦君之别号也）去敲！”像上面张君的诗，自然比罗家伦君的诗要好万倍，因为诗是“情绪”的表现，而张君却是做“新诗人的情绪”的论文的，对于新诗研究有素，自然是毫无疑义了。像张君这样好诗，一定不但能敲破“诗人之门”，而且能升堂入室了。记得十岁时候，在家乡的亭上，曾见这里那里的墙壁上题了有这么“一首诗”：

我有一首诗，
天下无人知。
有人来问我，
连我也不知！

我当时读这首诗的时节，头上还梳了有小辫子，曾竖起小辫，一唱三叹，叹为古今妙诗，得未曾有。现在读张君这首诗，觉得可以与十年前读的上面的诗比美。所以我料定张君这首大作，在最近的将来，也许要被什么风流名士抄在西山或香山或玉泉山的什么亭子上！

张君这篇文章内容论的是“感叹符号车载斗量”，“感叹符号”究竟怎样解释，我从来也不十分明白，但这次却豁然贯通了。张君说：

> “感叹”一字，在英文为Exclamaton。………Exclamation又可译为“惊叹”，“惊喟”“慨叹”，“嗟叹”，要皆失意人之呼声，消极，悲观，厌世者之口头禅，亡国之哀音也。欲知一人之失意，消极，悲观，厌世之态度，统计其著作中之感叹词句可也；欲统计一著作中之感叹词句，统计其感叹符号可也。此即所谓客观研究法。

原来Exclamation又可译为“惊叹”，“惊喟”，“慨叹”，“嗟叹”，皆是消极厌世悲观者的口头禅，是“亡国之音”！这真是张君的大发现！我也在这里奇怪，为什么这几年来的中国，竟一年糟似一年，连胡适之那样实验主义者也在中央公园对“龙”先生大发牢骚，说“中国不亡，是无天理”呢？我虽然甘心“亡国”，却总不知道要“亡国”的原因。今天读了张君的大作，才知道是感叹符号和白话诗弄坏的！我因此断定胡适之先生是个祸国大罪人；第一，白话诗从古虽然有过，但到了胡适之先生才明目张胆主张起来，今之白话诗是“亡国之音”，胡适之先生是今之白话诗首创者，他用白话诗来害中国，自然是一个祸国的大罪人。第二，中国古时虽然也有圈点的名目，但“感叹标号”的确是胡适之先生从西洋搬来的（参看《科学杂志》上胡适之的《论句读符号》），中国从前的诗上从来没有感叹符号，自然也没感叹词句。（因为张君说：“欲统计一著作中之感叹词句，统计其感叹符号可也”。）

中国从古至今四千余年不曾亡国，就是没有感叹符号的好处。胡适之先生把感叹符号介绍到中国来，是有心害中国，所以他真是一个祸国大罪人。张君又曾明白的用诗咏感叹符号过，他说："缩小看像许多细菌，放大看像几排弹丸。"他又在诗后面接着有几句议论："所难堪者，无数青年读者之日被此类'细菌''弹丸'毒害耳。"你们想，感叹符号正像"细菌""弹丸"一样的可怕，这样可怕的东西在中国害了"无数青年"，我们还不起来想个法子取缔它吗？所以我以为这里那里的反帝国主义的人们，现在应该起来，赶快的起来，赶快赶快进行下面两件事：

第一，请愿政府明令禁止做白话诗，因为白话诗是"亡国之音"，凡做一首白话诗者打十板屁股，做五首白话诗者罚做苦工三月，出版一本白话诗集者处以三年监禁，出版三本或四本白话诗集者是故意祸国，应该以军法从事，枪毙或杀头。凡一切已出版白话诗集均由政府明令永远禁止发行。（无感叹符号的古人白话诗不在此例。）

第二，请愿政府明令禁止用感叹符号，因为感叹符号像"细菌""弹丸"一样的害人。凡用一个感叹符号者罚洋一元，用十个感叹符号者监禁五年，或罚洋十元。用一百个感叹符号者是怙恶不悛，应处以三年有期徒刑。用一千个以上的感叹符号者是有意祸国，应以军法从事，枪毙杀头。凡一切已出版的书籍内有感叹符号者均由政府明令禁止发行。

倘中国的圣明的政府能够照上面的办法明令公布，也许可以补救中国之亡于万一，我想一定是张君所赞成的。倘中国竟能因此而道明令而转弱为强，内则战争灭绝，外则四夷来朝，皇帝万岁万万岁，诚为天下苍生之福。而推本索源，实张君在“心理”杂志发表《新诗人之情绪》一文之功也，但是我写到这里，又不免有点疑心起来了。感叹符号在中国被张君认为“细菌”“弹丸”一样的可怕，以为用多了可以“亡国”，但是西洋各国多还在那里用感叹符号，虽然照张君的统计“中国白话诗比外国好诗感叹号多六倍”，中国因为有比西洋各国多六倍的“细菌”“弹丸”一般的感叹符号，所以中国也比西洋各国六倍的糟：战争纷起，民不聊生，外侮日迫，国几不国。但西洋各国虽然比中国六倍好些，究竟也不能太平，或者也是“细菌”“弹丸”的感叹符号的缘故罢。所以我想请张君把那篇大文《新诗人之情绪》翻译成英法德各国文，布告天下，咸使闻知，使西洋人也群起而为废除感叹符号运动，那才是世界之幸，功德无量。至于西洋各国有没有“消极”厌世的亡国之音的外国诗，也有待于张君的考证，我只好不敢瞎谈了。

写到这里，曙天来了，伊说：“你真淘气，又在做文章么？”我笑着说：“今天这篇文章，是关系国家兴亡，你不可不先读张君的妙文，再来看我的大作。”说完了话，我便把《心理》杂志给伊，伊把张君的文章看了一遍，说：“难道用感叹符号的白话诗都是消极，悲观，厌世的口头禅么？”我说：“你能拿出证据来，证明用感叹符号的诗有不是消极，悲观，厌世的吗？”伊说：“你看《尝试集》中：

努力！
努力！
努力望上跑！

难道这样‘努力’的呼声也算是消极，悲观，厌世吗？难道这也是亡国之音吗？”我听了伊的话几乎不能开口了，想了一会，我才说，“感叹符号代表消极，厌世，悲观的话是张君发现的，我也不过随声附和罢了。但我总疑心这三个感叹符号是胡适之先生用错了。”伊又说：“《尝试集》中还有：

他们的武器：
炸弹！炸弹！
他们的精神：
干！干！干！

难道这里的感叹符号也是表示消极，悲观，厌世吗？这种诗也算是亡国之音吗？”伊说完了话，只是望着我笑，以为我再没有话回了。我吊起喉咙来说：“一点也不错！这几句诗诚然不是消极，悲观，但总算是亡国之音。你看，现在的江苏浙江，岂不是——

他们的武器：
炸弹！炸弹！
他们的精神：
干！干！干！

胡适之先生的诗真成了谶语了，还不是亡国之音吗？况且张君把感叹符号比‘弹丸’，这诗里的‘炸弹！炸弹！’更可证明张君的话是不错的。”伊听了我的话，更笑得不能抬起头来了。

笑完了，伊说：“衣萍，我说一个故事给你听：从前有一个童生到南京去考试，住在一个客栈里。这个童生很会做诗的。一天，有一个客人来到这客栈里住宿，恰恰住在这个童生住房的楼上。一夜，这个童生还没有睡，听得楼上那客人断续的喊，仿佛是‘吓唷……一首……又是一首……一首……一首首的诗！’这个会做诗的童生听得跳起来了。

他想这个客人真是天才，怎么做诗做得这么快，次日早晨，这个童生便到楼上去拜访那客人，一见面这童生便说：‘老兄真是青莲复生了，顷刻成诗如此之多，昔子建五步成诗，其才去足下远矣！’那客人听了这童生的话，莫名其妙地说：‘在下素不会吟诗，先生何必过誉若此？’童生又说：‘先生不必客气，昨晚我听见先生断续的说，一首……一首……一首首的诗，非做诗而何？’那客人忍不住笑起来了。他说：‘先生所听见一首……是一手……之误……一首一首的诗，原来是一手一手的屎。因为昨晚我患腹疾，遗屎满床，后来弄得一手一手尽是屎，所以我有吓唷！……一手！……一手！又是一手……一手一手的屎之叹耳。’”……曙天说到这里，我也忍不住大笑起来了。我说：“你说这故事是骂谁？”伊说：“我说这故事并不骂谁。我只笑张耀翔君，亏他也学过英文，我虽然不十分懂得什么英文，但我在黎锦熙著的《国语文法》上看见说：‘惊叹号！……表示情感或愿望。’黎君所谓‘惊叹号’即张君所谓‘感叹号’，感叹号可以表示消极，也可以表示积极，可以表示悲观，也可以表示乐观。张君不肯翻起新诗集来读读，也不肯仔细想想，武断的说感叹符号是表示消极，悲观，厌世，又把新诗集中的感叹符号统计起来，以为是亡国之音。这种行为正同那童生差不多。那童生是耳朵不灵。所以把‘一手一手的屎’听做‘一首一首的诗’，张君是眼睛不明，所以把感叹符号认为‘细菌’‘弹丸’。”我说：“你来北京才几月，又没有看见过张君，怎么知道他的眼睛不明呢？”伊又笑起来了。

一九二四，九，十一，在南山病院。

零零碎碎

近来因为要教小孩们白话文法，所以不远千里的跑到商务印书馆去买了一本《白话文文法纲要》，系陈浚介先生的大作，吴研因先生校订的。这本文法定价大洋两角，照九折算，花了我一角八分钱，——一角八分钱可以到滨来香吃一杯冰淇淋两块点心了，把这本小书带到洋车上的时候，我觉得有点心痛。后来想想用这本小书去教小孩们，或者可敷衍一个月，也可以骗得十块大洋，——想到这里，我又像如来佛一般的笑迷迷〔眯眯〕起来了。那知把这本文法带回寓中一看，竟不免大失所望！《白话文文法纲要》第二十页上说：

> 分句作区别词用
>
> 例如，那个人昨天曾来找过你；此刻他又来了。
>
> （“昨天曾来找过你”是分句）

这明明是两个并列句，“那个人昨天曾来找过你”同“此刻他又来了”的意思是平等的，并列的，并不是什么“分句作区别词用”这样文法只要读过两年英文文法的人都会懂得的，然而陈浚介先生和吴研因先生竟弄不清楚！最妙的是六十五页的“复句”的例子：

> 村上的总董，就是现在的，发出来一个郑重的声音，吩咐安特罗克勒说出为甚么这凶恶的兽，一刻儿忘掉了他原有的性子，竟变了一只不害人的兽了，他情愿放弃了他的食品，比较吃掉你还好呢。

这样的妙句，也不知道陈浚介先生从什么地方找来的，我只好用我的朋友吴曙天女士常说的笑话，替他批上个“不通，不通，又不通！”

好久没有到东城去了，昨天偶然到东城逛逛，侥幸碰着几个男女朋友。大家喝过酒，吃过肉以后，便大谈起恋爱来。座上有两个男子是主张自由恋爱的，他们说：“我们是相信‘有限可能说’（The principle of limited possibilities）的，相信男女间的关系也只有几种解决方法，强迫婚姻，自由恋爱，一夫多妻，一妻多夫，古今中外的男女关系，都逃不出这几条有限的可能！但是自由恋爱在现在总算是天经地义了。”座中有一位女士愤愤的说：“这几种男女间的制度我都不赞成！”于是他们问伊：“那吗，你是相信独身主义的？”伊笑着答：“我是相信无主义的主义的！独身主义我也反对！”

那时我想我只能学朴念仁先生“缄默”了，因为“无主义的主义”的人是没有方法可以辩驳的！

近来听说好些人在那里反对什么“帝国主义”，这种声音从前虽没有听见过，但总算是特别叫得响亮而且新鲜的声音了。雨后走到街上一看，赤膊的人们满街走着，几个小孩连裤子也不穿的在积水中游戏，苍蝇聚满的西瓜摆在摊上。我于是乎觉得十分忧愁，因此便想起湖南，江西等处的水灾惨状，连安徽六安的大刀会匪的威风也浮到心里来了。记得当去年中国教育界代表在万国教育会会议中大出风头，替中国民族吹牛的时候，有一位“中国思想界的权威”的学者笑着对我说：“他们在万国教育会议上替中国吹什么牛呢？只要临城出这几个土匪也够丢中国的脸了！”——反对“帝国主义”诚然是今日之急图而为我所绝对赞成的，但几时能叫国人在街上走路不打赤膊？（注意：打赤膊的人并不是全是没有衣服穿，所以马克思派的唯物史观也就暂不适用，恐滋误会，特此声明。）几时能叫小孩们不脱了裤子在污泥的积水中游戏？几时能叫苍蝇聚集的西瓜不摆在中国的首都的北京城的街上？几时能叫中国人多栽森林以防水灾？几时能叫大刀会匪不发现于中国？我愈想愈觉前途是黑暗而且渺茫了！

一九二四，七，二十五。

僭越的忧虑

钢笔和墨水瓶，看来比雪花膏和花露水，是要重要些；因为前两样是学用品，后两样却是装饰品了。但是据朋友P君告我，在一部分的女学生方面，好像这四样东西有同样的重要，或者后两样东西更觉重要些。北京某学校中的女学生，自修室的桌上，雪花膏花露水的数目，竟比钢笔和墨水瓶的数目，要多两倍！

女子参政的声音，近来喊得很高，似乎连那“墓木拱矣”的老年人，也有些听见了。朋友C君告诉我，胡适之先生的《努力周报》，在杭州的某女校中，每期销不到十份（某女校的学生有三百余人），但是《快活杂志》却颇风行一时，几乎有人手一编之概。要求参政的女学生们，眼光中“快活”比“努力”更有趣味些，这似乎是不可解的事罢。

心灵怯弱的我，听见这两件区区的小事却引起无限的悲哀，无限的忧虑了。

也许这是僭越的忧虑罢！

十一，十，二十二。

病中的觉悟

二竖弄人，一病三月，始则发烧，终乃流血。医生说，“出汗是要紧的，否则，流血是免不了的！”是的，我的确太怯弱了，出汗是害怕的，终且免不了要流血，——本来是想免了暂时出汗之苦，终且受了三月流血之罚。

双十节来了，我还在病里。今年的双十节，可以说是血染成的：看，看鲜红的血染满了我的床，染遍了东南，也要染遍了东北！

正如鲁迅先生所说，“中国太难改变了，即使搬动一张桌子，改装一个火炉，几乎也要流血。”

搬桌装炉似乎只要出汗就够了，然而不肯出汗的，终于搬桌装炉也要流血！

敢自己流血的人是勇敢的！流血的是非，当然更为一问题。

正因为中国人太懒惰了，不肯出汗的，终于被鞭子赶着，免不了在压迫的环境里流血。

聚餐会的文豪们呵，打电话写情书的公子们呵，手里织着绒线的小姐们呵，你们乐是乐够了，就是将你们穿上貂衣，捆上棉被，靠在火炉旁，也终于烤不出一滴汗来罢，——好凉血的动物们呵！

然而，也慢乐着，“很大的鞭子”不久就要来的！

“出汗是要紧的，否则，流血是免不了的！”医生这么说。

“自己敢流血是好的，否则，迟早也要被鞭子抽着流血的！”我接着说。

十三，十，十。

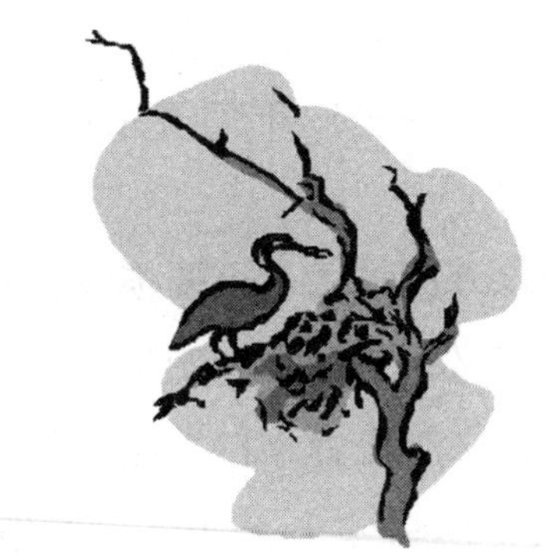

“不行”

（一）开门见山

文豪说：做文章应该开门见山，不要拖泥带水。五年前，我在南京听顾实先生讲文学史。讲义第一章的开始是：

“文学者，文学也；文学史者，科学也。”

顾先生站在北极阁下的讲堂上，洋洋得意地称赞他自己的大作：“这几句文章是开门见山！”

（二）“诗哲”

中国古有“诗仙”，“诗圣”而无“诗哲”。自从竺震旦东来之后，于是中国乃有诗哲了。

诗哲者何？

我曰："诗哲者，诗人而兼差做哲学家也。"

胡适之曰："我愿国中的诗人自己要知足安分。做一个好诗人己〔已〕是尽够享的幸福了；不要得陇望蜀，妄想兼差做哲学家。"（见《读书》杂志）

"不行"！近来中国竟有"得陇望蜀"的。五百年后的杨鸿烈做《中国诗学史大纲》，当大书特书曰："诗仙李白，诗圣杜甫之后，千有余年，于是又有人也，曰诗哲。"

（三）天才的权威

天才说："你喊得不响，你应该闭起嘴来。"上帝说："你生来有嘴，当然有喊的自由。"我开始张开嘴来，——上帝忽然不见了，天才走到我的面前，恶狠狠的说："不行！……"

一九二四，十二，十五。

丢了三个

《语丝》上的“刘博士订正现代文学史冤狱图表”，加以语堂先生的《写在……后面》，近代中国文豪，大半表上有名了。这实在可供未来的谢无量或者凌独见做文学史时的参考。病中爱躺在椅上沉思，觉近代中国文豪，表上无名者尚有三人，此三人影响中国文坛，至深且大。倘此三人而不入文学史，宁非千古“冤狱”！爰作此文，代鸣不平，以供参考。

（一）“吾家”梦华（Matthew Arnold）

“吾家”梦华自得了“东大之花”以后，已久久不作评论文字了。而三年前纵横东南，痛哭流涕，正人心，息邪说，以中国之安诺德自命，其功正不可没。况“吾家”梦华为“吾家”博士（非“刘博士”）之侄，吾家博士首创文学革命，近代文学，首屈一指。《语丝》表上虽然无名，然吾家博士之在中国，正如孔丘，关羽一般，家喻户晓。可以吾家博士“不朽”，而吾家梦华竟“朽”乎？是非补入表中不可。

（二）梅光之迪（Irving Babbitt）

梅光之迪，首创《学衡》，远继白璧德之人文主义，近辟新文化之误解，为吾家博士之劲敌，亦东南文士所共仰。手头无美国文学史，白璧德之入美国文学史（或教育史）与否不可知，而梅光之迪当入中国之文学史，则已成定论。表上无名，“爱管闲事”非打屁股不可！

（三）张歆海（Charles Dickens）

某“诗哲”告吾友禾生曰：“辜汤生的英文有迭更司这么好，张歆海的英文同辜汤生一般好，所以张歆海之英文有迭更司一般好。”

诗哲之言，出口自合逻辑上之三段论法，其学诚不可及。记得古希腊有这样逻辑：

鸡是蛋生的，
蛋是鸡生的，
故蛋是蛋生的。

诗哲之逻辑，出口与希腊古贤相合。张歆海之比迭更司，谁敢曰不宜。是故，中国近代有三迭更司：

一陈源迭更司
二辜汤生迭更司
三张歆海迭更司

老子一气化三清（见《封神演义》），迭更司一鬼化三人。东海西海，有圣人出，此心同，此理亦同。此中国文学史所当大书特书，可以《语丝》表上而无之乎？

一九二六，一，二十五，头昏脑痛之日书。

浪漫的与写实的

我的表妹在光华大学读书，星期日来看我，说起该校请来许多名教授了，这学期的功课真好哩。表妹眉飞色舞地，嘴里像留声机一般地涌出“徐志摩……余上沅……梁实秋……”之流的名字。我抽着香烟，微笑地听她说得那么起劲，但我不想说什么。因为这些名教授也者，我自东至西，自南至北早已领教过的。

“阿哥，你看——”表妹从书袋里一掏，忽然掏出一册小白色的本子来：“《光华》……”

这两个模仿康圣人的字体，好生面熟，大约是李石岑君的法书〔书法〕吧，仿佛在什么杂志的封面上常见过的。

躺在沙发上大略一翻，这二卷一期的《光华》周刊真是内容丰富哪！胡适教授的《读书杂志》是“考证象棋的年代”的，我平生对于象棋无啥兴味，所以也懒得去看了。引我注目的还是那篇《浪漫的与写实的》，这是怎样动人的标题，我不由地又想起梁实秋教授的《浪漫的与古典的》，那美国白璧德（Babbitt）一派的健将的大作。该文一开首提起厨川白村的《苦闷的象征》，这仿佛又不是白璧德派的议论了。再看下去——

看到文章第二段，妙语就来了：

> 我们因为深恶环境，便把它深刻地描写出来，这便成了写实派的文学；我们因为深恶环境，便把我们自己的理想界创造出来，这便成了浪漫派的文学。所以写实派的文学是破坏的工作，而浪漫派的文学是创造的工作。

我觉得这些议论是古今中外论文学的书上所罕见的，所以特别提来。

下面妙语还多呢：

> 这里我们可以找到文学的使命，那就是革命。（倘然在没有革命声浪的时候。你来提倡革命，人家都会说你是过激；倘然在革命声浪正高的时候，你来提倡革命，人家也会说你是投机。）

原来如此。“文学的使命”虽是“革命”，但通达世故的人都该知道，革命是革不得的。早一点革命怕人家骂“过激”，晚一点革命又怕人家骂“投机”。然则怎么办才好呢？老头子曰：“不如老实点坐在家里罢。”

> 我们再从艺术方面来讲，写实派是为人生而艺术，而浪漫派是为艺术而艺术；然而人生应当是艺术的，……写实派的作品，就是浪漫派的，浪漫派的作品，也就是写实派的。……

记得宋朝有个和尚仿佛说过几句比喻的妙话："天下的道理是差不多的。比方你打满了一桶水，又用一只空桶分开来，是一个样子了；再又用一只空桶分开来，又是一个样子。其实倒来分去，合起来还是一桶水。"——"浪漫"就是"写实"，"写实"就是"浪漫"，有什么不对呢？黑人是人，白人是人，黄人也是人。所以白人就是黄人，黄人就是黑人。君子曰："天下的道理，一而已矣！"

但是天下的文学史家也实在太笨！记得二十年前听一个英国教师讲文学史，仿佛说到欧洲文艺思潮，从十九世纪的初年起，这五十年中，是主观的文艺思潮勃兴，可称为浪漫主义的时代；从十九世纪的中叶起，文艺受了科学的影响，便成了写实主义。浪漫主义大约是Romanticism的译名；写实主义仿佛是Realism的译名。这两个字的英文字母多寡有别，但第一字母是R的，是不会错的。所以这个R就是那个R，那个R就是这个R！哈，哈。

又"为人生而艺术"大概是art for life，"为艺术而艺术"大概是art for art's sake。然而两个"而"字也用得不大亨。

> 鲁迅的《呐喊》，《彷徨》，《野草》，都是写实派的作品；张资平的《苔莉》，《最后的幸福》，都是浪漫派的作品。

张资平君的作品，近来听说很流行，我的表妹的口袋里也常藏着他的小说。但说来也惭愧，我的确一页也没有看过，所以不敢乱说，究竟是不是"浪漫"。然而鲁迅君，哈，哈，原来《野草》也是"写实派"，究竟不知道《野草》里写的是那地〔块〕田里或那座山上的几茎野草。——请《光华》周刊的作者有以语我来。

表妹已经陪着我的内人逛大世界去了。我想，看这样的文章，还不如躺在床上抽烟罢。——然而我的脑中总忘不了表妹口中的许多“名教授”。

一九二七，十一，十九。

《平民诗选》序

今年初夏的晚上，我在陶知行［行知］先生家里吃晚饭。陶先生是除了平民教育不开口的，于是乎我这样一个平民教育的门外汉，也只好跟着胡说起平民教育来；我们从《平民千字课》谈到编辑平民的丛书，谈到平民丛书中拟编辑的《平民诗选》。陶先生忽然若有所思的说："《平民诗选》何不由你动手干起来！"我那时不知道怎样有那样的大胆，竟破口回答地说："也好吧！让我来选选看。"

起初我觉得这部《平民诗选》是很容易着手的。但是一动手选以手，才悔那天不该对陶先生说了"让我选选看"的那句话。我因为选平民诗选而联想到《儒林外史》上的马二先生，一方面觉得做个马二先生是不容易，一方面又觉得我的责任比马二先生重得多。马二先生选八股给举子读是不负责任的，他只要骗书店里几两银子也算完了！读了马二先生选八股而考不中秀才的人，决不会去抱怨马二先生，只能抱怨自己的命运罢了。我的责任却要拿诗歌来陶冶平民的性情，提高平民的精神。诗歌本来不可拿来做教训的；诗歌是人们快乐或悲哀的情感的表现。中国虽为四千年礼教的古国，像一般遗老遗少所自夸的，但在中国的汗牛充栋的诗集中竟找不出几首可以激发人的志气的诗。在中国诗中最多是消极乐天派或是个人牢骚的诗；所以我的工作便觉得十分困难了。往往读完一部诗集之后竟选不出一首诗来。我以为这部《平民诗选》在今生是没有选成的希望了。

但后来，因为得了吴冕藻女士的帮助和指导，有了伊的勇敢和勤劳，于是我又提起我的精神来干这马二先生的选业。我把我的选诗的条件降低：不要首首诗能提高平民的精神，只要能陶冶平民的性情也算满足了。于是我所注意的是诗的容易懂的问题，换一句话说，就是我希望我所选的诗能够使读了四册《平民千字课》的人一读就懂。悲哀时的痛哭，快乐时的欢笑，恋爱时的疯狂，被损害时的怨尤，种种在我所选的诗中所表现的真实的情感，我希望能引起一般平民读者的情感的共鸣。

我选这本《平民诗选》是很惭愧的。我虽然也受经济压迫而度过几个烧饼一天的日子，但我却并不曾替人们拉过洋车；我也曾经过抄写钢板而致手指肿痛的生活，但我却不曾为人们挑担而吐血；我也曾经过夹衣过冬的贫寒时期，但我却不曾尝过单衣在雪地里奔走的痛苦。到如今，我脸上已经戴起金镶眼镜，夏天身上穿绸衫，冬天身上穿皮袍，吃的是三餐白米饭；我的生活已经一天天贵族起来了，我选的《平民诗选》也许不是我亲爱的平民朋友所欢喜读的罢。但我的被损害而破碎的心，是经过无数的风霜雨雪来的，我把我的真心来选成这部《平民诗选》，也许不致于和我亲爱的平民朋友的心十分隔膜罢！

最后，我应该谢谢陶知行［行知］先生，因为他把这部《平民诗选》仔细校阅了一遍，我更应该谢谢杨可大先生，因为他把这部《平民诗选》拿到他教的平民师范班教授了一次，贡献了我很多的意见。我尤其应该声明的，是这本《平民诗选》大部分是吴冕藻女士选的，选好之后又蒙伊抄写一次。没有吴女士的热心和帮助，我决选不成这部《平民诗选》！

（附记）这篇序大概是一九二四年冬天做的。序是做成了，《诗选》也选成了，但后来《诗选》也不知寄到哪里去了，从此竟无消息！呜呼！中国之事，大抵如斯！

一九二八，十二，二十，记。

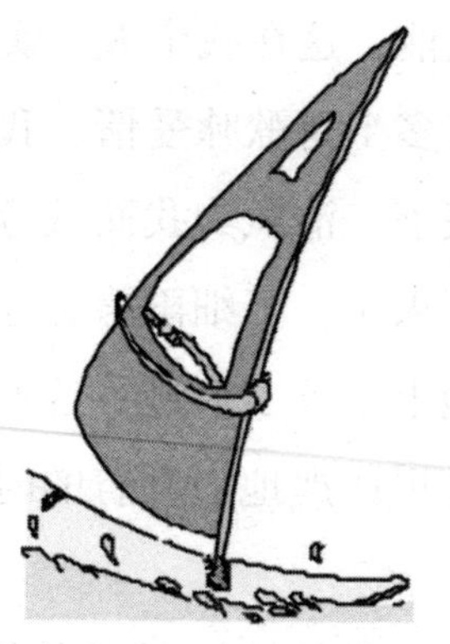

《深誓》自序

我的几十首小诗，因了曙天女士不惮烦的替我编成付印，得传布在我爱的同时代的读者诸君之前，这在我个人，实在觉得荣幸而且羞惭。

因为我是青年，我的诗多半是歌咏爱情。我曾彻夜发狂地高唱爱之恋歌，在旷野无人的星光底下，清风为我而低吟唱和之音。然而我的恋歌，多半在清风明月底下消灭了。当细雨朦胧地从天空的浮云流到人间的时节，我的忧愁之句在地上留下了痕迹，这痕迹，是深刻而不能磨灭的；虽然在慈善的太阳从林里庄严地上升着的时节，我也曾俯伏在阳光的脚底，高吟爱之颂歌。

我的青春一天天的逝去，我的容颜渐渐衰老，我的歌声也已经枯燥而且消沉了罢。我不能常常唱这样的恋歌，但如果人间爱之火永远不灭，我还想高吟几句，在我老态龙钟的时候。

我应该感谢在旅路上遇着的几个女郎！有的给我微笑，有的给我沉默，有的给我忧愁和疯狂。我不知道伊们现在是到那里去了。然而那些不灭的微笑，不灭的沉默，不灭的忧愁和疯狂，都在我的几十首小诗里永远留着不灭的影子。

《深誓》的读者们！假如你是理智化的学者，你是高慢的文学评论家，你是著名的高贵诗人，你是得意的老爷，太太，我希望我这本小诗不要陈列在你们之前。如果你们的眼珠看过我诗集中的一行，这在你们毫无所得，而在我则将得着讥笑和侮辱。那些得恋而欢笑的对对青年，那些失恋而悲哀的旷夫怨女，在你们的快乐声中，在你们的洒泪时节，我把我的小小诗集献给你们。如果你是欢乐，它决不在你的欢乐心中留下悲哀的痕迹；如果你是悲哀，它决不在你的悲哀心中种下欢乐的种子。

我应该感谢曙天女士——我的亲爱的伴侣！因为有伊帮助，我的小小诗集才能出现于人间。

一九二五，七，十三。

跋《情书一束》

年代久远，忘记是那一个皇帝时代的事了，总之，朋友Y君那时还在人间罢。一个寒冬的晚上，青年的我们俩踉踉跟跟地跑到东安市场去，在小店里每人吃了一碗元宵，心儿也渐渐和暖起来了。于是在市场上踱来踱去地想看女人，——看女人，这是我们那时每次逛市场的目的。时候已经很晚了，而且又是那样冰冻严寒的冬天，小摊上虽然还灯火辉煌地，游人确已寥落可数了。那里有美丽的女人呢？我们俩踱来踱去的瞧了半天，终于连一条红围巾的影子也瞧不见。Y君很凄凉地说："今晚的市场是何等灰色呀！""哦，灰色！成对的此时大约都躺在红绫被里了。"我带着气愤的神气答。

总之，后来我们是混到小书摊上去了。Y君花了十吊铜子买了一部旧版的《三侠五义》，他那时已经对朋友们挂起招牌想做强盗式的英雄了，虽然要做英雄是为了得不着女人的爱的缘故。我呢，因为袋里无钱，所以什么书也没有买。那一部旧版的《三侠五义》有一个青布硬壳套，Y君只在灯底下打开套来略略翻看了一本第一册上面的图画，便夹在肘下走了。但是，在半路上，Y君的一套《三侠五义》终于被我用强迫的手段夺了来。其间略有争斗，我记得还挨了Y君恶狠狠地打了一手杖。一手杖正打在背脊之上，当时觉得很痛，过了几分钟也就消失了。而且代价也真值得，谁也梦想不到那样一套旧小说内竟夹着几封蝇头小字的哀惋绝人的青年男女们的情书。

那些情书里的男女主人公是谁呢？何以夹在这一套旧《三侠五义》里？我虽然不是考据家，但当时为了好奇心所迫，也曾花了很多时间去考据，而结果仍是渺渺茫茫。那情书上所署名，男的似乎是J，女的似乎是A。然而J是谁呢？A又是谁呢？我千思万想终于是难明白。我那时对于这些情书绝对守秘密，第一个要瞒着的是Y君。至于为什么要守秘密？理由此时也忘掉了。大约我那时把那些情书当作宝贝看待罢。乡下人得着宝贝是不愿意旁人知道的。而况那些宝贝明明从Y君买来的旧书里得来的呢？我在夜阑人静，孤灯俦影的时节，偷偷地在灯下阅读那些情书：红色的信笺，上面点点的尽是痕迹。是泪痕罢？因为是用铅笔写的，所以字句也十分模糊了。但隐隐约约地总可看出青年男女真情的流露，和人世种种不幸的痛苦。我青年时也蒙一两个女人爱过，但后来伊们都爱了旁的有钱有势有貌的男人，把我这又穷又弱的“丑小鸭”丢了。

在过去的几年中，感谢那些情书，消磨了我无数难眠的长夜。悲哀处流了一把眼泪，感动处叹了一声可怜。尼采（Nietzsche）谓一切文学余爱以血书者：那几封蝇头小字的红色情书，盖无一字无一句不是青年男女火一般热的爱的心中流露出来的鲜血呵！但那情书中的主人公J与A究竟如何结果？——家庭的顽固，社会的压迫，第三者的纠纷，我看了一些断片的情书，如何知道他们以后的渺茫的结局呢？

人生如朝露，Y君竟因肺病于前年夏间死去。冥冥中是不是有鬼呢？我不知道。自Y君死去以后，我心中十分悲伤。晚上也时常做梦，梦见Y君用手杖打我，痛得大叫而醒。有时我又梦见一位不相识的眉头稍蹙，身材瘦削的青年，与一位装束入时，娇小玲珑的少女，向我要求什么。因此神魂不宁，一病两月。病中，我知道是那些情书作祟，想把那些情书用火烧去。但燃了几次火柴，终于不忍下手。我因此又向冥冥中祷告，拟将那些情书誊清印刷出来，传之人间，定名为《情书一束》。

然而穷汉生涯，时间和精力已经整批的卖掉了。两年来我在一个古庙里替和尚们守菩萨当书记，每天要在七八点钟的时间坐在观音菩萨座下写蝇头小楷的《金刚经》。晚上总是肩酸腰痛，卧睡不宁。心里也想把那些情书誊清出来，以期无负自己的祷告。然而有心无力，徒叹奈何而已。

今年夏秋苦雨，古庙檐瓦多漏洞，我的竹箱搁在窗下，常为雨点打湿。W君说，“把箱子打开来晒晒罢。”我对于W君的好意是感激的。然而这竹箱怎能拿出外面去晒太阳呢？我的确存了一个自私的心，以为将来这些藏在竹箱里的情书发表出去，一定要瞒着旁人，算作自己的创作。我的房里的财产，除了这一口竹箱以外，四壁空空，毫无可以隐藏的地方，所以那些情书也终于锁住箱里了。秋尽冬来，体弱血衰，不能耐冷。忽然想起竹箱里有一件十年前的老羊皮背心，或者可以御寒。取钥开箱，才发见摆在上层的那些情书已为雨点湿透，字迹模糊，不可阅读。而老羊皮背心则依然无恙，则未始非不幸中之大幸。叹气数声，欲哭无泪。亦可怜矣！

呜呼那宝贝似的数十页情书已经为雨水所蚀，半隐半现矣。余乃立志就记忆和想象所及，一鳞一爪，为之整理就绪，以期青年男女之真实情感，不致无端湮没。刚拟就冬夜难眠之时，开始执笔，而京津战起，交通断绝，百物昂贵，困于油盐，时焦急而辍笔。荏苒两月，才整理出若干篇。名为《情书一束》，从两年前旧定之名也。

余年青时也曾弄过文学，其实也不过弄弄而已，并不是对于文学，特别喜欢。好像是Stendhal曾说起，他坐下来写文章就好像抽雪茄烟；我之弄文学，也正是抽雪茄烟之意，虽然我并不想高攀Stendhal般的文豪。做文章也许是我的A refuge from the emptiness of life罢。匆匆忙忙的随笔写成几篇东西，有的在朋友们办的报上发表过了，有的寄出去发表，忽然又被编辑先生退回来了，上面还用朱批批了“不用”二字。现在也择了几篇，发表在《情书一束》里。

至于读《情书一束》的人们，有的读得痛哭流涕，有的读得嬉笑怒骂；——有的拿它当小说读，有的当故事杂感散文读，有的当情书读，——放在抽屉里来常写情书给爱人时的参考；有的文学家与批评家或者蹙起眉头来以为这不是文学，这是艺术园里的一束杂草：都随他去罢。一二百年后或者有考证家出，引今据古长篇大论地考证《情书一束》，也许竟能隐约地考出《情书一束》中的许多主人公，如胡适之先生之考证《红楼梦》焉。是书即暂时无人肯买，将来也许竟能风行一时罢。然而未来的事，谁有那样耐心去管它呢？至于余贫穷人的希望，则在是书之能赶快印出，赶快买〔卖〕去，赶快多弄得若干金钱，以舒眼前生活的困难而已。

一九二五，冬至节日。

罪 过

衣萍兄：

自从你发表《爱丽》以后，就听见有些小绅士们正颜厉色的怪你何必如此取材。我们的教育家还说这是小说家利用青年的弱点，他好像又说做这样小说的人是有陷害青年的动机！这是多么大的罪过呀！——但是，衣萍，我应该恭贺你，你的小说能深深地刺入人心，这便是你的成功，无论所得的报酬是咀〔诅〕咒或是怨恨。

《情书一束》虽然只蒙你在京时给我看了一两篇你的初稿，而我所牢牢记得的，是你的作品，处处表现你的真实的大胆的描写，那便是你的人格的表现，虽然我到如今还不曾读到你的已经出版的《情书一束》。我总觉得我国现在流行的小说实在太灰色太乏味了，我们实在不需要那些文章美丽，辞句浮夸，粉饰虚伪的矫揉造作的产品，我最爱那胆子最大的Gautier的作品，他将他理想中的妇女的美，妇女肉体的美，赤裸裸的绘出来。绅士们看了自然要惊惶跌倒。George Moore的态度也十分直率坦白，他自己承认他自己的心理是病态，卑怯，爱女人。他似乎说所有的书，只要不讲女人，便不是书；即是好书也不是我们所爱读的。他说Hugo的著作便是个好例。

我现在要你把《情书一束》快寄我一册。Miss房仲民那册也请你从速派人送到她的学校里去。她喜欢读你的作品，比我盼望得更急。她完全是一个小孩子，她是我的妹妹，我知道她的。你的生活，我很希望你能改进一些。三四年前，我同思永来找你，你寂寞地守着古庙西边的一间房子，清瘦的面貌，热烈的感情。现在呢，思永离开人间两年了！我独自来找你，你仍旧寂寞地守着那古庙西边的一间房子，面貌还是从前一般地清瘦，感情还是从前一般热烈。庭前的铜缸，铜缸里的荷叶，大概是从前所没有的吧，还多了一位多情姑娘，常来打破你的寂寞。究竟总不是好事，几年来枯守着古庙的一间房子，感觉上也未免太单调而且枯燥了吧。爱好文艺的人总该设法使感觉不要十分枯燥单一才好。

秉璧五，二十一。

（附答）这是我的朋友郑秉璧君寄来的一封信，现在抄出发表在这里。自从《情书一束》出版以后，我直接间接听见许多新闻。最奇怪的是一个中学校的学生们来信向北新书局定七十本《情书一束》，后来忽然又来信说是不要了，大约也是“教育家”说这是小说家利用青年的弱点的缘故。这在我本没有什么关系，只是出版的书局受些损失罢了，虽然我知道《情书一束》决不是“教育家”所能阻止流行，而且生意之佳，在北新书局最近出版书籍里也算数一数二的。我最痛恨的是那以耳代目的盲人，他们其实未翻过《情书一束》的一页，只是渺渺茫茫地说：“这是陷害青年！”我并不是说，《情书一束》是什么了不得的劝善规过的书，普天下青年男女非读不可，——如果我做得到教育总长，我或可以下一道指令，把《情书一束》列入大学中学课程内，可惜我非“老虎”，总长之梦，此生已属渺茫，自难强天下之青年以读“情书”，如吾家孤桐先生之强天下之青年以读“经”，以学“古文”，以反对白话。然而我虽不学无术，我乃砖塔寺畔的一小僧，却不妨大胆宣言：如果高中学生而不能读《情书一束》，那样中学教育可算完全失败；如果大学学生而不能读《情书一束》，那样虚伪大学也该早点关门！

《情书一束》虽写得不好，但态度却是十分严肃的。坊间旧小说，“陷害青年”（？）者何限，“教育家”能一一摧残之乎？如果世界上没有恶，那就根本用不着什么教育。不，我不该谈什么教育，还是：溜溜去吧，鼻孔又塞起来了。至于秉璧恭维我的话，那是应该的，因为他是我的朋友。

一九二六，秋天，于伤风头痛之日。

女人压迫女人

受男人压迫的女人，同时也残忍地压迫女人。这种例子在中国家庭内，原是“古已有之”。

做婆婆的是从做过媳妇来的。自己受婆婆打骂的时节，当然也有点愤愤不平。但等到自己做了婆婆，便又自然地瞪起眼来打骂媳妇了。姑嫂是不能相安的，妯娌也是不能和睦的。姊妹也时常为了厉害而互相压迫，互相仇视。

最可怜而可恨的是婆婆为了打媳妇而借重公公，小姑为了多嘴而鼓动哥哥，——用男人的权力来压迫女人的女人！

学校生活就是社会生活，好像哥仑比亚的杜威先生这样说过。学校犹同家庭，好像从哥仑比亚归来的杨荫榆女士又这样说过。

不幸的北京女师大竟成了一个不幸的大家庭！“师范学校为国民之母之母”，然则彼杨荫榆女士者，“其国民之母之母”之母乎？抑“国民之母之母”之婆乎？

婆婆是应该压迫媳妇的，母亲也更应该虐待女儿的。所以杨荫榆女士是应该把反对伊的同性女生开除的。开除的罪未免太轻了。古者家庭之内，溺女杀媳习为故常，社会犹不以为非。可惜杨君之技仅止于开除，——其实彼有异性之教务长及教员帮助，又何事不可为。而况报纸传说，教育部已公然默许之。

压迫女人的男人，同时也帮助女人压迫女人；受男人压迫的女人，同时也借重男人压迫女人！呜呼！可怜的而又可恨的女子师大的大家庭的家长！

十四，五，十三。

古庙杂谈

（一）

近来在读小泉八云的《诗的鉴赏》（Appreciate-tion of poetry）。小泉八云的议论，有时也未免稍旧；但实在有独到的地方。我最喜欢的是《勃朗宁研究》（Studies in Browning）一章。勃朗宁是不容易懂的，虽然我们的文豪可以花两小时就做一篇介绍勃朗宁的文章。小泉八云论勃朗宁，以为勃朗宁同爱默生（Emerson）一样，可以说是“个人主义”（Individualism）者。但他们的个人主义，并不是自私自利的个人主义，他们的个人主义意思是Self-cultivation，“是每个人都应该发展他的体力和心力到于极度”。这样的个人主义的教义，就是make yourself strong。人不过是一个人罢了，不是上帝；所以你也许要做许多坏事和笨事。但无论你干什么，就是干坏了，也应该好好地干去，用全副力量去干，“就是强恶也许比弱德会好些”！

我可以算是不懂得勃朗宁的，因为他的全集，我并没有读完，也读不全懂。（中国恐怕没有人敢说真懂得勃朗宁！）但我读了小泉八云这段议论，实在是很欢喜的。中国人实在是太懦弱了，而且我就是其中懦弱的一个。

从身体一方面看来，我们不是太胖，就是太瘦，或者是太矮。（有许多女学生真是矮得无可再矮！）我们不但远比不上那碧眼黄发的白种人，就是比起那短小精悍的日本人来，也觉十分惭愧，几乎不敢用镜自照其憔悴的脸。从精神一方面看来，我们的心理上有从古传来的两个魔鬼：一个是“忍”，一个是“让”。“忍”便是像乌龟一般的缩起头来；“让”便是像猪羊一般的任人宰割。

你们的老婆给军阀们的丘八强奸了，你们的儿子给军阀们拉夫拉走了，你们的房子给丘八和土匪焚烧了，然而你们只会痛哭流泪的逃走，你们只会躲在租界上打几个电报，你们只会……。我告诉你们：“忍”和“让”是乌龟和猪羊的道德；你们是人，你们应该make yourself strong！这是听说来的，也许是实事罢。无锡的城外一带，当齐燮元从上海再攻卢永祥的时代，城外的商店和住户可说是抢得精光了。然而无锡城内独能保全。这并不是齐燮元的丘八忽然大发慈悲，实在是无锡城内的商团在城边设了电网，所以齐燮元的败兵不能进城。

你们应该用枪炮抵抗枪炮，至少你们也应该设起电网。你们应该武装起来！

假如你们是人，你们就应该make yourself strong。否则，你们用猪羊去孝敬凶恶的丘八，你们自己也就是猪羊。

中国现在所需要的，不是浅薄的博爱主义，而是自强的个人主义！否则像这样大多数弱似乌龟和猪羊的人们，在军阀的枪炮底下牺牲，也是活该！

十四，三，十。

（二）

近来常听见一种高超的议论，便是：你们应该读书，不应该做文章。究竟读书要读到什么时候才可做文章呢？这个他们并没有说。

于是胆小的人们，从此吓得不敢动笔，老实的人们，于是一面动笔，一面又忏悔。从此而中国的文坛上现出一层寂寞的灰色。

这真教人纳闷。

我推求这种高超议论的来源，而知道有两种思想在那里作祟，便是“不朽论”和“历史论”。

作一文，著一书，必曰，我将何以不朽，何以在历史上占位置。“不朽论”的老调，便是“悬之四海而皆准，推之万世而不惑。”这本是儒家的古旧思想。

然而只要旧思想穿上新衣裳，青年们当然从此不敢怀疑。

其实世间决无永久不朽的真理。至于历史上的位置，也很难说，这正如康德（Kant）的位置，在英美的哲学史上一定占不了几页；而且尼采（Nietzsche）的位置，在胡适先生的《五十年来的世界哲学》上，便用了“其实尼采一生多病，也是弱者之一”两句俏皮话，作了尼采《超人论》的收场。

读书而读到康德和尼采一般的渊博，当然也不是容易的事。然而历史上的位置究竟还渺茫。

我告诉你们：你们活着，应该做活着的事。你们有议论便发议论；你们不妨一面读书，一面发议论。

在太阳底下，没有不朽的东西；白纸的历史上，一定要印上自己的名字，也正同在西山的亭子或石壁上，题上自己的尊号一般的无聊。

而且就自己求学问方面说，作文和谈话都是训练自己思想的好方法，这正好借了胡适之先生的英文话，告诉你们Expression is the most effective way of appropriating one sown thought。

十四，三，十三。

（三）

近来忽然觉得，我们贵国人（当然我也在内）有两种观念是不很清楚：一种是“数”的观念，一种是“时”的观念。

假如你早上起来，你问你的朋友，“现在几点钟了？”无论实际上是九点十分，九点二十分，或者九点二十五分，他也许就猝然的回答你说，“现在是九点钟。”

你们要是不相信我的话，尽可随时试试你们的朋友，有太太的可以试试太太，有小姐的可以试试小姐，有儿子的也不妨试试你们心爱的儿子。我的话大概总有效验的，虽然我不是预言家保罗，也不会哄你们花五毛钱去得一辆汽车。

一天分做十二个时辰——子，丑，寅，卯，辰，巳，午，未，申，酉，戌，亥，已经够麻烦了，却偏偏要分做二十四小时，每小时又要分做六十分，每分又要分做六十秒。岂不是太麻烦了么？我的祖母是个国粹派，伊总以为太麻烦了的。

伊曾慷慨激昂地对我发过议论，伊说，“太阳从东方起来便知道是早晨，太阳从西方下去便知道是天晚，太阳走到天空的中央当然是正午，岂不很明白么？偏要分做几点几十分，真是麻烦而且无聊。”

如若有人请我祖母去玩，伊一定说，“我早上来。”无论是早上九点钟，十点钟，十一点钟，然而太阳没有走到天空的中央，当然仍旧还是早上。

其实太阳何尝常常能走到天空的中央，天空的中央又在那里？然而这些问题是不许提出的，提出也是愚问。我的祖母究竟是七十岁以上的人了，其实七十岁以下的人们，或者就是自命受过教育的人们，“时”的观念不清楚如我祖母的一定不在少数。

孟禄（Dr.paul Monroe）博士到过中国以后，曾对人发这样的议论，“中国人宴会多半是迟到，上火车却总是早到。”

火车开行是有定时的，中国人当然不舒服了，所以非早到不可。

然而我是中国人，总以为中国人是可以原谅的。因为我们聪明的祖宗虽然也发明了指南针，后来又发明了“日晷”，然而壁上挂着滴答滴答的时钟终是西洋人发明的，我们当然过不惯那些几点几分几秒的生活。

要说我们贵国人对于“数”的观念不清楚，一定有许多热血的青年们觉得十分不舒服了，我猜想。

二五一十谁不知道？三三得九谁不知道？六六三十六又谁不知道？谁说中国人“数”的观念不清楚！

然而热血的青年且慢着，这是有事实为证的。

我们且不必扯到大学中学里的数学成绩是怎样坏，因为近代所谓时髦的青年们多半是文学家，他们会做新诗，他们会做白话文，他们会喝酒，他们也会失眠，当然是不需要数学的；而且徐诗哲也公然的在什么附中演说过，世界上的大文学家多半是不善数学的，他更会从古至今从西到东的引了许多例。

我们且谈谈古人罢，古之文学家或者不如今日之多，而且骂古人究竟是一件便宜的事情。无论你骂他是猪，是羊，是牛，是马，是卖国贼，他当然只有沉默地受着，无论如何也不会从棺材里跳出来回骂。

我总疑心古人对于“数”的观念是不清楚的，你且看他们怎样的胡闹：胸中有五脏，天上有五星，阴阳有五行，人间有五伦。你看他们只会用一个“五”字包括一切。你看他们对“数”的观念是何等的模糊！

“朋友！你们贵国有若干人？”

“四万万人！”

中国真只有四万万人吗？谁统计过。有人说从民国以来战争频仍，现在只有三万万人了。然而谁又统计过？我也知道这是不容易统计的。然而你们贵村有若干人？你们贵府有若干亲戚朋友？你老有多少贵庚？你家少爷结婚了几年了？你能够一气答出而不谬误吗？我猜你是要弄错的，就是用心理学家的统计方法也会弄错的。

十四，三，二十。

（四）

我初到北京的那一年，东安市场仿佛是一片焦土，只有几间矮小的店铺，还留着几壁烧残的危墙。伴我到东安市场的T.君，指着一堆瓦砾的焦土告我说，“那里从前是很闹热的。”

“哦！”我毫无感想地回答T.君。

不知过了几月，而东安市场在鸠工动土了。又不知过了几月，而东安市场焕然一新了。

那时我相识的似乎只有T.君，所以再陪我去逛新建筑的东安市场的仍然是他。

“呵！如今的东安市场比从前宽敞得多，整齐得多了。房屋比从前高大，街道也比从前开展了。”T.君赞美地说。

“哦！”我含糊地回答T.君，脑中引起许多的感想来。我们徽州的闹热商埠，当然要推屯溪镇了，所以徽州人都称屯溪镇为小上海。

有一年，那时我头上还梳着小辫子罢，屯溪镇失火了，一晚便烧去几百家。

我惨然了，听见这火灾的消息以后。

“那有什么呢？屯溪镇是愈烧愈发达的。”父亲毫不在意地说。

“难道烧去许多房屋财物也不可惜么？难道这样大的损失反愈损失愈发达么？”我似乎不相信父亲的话似地说。

“损失，这不过暂时的。我所看见的屯溪镇是：火烧一次，房屋整齐而且高大一次；火烧一次，街道宽大而且洁净一次；火烧一次，市面繁华一次。”

我当然不懂了，因为父亲说的是屯溪镇的历史上的话；而我那时年纪很小，我的头脑中简直没有屯溪镇的历史。

但后来也渐渐明白了，从我的头上的小辫子剪了以后。

我看见了许多古旧的老屋，在我的故乡，污秽而且狭隘，墙壁已倾斜得摇摇欲倒了，然而古屋里的人们照样地生活着，谈着，笑着，他们毫不感觉危险而且厌恶。

我怀疑而且不安了，“这么古旧的老屋还不想法子改造么？”

“改造，谈何容易，要损失，还要代价。”一个老年人很藐视地告诉我，他是我的亲戚。

我恍然了，知道改造不是那么容易。

然而狂风吹来，古屋倒了，新屋又建筑起来了；大火烧来，古屋毁了，新屋又建筑起来了。狂风和大火底下，当然损失了不少的生命和财产，然而新屋终于建筑了起来。

从此以后，我赞美狂风，也赞美大火，它们诚然是彻底的破坏者；然而没有它们，便也没有改造。

有时我也替愚蠢的人们可怜；有时我又想，为了改造，为了进步，愚蠢的人们是应该牺牲。

我希望狂风和大火毁坏了眼前之一切的污秽而狭隘的房屋，在荒凉的大地上，再建筑起美丽而高大的宫殿来。我希望彻底的破坏，因为有彻底的破坏，才有彻底的建设。

我赞美东安市场过去的大火，因为有了它，东安市场才有现在的新建设。

十四，三，二十五。

（五）

偶然买得一只母鸡，便送到Amy的府上去。

那里住着的Y小姐也有三只母鸡。

我把我的母鸡放在Amy府上的庭中，Y小姐和Amy都围上来。

“几吊钱买的？”Amy问。

“八吊半。”我欣然地说。

“买得便宜！”Y小姐夸奖地说。

然而Y小姐的三只母鸡也围上来了，其中一只黄毛的母鸡，气凶凶地直冲到前面来，将我的母鸡的颈儿咬着；然而我的母鸡亦颇不弱，于是伊俩便决斗起来了。

Y小姐与Amy站在一旁瞧着，笑着。

我的确忍不住了，瞧着这无理的决斗。我于是用左脚将我的母鸡踢开，然而Y小姐的母鸡又直扑上来了；我知道这无理的决斗是不可免的了，于是也站在一旁，说：“你们斗罢，畜生们！”

“斗死一只也好，横竖有鸡肉吃。”Amy接着说。

然而我心中又似乎有牢不可破的伦理：我总觉得人可以杀鸡，鸡决不可以杀鸡的。于是我也加入鸡的战斗，连午饭也不想去吃。

Y小姐与Amy自然笑我多事了。

然而因为我的干涉，鸡们的争斗终于停止。

我知道鸡们是不忠厚的，这也不自今日始了。鲁迅先生的后园养了有三只鸡，这三只鸡自然是朝夕相聚，应该是相亲相爱的了。然而也时常争斗，我亲眼看见过的。

“鸡们斗起来了。”我从窗上看出去，对鲁迅先生说。

“这种争斗我也看得够了，由他去罢！”鲁迅先生说。

“由他去罢！”是鲁迅先生对于一切无聊行为的愤慨态度。我却不能这样，我不能瞧着鸡们的争斗，因为“我不愿意！”

其实“我不愿意”也是鲁迅先生一种对于无聊行为的反抗态度。《野草》上明明的说着，然而人们都说“不懂得”。

我也不敢真说懂得，对于鲁迅先生的《野草》。鲁迅先生自己却明白的告诉过我，他的哲学都包括在他的《野草》里面。

我想养鸡，因为我爱吃鸡蛋。

我因为养鸡而想起爱养鸡的杜威（John Dewey）先生来。

杜威先生离开中国以后，我们大概对于他的最近的思想和生活都茫然了罢。这是麦柯（William McCall）博士告诉我们的关于杜威的一件趣事。

杜威先生回国以后，在家中养了几只鸡。他爱拿他养的鸡所生的鸡蛋去送他的朋友。

一天，他拿了几个鸡蛋去送他的同事哥仑比亚大学某教授。

某教授刚巧不在家。

杜威先生将鸡蛋留下，自己回来了。

后来某教授回家，仆人告诉他说，“今天有个卖鸡蛋的送了几个鸡蛋来。”

某教授想了半天，才知道卖鸡蛋的原来是杜威先生！麦柯博士曾告诉我们某教授的名字，可惜我一时忘记了，记不起某教授的名字来。

这自然是杜威先生的趣事。我之养鸡，并不是想媲美杜威先生。杜威先生养的鸡多，所以生的鸡蛋还可以送人；然而我只有一只鸡，我送给Amy，因为我的鸡养在伊的家中，生出蛋来还是我吃。

我是贫者，没有余蛋送给旁人。

十四，四，三十。

小小的希望

近来很有些人写信来问我：明天社是不是提倡未来派的文学？我自己觉得很惭愧，因为明天社的宣言发表了几个月，到如今还没有一些作品出来，自然引起研究文学的人们的怀疑。

什么是未来派的文学？我因为在中国买不到关于未来派的书籍，到如今还不十分懂得。近日看了一本H.B.Smuel做的Modernities，在这本书的末一章《未来主义的未来》中，我曾感觉了解未来派的文学不是一件容易的事。在外国杂志报章上看见一两篇未来派的作品，便半生不熟的介绍给国人，弄得看的人丝毫不懂，（其实译的人自己也未必懂）。我以为这是中国文学界的危险而且可耻的事！

我们且不要高谈什么未来派的文学，我们且睁开眼来看看中国文坛的现状罢。我也赞成神秘派的诗，但不愿意人家把神秘弄成糊涂。诗国里本充满了神秘的空气，只是那些白话还没有做通的人决没有假冒神秘混进诗国的资格。我也赞成人家做些新浪漫主义的作品，但不愿意人家弄几个鬼魂在作品里，说几句似通非通的鬼话，便公然在题目下注明是新浪漫主义的作品。我们应该懂得新浪漫主义是受过自然主义的洗礼的。我也赞成人家介绍太戈尔的学说，但不希望人家把太戈尔的学说与释迦牟尼的学说扯在一块。尤其不愿意人家把太戈尔的学说和国粹的老庄的学说混在一堆。我们也希望大家创作，只希望大家不要滥作。我们不愿意在提倡自然主义的小说内，看见有高等小学的孩子会说出太戈尔口中的话的作品！

以上是对作者说的话。至于读者一方面，我们希望大家不要把自然主义的作品当做《金瓶梅》，把浪漫主义的作品当做《封神传》，把未来派作品当做《笑林广记》。我们最不喜欢大家把古今中外扯做一起！

这是我们的小小希望！

十一，二十三。

（附白）那时，我们几个小朋友，想于一九二三年春季出版一册月刊，叫做《明天》。后来，几个朋友都为饥寒所逐，奔走四方。而《明天》也永远成为明天了。

附记《秋野》发刊词

秋野社的朋友们，因为《秋野》第一期出版，要我写几句话当做发刊词。我想，秋野社的宗旨，在它自己的宣言中已经明白说出了，就是："'野秋'〔秋野〕社是为坦白的表现我们的感情，我们心灵上的苦闷而产生的，其惟一的目的是从荒寞中辟出乐园来。"

我们住在青天白日下的江南革命之邦，我们勇敢的前驱的战士的鲜血已经流成河渠了。然而，看呵，我们的心灵是怎样的苦闷，我们的感情是怎样的隔膜，我们的社会是怎样寂寞和消沉！

"从寂寞中辟出乐园"来，实在不是容易的事。朋友们，我们不必想望那遥远的"乐园"，并且，"乐园"实在不是我们暂时所需要的事。同是站在战场的血泊里的人，我们应该悲哀地哭，应该狂乐地笑，〔时〕把自己的怠惰和寂寞的灵魂也剧烈地喊醒，我们需要的是革命，不是"乐园"。把"乐园"留给未来的遥远的朋友们吧。我们应该唱着勇敢之歌走到战场上去！

这是我病中的一点小小感想，秋野社的朋友们当没有不同意的吧。

一九二七，十一，六，病中。

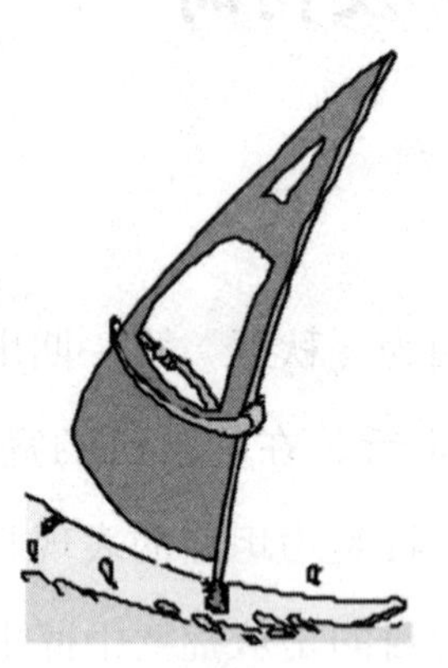

“不通曰通”解

甲　篇

三年前，余负笈英伦，一日，偶以所作论政治之文，投诸彼邦《泰晤士》（Times）报。文中大意则曰：“中国，农国也；非农治不足以立国。”余方自负，以为智出英伦小儿以上万倍。乃文去既久，音息杳然。既不登载，又未函覆。余惑焉，乃投函询问，不答；再投函，亦不答；三投函，而不答如故。

余怒，乃请友人程闭叔君往该馆询究竟。时程方肄业彼邦牛津大学，有文名。然程去既久，亦不得要领而返。余大怒，投书该报记者而谎言曰：“余，中国之‘爱克斯米粒死脱’也！所作文，其速载，否则返余。”然信去既久，音息杳然如故。

余既怒且悲，出文稿请程闭叔视之，则曰：“子之英文文法结构，未尽通也。是安能登诸《泰晤士》！”

余羞而不得其答，既而思之，则强词曰："白马，马也；非白马，亦马也。通者，通也；不通亦通也。故不通曰通。"

闭叔为文虽常引庄子，然于墨子则未尝寓目焉。闻余言，无语而退。

乙　篇

归国日久，而"不通曰通"解知者无人，甚寂寞。

孤桐之《甲寅》既出，人有讥其误者，谓"二桃杀三士，孤桐以为两个桃杀了三个读书人，非也，盖士乃指勇士。"

孤桐在最近《甲寅》辩曰："此等小节，宁关谋篇本旨。且不学曰学，其理彼乃蒙然，又可哂也。"

呜呼！吾道孤桐盖得之也。"不学曰学"者，盖采"不通曰通"之公式也。衡以逻辑，则"不学曰学，学亦曰学；不通曰通，通亦曰通；不白曰白，白亦曰白；不死曰死，死亦曰死；不淫曰淫，淫亦曰淫；不偷曰偷，偷亦曰偷。"

呜呼！吾道孤桐盖得之矣！

吾道孤桐盖得之矣！

十四，九，十二于骆驼庄外。

《断片的回忆》小序

就在“孙老头儿”伏园兄编《京报副刊》的那年，曙天写她的《断片的回忆》，原因是给《京报副刊》充篇幅罢。但写了不久也就停笔了。北新书局的老板李小峰兄把这些短文集成付印，好意是极可感的。但曙天说：“这些文章那有出版的价值呢？”

是的，就是我，也不敢说，曙天这些文章有怎样伟大的价值。但如果著作和出版不是少数什么“藏之名山”或“传之百世”的“不朽家”的专利品，我相信一切的平凡人都可以自由地发表个人的平凡的思想和情感，只要他的思想和情感不是说谎和欺骗，虽然现代世间最欢迎的还是那些说谎和期望的夸大狂的胡写。

回忆是甜蜜的，法朗士（Anatole France）曾这样说过。

在曙天的过去的二十余年的生命中，一半是给那缠绵的疾病消磨掉了。疾病毁灭了甜蜜，然而她似乎已经忘记了疾病的辛苦，疾病训练了她的心灵。使她宁静地，愉快地，忍耐地过这病里的人生。

真的，在曙天的回忆里，没有怨尤，没有咀〔诅〕咒，她安闲地把她过去的生命，宁静地表现出来，正如一幅幅朴素的Sketch，使我们能从这些断片的Sketch中，看出她的悠〔优〕雅的高洁的人格。

一个朋友谈起在文坛上颇负盛名的某女士的作品说，“如果中国全国的女学生，合起来，开一个成绩展览会，那么，某女士的作品，当然是很好的了。但如果说到文学，哈，文学——”

当然的，曙天的作品也算不得什么文学，但现在只当作一种成绩品而陈列出来，（我并不敢说是很好的。）或者大量的朋友们，总可以许可的罢。

我就把这些平凡的几句话来做她的序。

一九二七。大热之日，写于上海滩上。

枕上随笔

壁虎有毒，俗称五毒之一。但，我们的鲁迅先生，却说壁虎无毒。有一天，他对我说："壁虎确无毒，有毒是人们冤枉它的。"后来，我把这话告诉孙伏园。伏园说："鲁迅岂但替壁虎辩护而已，他住在绍兴会馆的时候，并且养过壁虎的。据说，将壁虎养在一个小盒里，天天拿东西去喂。"

十年前，胡适之先生的《哲学史大纲》上卷出版，寄了一册送给章太炎先生。封面上面写着"太炎先生教之"等字，因为用新式句读符号，所以"太炎"两字的边旁打了一根黑线。——人名符号——章先生拿书一看，大生其气，说："胡适之是什么东西！敢在我的名字旁边打黑线线。"后来，看到下面写着"胡适敬赠"，胡适两字的旁面也打了一根黑线。于是说："罢了！这也算是抵消了！"

某年，某月，某日，在凡尔赛和会（？）中，各国代表轮流陈说本国政府的意见，于是，中国的代表顾维钧也站起来说，中国政府主张怎样。法国代表克里孟梭（Clemenceau）在旁边听了，冷然地说：“中国在那里?”

一个美国的科学家到德国去访相对论的发明者安斯坦（A. Einstein）。这位科学家与安斯坦从前并没有会面过的。他进了安斯坦的研究室。时安斯坦正服了衬衫匍匐地下，似乎正有所举动。这位美国的科学家以为安斯坦一定是在论的学理。那知道，安斯坦匍匐了一会，忽然向这位科学家说：“先生，你能帮助我找吗?我的一张钞票丢了！”

冰心女士在北京一个中学演讲。一个学生问冰心女士是什么派的文学。她说：有些近于法国的高蹈派。又一个学生问：女士从美国回来为什么不做文章了?她说：因为生活上没有什么刺激。

冰心女士的早年作品（我说是她现在没有作品），内容只有母亲和小弟弟。她早年的生活是“哑铃式”的。这哑铃的一端是学校，一端是家庭，中间是一条路。

杜里舒夫人到中国才三日，便演讲批评中国女子大学教育。

杜里舒夫人在北京女子高等师范讲演，一次的代价似乎是三十元或五十元。讲毕，她把得来的钞票放在手中一张一张地数，数毕，然后向翻译的翟先生说：“你要不要分一半呢?”

“女子是铺盖，男子是牛。”樊先生这样说。停一会，又叹口气说："我现在要做牛还没得做呢！"

"女子是鱼，男子是钓鱼的。鱼一钓上手，就可以放在刀板上任意的宰割了。"穆先生这样说。

"女人有两种：一种是老虎，一种是蛇。"S这样说。

想起柯君，柯君的父亲是一个守财奴，把整箱的银子埋在锅灶下面，柯君却是一个Marx的信徒。（他已经不在人间了罢？）几年前，他对我谈主义，我说："你不用谈主义了，你还是回家把锅灶下掘一掘吧。"

我们乡间有个疯子，他的嘴里老唱着："天上无我无日夜，地上无我无收成！"

一位女士，相信曾国藩的饭后千步的格言，于是，每餐后走一千步，一步也不少。这样走了三个月，把胃走得坠下来了，只得送到医院去。

某监察委员，有人去同他讨论什么事情，他总是这样说："好的，好的，回头我想想看。"

胡适之先生在西山养病时，曾填《江城子》词，程仰之抄以示余，词云：

翠微山下乱松鸣。

月凄清，
伴人行。
正是黄昏，
人影不分明。
几度半山回首望：
天那角，
一孤星。

时时高唱破昏瞑，
一声声，
有谁听？
我自高歌，
我自遣哀情，
记得那回明月夜：
歌未歇，
有人迎。

余抄此词匿名与陶知行先生观之，并请其猜为何人所作。陶云："此适之所作也。"余曰："何以知之？"陶云："我自高歌，我自遣哀情，正是适之本色。"

胡适之先生在美留学时，壁上悬有英文格言：

If you can not speak loudly, keep your mouth shut.

"假如你喊得不响，不如闭着嘴吧。"

顾实先生在他的《中国文学史》上说："文学者，文学也；文学史者，科学也。”

一个大学教授，在讲堂上喃喃地说：“我有两个老婆：一个是乡下人，一个是城里人。城里人虽然漂亮些，但生儿子还是乡下人好。”

七年前，余在北京东城住公寓，有时甚穷，赖当衣为活，得钱辄与陈旭至东安市场买酒，曾作诗自嘲：

今日当衣裳，
明日当衣裳。
衣裳已当尽，
只剩一空箱。
有钱沽酒饮，
无钱还卖箱。
得钱十吊五，
招朋醉一场。

一个五岁的孩子，晚上，对他的父亲注视了一会，然后很神气地叫了一声：“爹爹!”停一会又说：“你今天还没有叫我呢?”

郁达夫在北京时，一个私立大学请他去讲演《小说作法》。他说：“这个题目，你们最好去请美国人来讲，他们讲的一定比我好！

马一浮一日谓人曰：“君知当年寄居杭州萧寺时，有一人能背诵《杜诗全集》而不遗一字者乎?即今之陈独秀是也。”

梁任公在伦敦时，往访Giles，时Giles正卧病，闻公来，抱病出见，问公曰，“闻中国近日提倡白话文，公意如何?”公曰：“我甚赞成。”于是，Giles抚胸良久，似甚愤怒。

一个国立大学的教授，气愤愤地说：“胡适之提倡白话文学，白话文学是反革命，所以胡适之是反革命。”

某“诗人”在大学讲堂上教学生看女人应该从脚跟看起。

陈柱尊先生在暨南大学的讲堂上说：“白话有什么难处！譬如《诗经》上说：‘麟之趾，振振公子。于嗟麟兮!’改为：‘麟的趾，振振公子，于嗟麟呵！’就得了。”

八年前，鲁迅在绍兴馆抄写《六朝墓志》，我问他日伪安在，他说：“这等于吃鸦片而已。”（见《半依谈影》）

汪静之在上海街上逛着。一个皮夹被扒手扒去了。皮夹里有两张当票，一封周作人先生的来信。过了几天，他接着一封信，是一个不具名的人寄来的，里面封着当票和周作人先生的来信。

“没有老婆的时候母亲好，有了老婆，老婆好了。”一个老母亲很不平地这样说。

S与L在一处谈话，后来M女士来了，S说：“男子是文明的创造者。”L也附和地说：“女子在文化史上位置是很低的。”于是M女士愤愤地说：“男子是文明的创造者，一切的男子却全是女子生的！”

凡在上海“图画时报”上登照相的女生，全是某校的“高材生”。

一个江苏的大教育家说：“如果平民全识字了，谁还肯来拉洋车呢?”

吴建邦博士从比国回来，道经莫斯科，到北京，他对我说：“俄国有什么好！莫斯科的街道，革命以后就没有扫过。共产主义完全失败！”

余女友某，曾作《忆江南》词，词云：

南柯梦，
夜夜到巫山。
寻遍檀郎无只影，
一轮明月到栏杆。
鸡报夜将阑。

在家凤佩兰的宴席上，刘廷芳博士见余至，即挥笔书云：“呜呼！君不见衣萍《桃色的衣裳》，产出多少歇士德利亚！”

陈旭与余于某年夏日在南京游玄武湖，时荷花盛开，忽然大雨骤至，曾得句云：“风吹绿叶千层翠；雨打荷花万颗珠。”

陈独秀做文章时，有奇癖，常用手摸着脱下袜子的赤足，然后放到鼻孔上闻其臭味，这样，文章便滔滔而来了。（几年前在钟鼓寺胡适之先生家闻章洛声说。）

一个男训育委员问学校里的一个女学生：“你脸孔这样黄，你结婚了吗？”

我总忘不了我的病，于是我的病更缠绵着了。Anton Chekhov曾记过这样一个人的事情：

“Z到医生那里去，医生检查他，发现他有心脏病，Z淬然改变生活态度，吃药，老是说着他的病；全镇都知道他有心脏病，他所请来的医生们也说他有心脏病。他不结婚，不去看戏，不喝酒，走路的时候也走得非常慢，几乎连呼吸都害怕了。十一年后他去莫斯科，他在那儿访着了一位心脏病专家。这位专家发现他的心脏一点也不坏，很健全的。Z快乐极了，但是他已不能返到常态的生活了，因为他过惯了早睡，迟行的生活，如果有人不说他有病他就恼了。惟一的结果就是他从此痛恨医生——除此外没有别的。”

从严州至屯溪，舟行徽河，河身曲折，石滩甚多，地理家程铁槐曾为口诵一白话诗：“一滩又一湾，一湾又一滩，滩滩都在湾中间。”又，古人曾有诗咏斯河：“上岸有山皆临水，下滩无石不横舟。”

“到银行去取钱时，本来这钱是自己存的，也要看银行小鬼的脸孔，好像受他布施似的。”

一个有名的经济学家说：“如果中国共产了，把全国的银钱大家均分，每人只分得两元。你想，怎样够花呢?”

“回到北京呀，就是吃窝窝头也情愿的。”

“中国的女学生跳而不舞；梅兰芳舞而不跳。”几年前，刘廷芳博士对我这样说。

在梦中，我看见小方，还有一个女朋友。我说：“小方，我病得这么久了，你也不来看看我!”她说：“你看，我的眼睛哭得这么红，你也不来看看我！”

女人的微笑，会改变人们的人生观的。但革命家的鲜血，不过改变了世界上的旗帜和符号。

“上海法租界有粪头名朱德春者，业此几十年，积资达三十余万。”

沈先生到某教会中学去讲演，题目是《青年的烦闷》。讲演词分三段：（1）青年为什么要烦闷?（2）烦闷的种类。（3）怎样解决烦闷。洋洋数千言，发挥尽致。讲毕，学生们来告诉沈先生：他们并没有烦闷。于是，沈先生很生气，他觉得教会教育是失败了，因为学生不懂得烦闷。

某诗人想写封情书给颇负盛名的“文坛前辈”的某女士，写了一年多了，这封情书还没有寄出去。

东京的中国女生宿舍里的四川女生气愤愤地说：“我再也不能住在这样小鬼头的日本了！就是我们四川一省，也比这小鬼头的日本大得多！”

一个俄国人曾批评徐志摩的文章，给了他一个绝妙的评语：“有点糊涂，不大清楚。”——真对，徐志摩的文章，的确是“浓得化不开！”（看《新月》第一卷十期。）

阳历新年，各机关张灯结彩，一个江湾路上的汽车夫，气愤愤地说：“外国人过年，中国人都出力帮忙，中国人过年，（按，指阴历年。）外国人一点也不肯帮忙。你瞧！外国人多坏！”

一个教育家，怕自己的女儿同旁人恋爱。每天他的女儿坐包车到学校去，晚上仍旧坐包车回来。这个教育家每天晚上把包车夫叫到房里去，悄悄地打听自己的女儿半路上有没有同男人说过话。

“娶女人最好应该两年一换。”一个小文豪如是说。

周作人先生说：“就是中医医得好病，我也绝对不请教中医。”

一个小学的女教员同一个男小学教员恋爱了八年，什么都预备完全，只剩下kiss了。（有的说，早已kiss过哪!）忽然这时节，这女教员收到男教员家里来了一封信，是一个乡下女子写的，说：“你什么东西不好要，为啥只要我的丈夫哪?”

一个大学教授，他每月薪水有二百余元。却告诉他的妻，每月薪水只有一百元。于是，他按月把一百元完全交给他的妻，然后，他从他的妻那里按月领二十元零用。

茅盾未出国时，寓于上海某处之三楼，与鲁迅所居之三楼相对，时茅盾正草“动摇”“追求”等小说，常深夜失眠，遥望鲁迅之居，仍灯光辉煌，于是悄然叹曰：“亦有失眠似鲁迅，不独失眠是茅盾！”

编《古庙集》，在《晨报副刊》中，重见“桂珍”所作一诗，此与他年考据有关，录之于下：

我愿不相思，
还我孩提心。
心如雪儿洁，
整夜在甜睡。

有愿不相思，
飒然落大海。
心肝化为水，
魂魄飞上天！

一个医院的院长说：“住医院同住旅馆一样。住一天，要一天的钱。”

苏曼殊的小说殊不佳，其诗与小品文，诚足以表现其孤零之身世，与凄凉之境遇，然琐琐碎碎，亦不足以称大家。然晚近景仰之者实多。前闻北大某女士曾高悬曼殊像以示崇拜。一日，余问周作人先生，曼殊所以受世人意外之崇拜者，其故安在。作人先生曰：“曼殊之所以受人崇拜，或不以其作品，而以其品格。盖晚近清高之人太少，卑污之人太多，此曼殊之所以受多数人士所景仰欤?”

疑古玄同先生善言辞，有“话匣”之名。出口滔滔，俱成好文，且学问渊博，当时罕匹。然终日仆仆道途，著作不多。胡圣人评之曰：“疑古玄同议论多而成功少。”黎锦熙先生评之曰：“玄同之所以做不出文章，因为心里有苦闷的象征。”

一个前清的举人，他每出门，见天上有云，便赶紧回家，穿上雨鞋，带了雨伞。一年四季，全是这样。

几年前，陈仲子从俄回，访胡圣人于钟鼓寺。圣人曰：“子方从俄回，亦将有以教我乎?”仲子曰：“俄国之情状，一言以蔽之，曰：贫而乐。”（《新论语》之第几章）

一个虚无主义者，说是人生无趣，要自杀了。于是，某年，某月，某夜，邀了几个朋友在一处聚餐，席上，这位虚无主义者说是人生无趣，今晚一定自杀了。大家都觉得惨然，一位最年青的朋友，忍不住哭起来了。于是，这位虚无主义者说：“如今，有人为了我自杀伤心，我是决不自杀了。”

本年四月初，屯溪为朱老五部所劫掠，数里长街，悉付一炬。《民国日报》某日所载朱匪行为，大有梁山泊好汉风味，因录之：

朱匪原仅百余人，嗣将张家滩，殷家团，乌石砦，卢村四地人民自卫团枪夺去，攻陷祁门，休宁后，释放囚犯，多附从于匪。遂使匪数骤增至三百余人。匪用红绸或红布，围裹腰间或斜背肩胁间，状如军队中之值星带，用作记号。上书“有钱都归我，穷人随我来”两语。类似标榜其豪侠主义者。所劫现款甚多，因携带累赘，特定以百元易金一两标准，召人兑换。但殷实多金者，大半早已逃走，故结果现洋仍无法变为金叶也。匪树大红旗，上书天下第一军字样。所到之地，张贴布告，原文云："住草屋者是吾民。住瓦屋者是吾仇，不能混的随我来！"……

陈旭于某年游钟山，襟带野花一枝，至绝顶而随风飘去，乃得句云："来此绝尘尔自去，无复踪迹到人间!"

孙伏园身材矮小，甚像日本人。一天，在北京戏园内看戏，一个不相识的人同他攀谈，他不睬。于是，旁边的一个茶房说："他是日本人，——日本人是很难说话的哪！"

王鲁彦本名忘我。在北京时，贫甚，想在某部谋一小位置，因某部非有大学文凭不行，于是向他处借得一文凭，其人名鲁彦。部中同人均呼王为鲁彦。后，王恒用鲁彦之笔名（Pen—Name）作文，而忘我一名，几于无人知之矣。

小说的好坏，决不能拿字数的多寡来定比例的。中国人是根本不懂得短篇小说的，他们看惯了那些乱七八糟的章回小说，于是，现在，有人迎合这种恶劣心理，又做"二十万""三十万"字的小说来骄人了。其实，没有理想，没有经验，就是做了"三百万""四百万"字又有什么可取呢?真是合我们家乡的土话："乡下姑娘的裹脚，又臭又长！"

"专讲结构，布局，决不会做出什么好小说的。"鲁迅先生说。

如果我袋中的五元钞票今天用去了，明天，我不也是无产阶级了吗?我们都是穷苦无告的无产阶级哪！

叭儿狗啦！你们只会吃，只会喝，而且只会在你们主人的面前打滚!

革命的文学家说：“阿Q的时代已经死了！”但是现在是什么时代呢?俄人伊风阁（前北大教授）曾批评“阿Q”，他说“阿Q”的缺点是有世界性的，不但中国的辛亥革命时代会有这样的人物，法国革命时代，俄国的革命时代也难免有这样人物。——我想，就是将来中国革命黄金时代，也难免有这样人物，“阿Q”的人性的缺点是有永久性的。

王品青年轻早死，朋辈皆惜之。品青生前曾拟刊其所作诗为一卷，名曰《萍水诗集》。然仅见目录，未曾出版。《语丝》曾载其《萍水曲》一诗，哀艳可列入《子夜歌》之林，记之余下：

郎作水上萍，
侬作池中水；
聚散纵随风，
终在池水里。

郎作池中水，
侬作水上萍；
池水有时涸，
浮萍亦无生。

十五年八月五日《申报》有北京电一条，其文曰：“京察厅新例，犯接吻者，男子处四十元罚金，或四十天拘留。”

余曾三过严子陵钓台，以舟未停岸，故未往游，然从舟望岸上钓台高在山际，离水甚远，不知当日严子陵如何垂钓也。祖父生前曾告余，严子陵钓台上，有一个轿夫题的一首白话诗，如下：

好个严子陵！
可惜汉光武！
子陵有高台，
光武无寸土！

汪静之与符竹英未结婚时，汪在杭州第一师范读书，符在杭州第一女师读书。汪曾一天写十一封信给符，快信，挂号信，平信全有。后来，这些信全给女子师范校长扣留了，并且请符去谈话。符很干脆的说："没有什么话可谈，还我的信好了。"

陈钟凡对学生说："暨南自章铁民、汪静之提倡恋爱文学，捣乱之后，校风百年难复！"

古庙中的杨大可君是一个奇人。他常同我们出去逛。假如这一天一走出庙门，杨君就大声嚷着："洋车！洋车！"旁人说："走走吧！"杨君便嚷："呸！谁来走路?"我们知道他袋中是有钱了。他袋中没钱时，旁人要坐洋车。他说："走走也好！走走活动血脉！"

章铁民请吴建邦去吃饭，说是自己动手燉牛肉请他。等到吴建邦去的时候，他自己正在大喝剩余的牛肉汤，而且，抬起油汤满唇的脸，对吴建邦说："你为什么不早来，牛肉刚才吃完了！"

诗人爱罗先珂在日本时，曾著了几册童话。（鲁迅译的《桃色的云》，即爱罗先珂在日本作的。）后来，他被迫离开日本，却把那几本童话的版税全送给一个他所心爱的日本女人，而且，这个日本女人，据说并不爱他。

William Hunter临死时说："假如我有纸和笔，而且有能力写了出来，我一定说：死是怎样美丽而且舒服的事情哪!"

柳翼谋先生在东南大学讲《中国文化史》，说："唐尧之时，五日一风，十日一雨，无疑的，实在有这样事情!"

真理吗?真理是什么东西呢?George Brandes说："在Novalis看来，真理（truth）是诗和梦；在雪莱（Shelly）看来，真理就是自由。"我想，在其茨（Keats）看来，真理就是美（beauty）。真理吗?真理实在没有这件东西。

胡圣人曾为余友写扇，云："为学要如金字塔，要能广博要能高。"友以扇示余观之。余曰："此圣人之言也。若余凡人则不能。不如云：为学须如绣花针。针头虽小能杀人。"（《新论语》之又一章。）

铁民与余同住斗鸡坑时，实在穷得不亦乐乎！某日，为铁民生辰，余作一诗，以写当时情状：

炉中火冷，

囊里钱空，

今朝是铁民生辰。
起来，
买一个馒头，
当做蟠桃，
祝铁民长寿。

还私语：
愿讨债的人儿，
今朝不要来!

余在南京读书时，常持书一卷，在街头阅之。彼时余年方十八，胡子却已如蔓草丛生，故时请匠人剃去。陈旭曾作打油诗嘲余：

街头看书假名士，
剃了胡子充少年。

S听说私生子全是很聪明的，因此，他对他的妻说：他一定得去夹个姘头。

三年前，在北京时，一天，一个北新书局的小伙计问我："现在不是很久很久不下雨了吗?为什么周作人先生的斋还叫'苦雨斋'呢?"

C先生常常对人很神气地说："我的老婆真可怕哪!我告诉她：'我的脸上长了一个小疮了。'她便说：'还好。还没有长疔疮呢。'我告诉她：'我今天在外面摔了一跤。'她便说：'还好。还没有摔死呢！'"

鲁迅先生的母亲，周老太太，喜读章回小说，旧小说几乎无书不读，新小说则喜李涵秋的《广陵潮》，杂志则喜欢《红玫瑰》。一天，周老太太同鲁迅先生说："人家都说你的《呐喊》做的好，你拿来我看看如何?"及看毕，说："我看也没有什么好！"（孙伏园说。）

李守常未被捕以前，我的一个朋友叶君去看他，谈起胡适之先生，时适之先生正拟由英赴美。守常说："我想写信给适之，叫他还是从西伯利亚回来了罢。不要再到美国去了。因为到了美国，他的主张也许又变了。"守常说这话，因为他正在《晨报副刊》看见适之先生和志摩的通信，有恭维俄国的话。但说这话不到几天，守常就被捕了，后来处了绞刑，前年我到上海，偕小峰访适之先生于极思非尔路。我把守常的话告他，并且问他游欧美以后的见解。胡先生说："我觉得还是美国有希望。俄国有许多地方全是学美国的。如：（1）工厂式的管理法。（2）广告式的宣传。（3）买卖人的训练……"

不记得是欧洲那一个批评家说的话了，好像是说：莫泊桑的作品，不过是些"事实与事实"（facts and facts）而已，巴尔扎克的作品却能"深入人生"（deep in life）。

中国文豪们的世界文学知识都是从欧美、日本的几种杂志报纸得来的，他们只懂得些人的名字和书的大纲（out line）。

政客军阀失了势便要出国，文豪诗人挨了骂也要出国。然而文豪诗人终于不能出国，原因是没有钱。呜呼！可怜的中国的文豪与诗人。

郑秉璧将废名的一篇《浪子笔记》译成德文，登在德国杂志上。仲民写信问我：废名是什么人?我虽然知道，但是不好说。因为废名就是废名，他自己已经废了名，旁人又何必“蛇足”。

KarlMarx说：“宗教是人们的鸦片。”

中国青年思想，以五四运动前后变得最厉害。那时的青年，大家嚷着反对家庭，反对宗教，反对旧道德，旧习惯，打破一切的旧制度。我在南京暑期学校读书，曾看见一个青年，把自己的名字取消了，唤做“他你我”。后来到北京，在北大第一院门口碰见一个朋友偕了一个剪发女青年，我问她：“你贵姓?”她瞪着眼看了我一会，嚷着说：“我是没有姓的！”还有写信否认自己的父亲的，说，“从某月某日起，我不认你是父亲了，大家都是朋友，是平等的。”铁民也是否认过自己父亲的一个人。但是当一九二一那年，铁民的父亲在家乡死了，他在北京，因父死未葬，家人促其归，而铁民竟因贫未能归。作《孤儿思归引》，情调甚惨，记之于下：

磋磋远游子，
父死未能归！
阿母哭灵前，
生妻啼空帐。
弱弟无人教，
长日傍柴扉。
更有幸灾人，
旁观道是非。
吾父善作诗，
人称七步才。

吾父擅风雅，
园花皆手栽。
告父好读书，
累累委尘埃。
吾父爱大儿，
阿侬终未问！
忆父病重日，
思儿心转急。
三日一长函，
一日三叹息。
此叹最伤心；
此意有谁识？
自知病已危，
不克保朝夕。
勉强作欢颜，
惟恐家人泣。
血衰手已颤，
犹效健时笔。
嘱儿“且勿还，
吾病痊有日。
病死亦常事，
愿儿勤努力!”
此书在中途，
吾父已长辞，
吾当父死时，
身上无完衣。

踯躅风尘道，
腹中长苦饥。
…………
呜呼哀哉！
…………
父在日，
我远离；
父病苦，
儿不归！
生不能养，
死不及诀，
孤儿泪，
何时歇！

一个老太太，住在二层楼，她的女儿，住在三层楼。这位老太太是反对开窗的，因为开窗怕要伤风。可是终于伤风了，于是抱怨她的女儿，说是，因为她的女儿住的三层楼整天开窗，所以她伤风了，因为风是会转弯的，可以从三层楼转到二层楼。

据书店老板说：奉天，洛阳，开封，山东等处，新书销得最多，沪、杭等处却不行。——最贫穷最受压迫的地方的人们是最肯读书的。

据说，有些留学生到日本去，只是关起房门来碗牛肉吃的。中国之大，何处不可吃牛肉，又何必到日本去呢？

L先生说：“辛亥革命那年，南方组织北伐军，于是有许多女同胞去从戎，组织女子北伐队。后来，到前敌去，听见大炮一响，这些女同胞都躺在地下，吓得不敢起来了，于是，只得让男同胞背了回来。”

春天到了，兵们又要打仗了，等到他们的战马的足迹已干的时候，农人将提了锄头来把这些足迹锄平，而且，撒下他们的种子。——可怜的中国呵，你是有光荣的，因为有这许多勤劳而且忍耐的农人。

接刘半农先生来信，说“许久不做文章，快成没字碑了。”想到许多朋友多为生活的艰难而投下笔，实在是令人叹息的事情。然而创造社还咬着说，语丝社的人全是小资产阶级，有闲阶级，这种冤枉只有天知道罢了。半农先生的《扬鞭集》中我最爱有一首诗，这看待的题目也忘记了，（《扬鞭集》又不在手头。）但记得这首诗中每一节的末尾一句全是“教我如何不想她?”这当然是首情诗了。然而半农先生说：“生平不曾有过情史。这个她究竟是谁呢?是人呢?是神呢?也许人人心中都有这样的goddess吧。”

是Arthur Symons罢，说王尔德（OscarWide）有诗人的倾向，但是不能算是一个诗人，有艺术家的倾向，但是不能算是一个艺术家，有圣者（sage）的倾向，但是不能算是一个圣者。然而可怜，我们却连这些倾向的人也没有。

某年，蒋夫子访胡圣人于钟鼓寺。时北京政客官僚正想伸足教育界，而教育界正在家薪，于是蒋夫子曰：“北京的教育界是一个处女。有的人想强奸她；有的人想和奸她。”圣人笑曰：“不然，北京的教育界是妓女。有钱就好说话，无钱免开尊口。”

柏烈伟（S. H. Potevoy）先生来信，说“北平现在除了周作人先生之外，几乎找不到一个理想家或文学家。”想到周作人先生，我的衰弱的病的心中也充满了喜悦了。苦雨斋主人是我的师友中最可敬爱的人。戈尔特堡（1saacGoldberg）批评蔼理斯（HavelockEllis）说，“在他里面有一个叛徒与一个隐士，”这句话实在可以拿来移赠周作人先生，虽然我们的周先生一定很谦逊地不承认，在中国，精研外国文学的渊博如周先生的是没有的，而且，也可以说，很少人如周先生的勤于执笔。他的小品散文可说是受了Charles Lamb，George Gissing，一流人的影响的，就是他的诗也一点不带中国旧诗词的传统气。《小河》一诗到如今还可以说新诗中的绝作。我说，周作人先生是一个“叛徒”，这因为周先生有爱打架的皮气，——新学者的拥护溥仪，新文人的侮辱女性，艺术家的“闹恋爱”，甚至于街头巷口的“狂”什么文豪的胡闹，这，于苦雨斋主人有什么关系呢?然而我们的周先生却不惜拿起笔来同他们斗，真是有爱打架的皮气，据说马裕藻先生也曾这样批评他。——然而，创造社的冯乃超却说他是“学托尔斯泰的卑污的说教”，真是“欲加之罪，何患无辞”呢?

胡适先生给我的印象

记得从前读汤玛士（Calvin Thomas）的《歌德传》，他曾说，每个学者都有他自己的但丁（Dante），自己的莎士比亚（Shakespeare），自己的歌德（Goethe）。他的《歌德传》是他自己在大学校中多年教授研究的结果。胡适先生（为行文便利起见，以后有时简称胡适，对于胡先生觉得抱歉。），无论你是教授，学生，政客，官僚，商人，农民，只要你能够看白话著作的人，在中国，你总得应该知道他的大名，无论你是赞成他，反对他，或是漫骂他。每个看白话文的人，心中都有他自己的胡适。在我们的家乡绩溪，胡适的名字已经成为神话了。在那里的三叉路口，道旁亭中，有冒牌的胡适所写的对联，有冒牌的胡适所写的匾额。在上海南京，听说也有冒牌的胡适的哥哥和弟弟。究竟胡适是怎样的人呢?这本书所讲的，是我自己所知道的胡适。

想起来，是十几年前的事了。那时我才十九岁，在南京一个中学毕业，便在东南大学当书记。那年的夏天，东南大学办了一个暑期学校，请了胡适到南京讲演。他到南京，便住东南大学的校园内梅庵。我们没见面以前，已经通了几次信了，我那一天第一次去见他，胡先生很欢喜。他第一次给我的印象非常好。胡先生的脸，正如周作人先生一次说笑话所说，是个“聪明脸”。他的瘦削而有神的面孔，眼光非常锐利，说话时常带微笑，但议论毫不苟且。后来我才知道，胡适先生最佩服杜威（John Dewey），杜威先生说话，没有一句不是深刻地思想过的，胡先生也是一样，不说一句自己不深信的话。胡先生是实验主义者，白话文学的提倡者，所以暑期学校听讲的学生非常多。他那时讲的是“白话文法”与“中国哲学史”。那时梅光迪也在暑期学校讲“文学概论”。他在课堂上大骂胡适。记得有一次，梅光迪请了胡先骕，到课堂上讲了一点钟宋诗，胡先骕也借端把胡适大骂。但那时的学生，信仰胡适的，究竟比信仰梅光迪的人多。梅光迪的崇论宏议，似乎没有几个人去听。高语罕那时也是暑期学校的学生，就在课堂上同梅光迪吵过嘴。（参看高语罕《白话书信》）

我那时还是一个什么也不懂的中学生，暇时也挤去听胡先生的课。每次都挤得一身大汗，课堂上真是人山人海。他的讲演正如他的散文一样，清晰而有趣味。（在中国，我只听见两个会讲演的教授，一个是胡适，一个是鲁迅。）

他每天会客的时间，花去真不少。许多教授，学生，都流连梅庵，叩门进谒。记得有一天，东南的怪杰顾铁僧教授也去看他，并且带了他的《中国文学史》去给他看，那《文学史》的头两句，就是：“文学者，文学也；文学史者，科学也。”

我那时很喜欢做诗。我住在兴皋旅馆，曾和北京的胡思永（适之先生的令侄，不幸早死，著有《胡思永遗诗》。）杭州的静之，仰之（程惯）冠英，照声结社做诗。那时我们的诗，自然多受了《尝试集》的影响。我们一班人中，思永和静之都做得一些好诗，佩声天才很高，但不肯多作。那时我们做诗，实在不免滥作，有时一天做好几首。胡先生反对我们，他说："你们做那些没有底子的诗，何不专心学英文?"

我从少高傲，不以胡先生的话为然。我写了几句打油诗来反对他：

你劝我不要做诗，
你说我的诗没有"底子"。
究竟诗是怎样的东西?
他要什么样的"底子"?
我既不想学什么"诗人"，
我也不想学什么"名士"。
我只做我自己所不得不做的诗，
因为我不能将我的感情生生地闭死!

胡先生究竟是一个能容忍（tolerance）的人，他居然赞成我的打油诗，说是做得很好。

有一天，一个暑期学校的学生去看他，问他生平有没有情史，《尝试集》（那时初版方出）中似乎有几首是恋爱诗。那天晚上，胡先生就写成一首《一笑》：

十几年前，
一个人对我笑了一笑。
我当时不懂得什么，
只觉得他笑得很好。

那个人后来不知怎样了，
只是他那一笑还在：
我不但忘不了他，

还觉得他越久越可爱。

我借他做了许多情诗，
我替他想出种种境地：
有的人读了伤心，
有的人读了欢喜。

欢喜也罢，伤心也罢，
其实只是那一笑。
我也许不会再见着那笑的，
但我很感谢他笑的真好。

这首诗中的他，当然是个女性，应该是“她”。我们知道胡先生的人，多知道胡先生是一个“多情”的人。但他的感情，给他的理知压住了，不敢奔放，不会做出狂恋的诗。所以他曾对我们说，“我写情诗，到‘多谢殷勤我友，能容我傲骨狂思’便够了，这是含蓄的巧法。”

那首《一笑》，后来也收入《尝试集》里。那是民国九年八月间的事情。暑期学校关门，胡先生北返了，后来遂生了很重的病，心脏炎与肾脏炎。

我于民国九年十二月间（？）到北京，住在斗鸡坑的工读互助团里。那时工读互助团中的事业，如饭馆，英文夜校，等等全失败了。铁民靠着翻译书卖给一个朋友过日子，译的是关于音乐的书。

此外有忘我（鲁彦），何孟雄，缪伯英，钱初雅等，全没有职业。我到北京后，便去看胡先生，那时他的病已经好得多了。还是每天用大锅熬着，吃着陆仲安的补药。胡太太是个很温和的旧式女子，待我也很好。最同我意气相投的是胡思永，一个通信已久刚才见面的好朋友。

（在这里说一件小孩子的故事，仰之后来替思永编遗诗，把关于我的名字的句子，全涂抹了。原因是仰之报仇。思永未死以前，我和他总骂仰之是“奸雄”。）

那时胡先生的家，住在后门内钟鼓寺十四号。那房子，据说从前是一个庙，后来改建民房的。思永住在右面的厢房内。对面是胡先生的书房。四面堆的都是重重叠叠的旧书籍和新书籍。胡先生大部分的时间是埋在书堆里。

我那时和思永同替胡先生抄书，每千字的价格是二角伍分。但胡先生对我们很好。每次总是多算些钱，价格是说说罢了。思永那年也没有进学校，在家自修。胡先生晚上有暇，也同我们讲《诗经》，讲《楚辞》，《胡适文存》有一篇怀疑屈原的文章，就是那时的一个晚上同我们讲的。

我们有一次，请胡先生替我们讲“文学概论”，胡先生笑着说道，“我的文学概论吗?一点钟就讲完了。”但是他的“文学概论”如何，究竟没有讲，我们也不知道。

胡先生的文学嗜好，我们是知道的。他欢喜莫泊桑，乞呵夫，易卜生。他有莫泊桑、易卜生的英译本全集。他最欢喜乞呵夫，他曾告诉北京饭店的西书掌柜，有新出的乞呵夫英译本，赶快送到他家里来。在文学上，他是一个写实主义者，他说：中国的新文学创作，应该经过写实主义的洗礼，前途才有希望。他不很喜欢梅德林克，一次，思永曾问他，“梅德林克的《青鸟》怎样?”他说，“那是给小孩子看的。”

胡先生很喜欢做诗，但他自己说不是一个诗人，因为他的生活没有什么神秘。有一次我们曾拿郭沫若的女神给他看，他看了，说：“我看不懂！”后来，我们看他的日记上写着，“郭沫若有诗的天才，艺术的技巧，还不大好。”（大意如此，原文忘记了。）他却恭维过郁达夫，说他的《沉沦》是写得好，颓废也有颓废的经验。

他最喜欢鲁迅的《阿Q正传》，《阿Q正传》在《晨报》副刊上发表，他每次看了，总欢喜赞叹，说，“写得真好。”有一次，他曾说，“如果《阿Q正传》是用绍兴话写，那一定更有生气呀！”同时的人，他最喜欢鲁迅与周作人两先生，他常说，“周氏兄弟真可爱！”

每个作家写文章都有他的脾气与习惯，例如鲁迅先生，他写文章的时间，大概多在晚间。他晚上写文章，睡得很晚，所以次日起得很迟。鲁迅先生写文章，还有一个习惯，就是环境一定要十分寂静。窗下的轻微的脚步声，有时也会使鲁迅先生搁下笔来的。我还记得一个笑话：有一晚，外面下了很大的雪，鲁迅先生在房内写文章，写得很迟了。蓦地里，听见屋檐上面，有两只猫在打架，呼声震破了肃静的黑夜。鲁迅先生恼了，投下笔，踏着雪，到外面去打猫。猫走了，鲁迅先生的气也平了，于是回到房里，关起门，仍旧写文章。次日早晨，家里人起来，看见雪地里有一条很清楚的足印，直达房门口。家里的人都急了，以为是失了窃，晚上贼来过了。但查查房内的东西，并无失落。后来鲁迅先生醒了，这一幕喜剧也明白了。

可是胡先生写文章的习惯，却没有这样严肃。他有时一面和客人谈话，一面写文章，当然，那时节，他写的文章并不是创作。他很喜欢抽烟，他写文章时似乎离不开香烟。常常一只手夹着香烟，一只手写字。他写文章可写得很快，一提起笔来就是上万字。他是有“历史癖与考据癖”的，所以写一篇文章得查许多参考书。他的书桌上总是堆满了中西书籍，看来很杂乱，其实，他有他自己的条理。你千万别动他的书桌，一动，他就找不着材料了，他会动气的。

那时章洛声也住在胡先生家内，在北大出版部做事。洛声曾告诉我一个笑话。他说陈独秀先生写文章，有一个怪脾气，他欢喜把袜子脱下来，用手摸自己的肉脚，并且把摸过脚的手放在鼻子去闻，这样，文思便滔滔而来了。

有一次，我们在胡先生的书架上，找着一本英译本的《共产党宣言》。我们高兴极了，便带到工读互助团里去看。那时工读互助团里的人，如忘我（鲁彦），他是一个安那其主义者，如孟雄，是马克斯信徒，后来成为共产党重要人物，被杀在上海。初雅崇拜托尔斯泰。我同铁民没有什么信仰。但我们也喜欢说说马克斯，克鲁泡特金。常往来胡先生的家里的，有党家斌，他崇拜尼采（Nietzsche），我们大家替他取了一个“超人”的绰号。胡思永虽然崇拜他的叔叔胡适，私下叫他“胡圣人”，但他自己却挂上英雄主义的招牌。老实说，我们这一群浪漫少年，当时似乎并不曾受了胡先生的科学方法的影响。

胡先生自己说，他的思想，受两个人影响最大：“一个是赫胥黎，一个是杜威先生。赫胥黎教我怎样怀疑，教我不信仰一切没有充分证据的东西。杜威先生教我怎样思想，教我处处顾到当前的问题，教我把一切学说思想都看作待证的假设，教我处处顾到思想的结果。”

胡先生反对青年妄谈主义。不肯研究问题。他骂过我们，“你们连《资本论》（Das Kapital）也没有看过，谈什么马克斯?”是的，《资本论》的英译本，我们也买过，但那时我们一班小朋友，没有人看得懂。有一次，我问胡先生研究社会学该先看什么书，他说，有中译本的爱尔乌德（Ellwood）的《社会学》（《世界丛书》本）可看。在政治上，胡先生始终是一个改良主义者（他自己并没有说过改良主义，这是我们送给他的一个名称。），他主张“一点一滴”的解放与改造。但那时青年，大家都主张“革命要革得彻底”，虽然革命大旗上的招牌，各各不同。那时朱谦之先生，曾主张“革命要革得虚空破碎，大地平沉。”这总算最彻底的话了。可是虚空如何破碎?大地如何平沉?朱先生没有说，我们也不知道。朱谦之那时住在马神庙的光明学舍。有一次，他同我说，“实验主义，詹姆士（Wlliam James）还可以算是对的，杜威是不对了，适之更是不对。”

我不懂哲学，也不懂朱谦之的话。但以人而论，朱谦之的确是一个好人。那时他没有遇见杨没累女士，所以见着女人还是要发抖。他很穷，几星期没有钱买油点灯，便在床上想成一部《革命哲学》。有一次，梁启超在北大公开讲演，“批评胡适之哲学史大纲”，朱谦之去听了回来，告诉我，他怒极了，梁的态度很不好，他真想上讲台把他拖了下来。

胡先生也还看得起朱谦之，说他的思想虽然杂乱，人格却还很好。

我到北京之后，就住在斗鸡坑，后来，斗鸡坑愈斗愈穷了，但我们仍旧高谈主义，不事生产，胡先生骂：“你们这班小名士，饿也会把你们饿死了！”思永也时常提着Stick，到斗鸡坑谈天。我们想革命，想暗杀军阀，官僚。记得有几个朋友，在北大理科听讲，便偷了一些硝酸，硫磺，棉花，铁片，想在斗鸡坑做炸弹。炸弹做成了，半夜里起来，偷偷地到中央公园假山后去放，说是声音很响，次二日去看，却不曾炸坏一块泥土。后来，那些杜撰的炸弹，也炸过一只小黄狗，它却丝毫没有受伤，逃到远处去了。那时我们的革命行动，不过如此。

铁民曾问胡先生，读书有什么方法。胡先生说，读书最要紧的是应该克期。什么叫做克期，克期是，一本书拿来，定多少时读完，就多少时读完。五四运动后的铁民，是一个狂人。他曾写信给他的父亲，说：“某月某日起，我不叫你父亲了，大家都是平等的。”他的父亲接着信，大气一场，说：“反了，儿子念书念到大学，连父亲也不要了!”

可是后来，铁民的父亲死了，他却做了一首很悲哀的《孤儿思归引》。铁民又曾写信给蔡先生，直称元培而不称先生。胡先生知道了，把铁民叫去大骂一顿，说，“就是蔡先生的长辈写信给他，也该客气一点，不应该如此无礼!”铁民说，“这不是无礼!不写先生，一来呢，省时间；二来呢，省纸省墨!”胡先生气得没有话说。

胡先生在北大讲New Poetry，我曾和铁民去听，教室是在北大四楼。有一次，胡先生正讲得起劲，忽然停住讲，走到教室的前面把窗儿关上。当窗而坐的是两个女学生，那时正是冰天冻地的冬天，北风很紧。我们回头一看，那两个女学生脸儿全红了。

我到北京以后的四五年，从斗鸡坑的朋友穷得散伙以后，简直以钟鼓寺为我的第二家庭。胡先生的书籍，我们可以随便取来看览，他找书找不着，总说我们拿去了，骂了一场，又去买新的。胡先生是一个最能原谅人的人，他在美国式的教育底下，训练成他的Gentlemen态度。他对他的小孩思祖，也很客气，思祖替他做事，他也说谢谢。有一次，胡先生带了思祖，到北大上课，一个学生靠着楼窗高声的大嚷：

我不要儿子，

儿子自己来了！

胡先生抬头一望，不禁微笑。

他最爱他的小女儿，他不喜吃粥，为了女儿要吃粥，有时也只得吃粥。他总说他的女儿聪明。后来，他的女儿得了肺病，死了，胡先生与胡太太相对大哭。我们只知道胡先生为了他的女儿，流过一次的热泪。我们还知道，胡先生有一个脾气，不喜欢吃甜的东西。

我们绩溪人总有一种习气，无论到什么地方，绩溪人同绩溪人在一处，总是不改乡谈。所以我们在胡先生家中，说的全是绩溪话。胡先生打起绩溪调来读诗词，是在他的有牢骚的时候。在病中，他很喜欢读《椎歌》（南宋，朱希真著，有我的校点本，商务印书馆刊行），曾对我和思永说：“这是一剂药，可以医你们这些恨人的！”他又曾集《椎歌》的句子成一对：

伊是浮云依是梦。

爱他风雪耐他寒。

胡先生很喜欢朱希真，也喜欢辛稼轩、苏东坡。（他对于词的见解，可看他的《词的起源》与《词选自序》）我们很喜欢纳兰性德，但胡先生却不喜欢他，他说，“纳兰性德还不如我们绩溪的石鹤舫，石鹤舫的词比纳兰性德还好些。”（石鹤舫，清道光时人，他著有诗词集一卷，无流行本）这是他的偏见。

那几年，胡先生的家中，接连发生了几次不幸的事。十二年四月思永死了，后几年思聪（思永的堂哥）死了，胡先生的小女儿也因肺病死去。最使我难忘记的，思永死后，有一个故事。思永死后若干天，他的房子用纸核糊一新了，纱窗的纸也改糊过。思聪睡在思永的房内。一夜，思聪正在睡眼朦胧的时节，忽然看见思永的影子，提着Stick，走近床前。思聪嘴里说不出话，心里明白，有些怕起来了。他望见思永的影子，用力向他吹气，他也说不出话，向着影子对吹。时间花了很久，思聪急得要命，又哭不出声，正在吱吱唔唔的时节，对房的思聪的父亲，胡觉先生闻声起来，才把思聪喊醒。第二天，思聪起来一看，窗上新糊的纸一个个洞地破了，像是用Stick插破似的。思聪说是有鬼，胡先生听见，很不以为然，说：“那里有什么鬼!窗上的洞，是猫抓破的!”

胡先生是相信范缜的《神灭论》的人，自然不相信有鬼。这件事也许是思聪的幻觉。但思聪后两三年也死了。现在我把这件可入《阅微草堂笔记》的故事写起来，也算一个纪念。

胡先生是个乐观的人，他的永远的寂寞的微笑的颜色最动我的记忆。思永、思聪死后，胡先生很悲哀。他们都很聪明，年青，死得太早了！思永留下的有一册《胡思永的遗诗》，胡思聪遗下有几张油画，挂在胡先生的客厅上。他还替我的祖父画过一张照相的木炭画。每周评论上登过他一篇小说。其余，没有什么，他们的聪明和才力，都随黄土消灭了。胡先生当思永死后两天，曾带了我们几个小朋友到中央公园去玩。他知道思永之病，当然为了结核症。但也有一个原因，是为了“后来他在南方，恋爱着一个女子，而那个女子不能爱他。”思永生前，曾有一次跑去问他的叔叔，“爱情究竟是什么?”胡先生想了一会，笑着答：“这很难说。”可是胡先生那天，在中央公园曾告诉我们一班小朋友：恋爱譬如赛跑，只有一个人可跑第一，然而即使失败，我们也还要向前跑。这是他对于青年人的教训。

为了做《中国哲学史大纲》和考证文学史上的史料，胡先生大买中国古书。在琉璃厂的旧书店，遇着有罕见的旧书，总送到胡先生家中去。胡先生说，“我多买旧书，是要看中国的古人，究竟傻得怎样！”有一次，他又在中央公园，对孙伏园发过牢骚。他说，“中国不亡，是无天理。”为什么呢?八股是最无用的东西，做八股做了千年，缠足是最腐败的陋俗，缠足也缠了千年。世界上还有那一国有这样的傻事情吗?所以中国不亡，是无天理。

以上的印象，说得很零碎。我们到泰山去玩，有的人欣赏他的松树的清奇，有的人欣赏他的岩石的幽古，有的人欢喜踏南天门的积雪，有的人欢喜绝顶上的落日。印象各人不同，做泰山游记的文章也各人不同了。伟大的泰山，永远直立那里，不减他的崇高与雄峻。零碎的记载，对于泰山有什么关系呢？无论怎样说，胡先生总是我国学术界的泰山，我的讲话虽是一鳞一爪，也值得一看的吧。

自民国十六年以后，我忙于衣食，胡先生的家也渐渐少去了。胡先生的家从钟鼓寺迁到景山后林长民旧居之后，我只去过一次。那几年间，胡先生南北奔波，到欧美去走了一趟，为了中英文化基金会事。他出国以前，我在来今雨轩请他吃饭，到有周作人刘半农川岛诸先生，他来坐了一会，手里拿着是托尔斯泰（Leo Tolstoy）的短篇故事（英译本）。他对我们说，“这几天正看托尔斯泰的故事，几乎每个故事里多有一个魔鬼。”

胡先生是从西伯利亚方面去的，在莫斯科住了几天，当时写信给志摩，很有恭维俄国的话。他的话很使一班共产党高兴。李大钊先生被捕之前，我的朋友叶君见着他，谈起胡先生，李先生说，“我想写信给适之，劝他从莫斯科回来，不要让他从美国回来。”后来胡先生从美国回到上海，我到极司非尔路四十九号去看他，并且把李大别先生的话告诉他。他说，“俄国是学美国的。我个人还觉得美国有希望。俄国学美国的地方，如（1）工厂式的管理法。（2）广告式的宣传。（3）买卖人的训练。……”胡先生是希望中国走美国的路的。

中国究竟走那条路呢?走俄国的路也罢，走美国的路也罢，就是走意大利的路也罢，总比糊里糊涂没有路走好些，我想。

胡先生是一个实验主义者，他是看不起辩证法的唯物论的。前几年，社会科学书籍很流行，胡先生的家搬到北平以后，大前年，他一个人来到上海，住在沧洲饭店，同去看他的，有我和李小峰，赵景深。谈话之间，他大骂今日中国的出版界。他说，“把Dietzgen的The Positive Outcome of Philosphy改个名字，叫做《辩证法的逻辑》，译的莫名其妙，便可一版再版地销行，这真是中国出版界的羞耻!狄慈根是一个第三四流的学者，他的书也值得这样销行吗?青年们渐渐肯买书了，这是好事。但出版界是操青年生杀之权的。耶稣说得好：需要面包的，不要把石头给他。我希望中国出版界不要把石头当面包卖。”后来赵景深问他：“你以为做煤油的辛克莱怎样?”他说，“从艺术上看来，还是得诺贝尔奖金的辛克莱·罗意斯好些。”我又问他，“胡先生，你对于中国的普罗文学有什么意见吗?”“我还没有看见中国有什么普罗文学。”他答。

胡适先生是一个怎样的人呢?

他是一个聪明人，一个“好人”，一个“学者”，一个有“不朽”(Social Immortality)的宗教的信仰的人，他也许有他的偏见与他的缺点，但是，一根大树，我应该从他的根干上去瞻仰他的伟大的。上面的印象只是一枝一叶，我的力量还不够看到他的伟大的深处呀，在他的文学与哲学方面再去观察他的思想的全体罢。要了解一个学一种新的力量在我的心里，一种新的希望在我的目前。辞别了Polevoy先生与Mrs. Lorskaya回来，在黑暗的归途里，我不知道天上有没有稀疏的，无力的，虚伪的，薄弱的，光明的星辰，只觉得晚风乱吹的灰尘的街道上，有无数的，可爱的，劳动的，污秽而饥饿的父老，兄弟，姊妹，他们在那里彷徨着，奔走着，寻求着，奋斗着，为了他们困难的生活。高楼上的大时钟的短针指明已经十一时了。春夜的温柔呵！那洋房大厦里的老爷太太们正怀抱而喁语在锦绣的床榻中罢。不仁道的上帝呵！我愿意毕生飘泊在灰尘的街道中，伴着可怜的朋友们，那是我的永久的归宿!

一九二七年四月三日　追记

中国的情歌

这是五年以前的事了，那时我从南京学校毕业，回到那万山重叠的故乡去。一夜，月明星稀，风景如画，我和我的朋友，缓步踏月，经过林木丛中的一小村。村中房屋，矮小清洁，俨然农家风度。那草场上，月色下，有许多男女小孩，三三五五，正在那里跳跃游玩。蓦地里，我听见两句歌声，从小孩丛中发出，声音低回婉转：

拜望天天下夜雨，
留了夫夫睡夜添。

我很惊异的走上前去，清楚地瞧见那草场地东北角上，一个十四五岁的肥胖女孩，还在那里曼声高歌。我痴然直立。恍惚若有所感。——这样迫切动人的情歌，不图在这穷乡僻壤的女孩口中，无意听得!

我想，世界上最美丽的诗歌，一定不产生于车马扰攘的城市，而产生于景物静逸的乡野。但是我怎能够久居乡野呢?为了衣食，我凄凉地在灰尘满天的北京城中奔走，匆匆又已经五年了！想起那五年前月夜歌声，不知几时再能回到家乡，重听草地上兄弟姊妹们的清歌!

我想，假如我有功夫，我情愿做中国情歌的搜集者。我相信，村夫农妇口中所唱的情歌，一定比那杯酒美人的名士笔下的情诗，价值要高万倍！中国文人所做情诗，大部是轻薄纤巧，没有迫切动人的情感。记得Sara Teasdale女士曾这么说过："抒情诗的事实不妨是想象，但所抒写的情却须真实"。整千整万的情诗的大毛病，便是情感的虚伪！

情歌是迫切的情感焚烧于心，而自然流露于口的，所以虚伪的自然很少。就形式（form）方面说，中国的什么七言，五言，词调，曲谱都不适宜自由表现情感的。本来文字（words）不过是观念的符号（The signs of ideas），用文字表示情感已经是很难的了。再加上一些形式的束缚，自然更觉困难。情歌在形式方面比情诗自由得多，句的长短，音节的和谐，俱本之天籁。中国的分音文字是最讨厌不过的，所以有调：宏很好的情歌，一到文人的手里写出来，便觉得十分累赘了。

谈到中国的情歌，自然不能不算《诗经》中的《国风》最古了。《国风》是古代情歌的结集！郑樵说："风者，出于土风，大概小夫贱隶妇人女子之言，其意虽远，其言浅近重复，故谓之风"。朱熹说："风则板巷风土男女情思之词"。这两种解释得最好！《诗经》之所以有价值，所以能成为世界文学里的无比宝贝，正因为有《国风》一部分的缘故。《诗经》除去《国风》一部分，则所剩余的不过是些宗教颂歌等等，他的价值，至多也不过同印度的吠陀颂歌与希伯来人的诗篇（psalms）一样!

然而这足可怪的!《诗经》的《国风》在近代已经找得许多知己了。有郑振铎、顾颉刚一般考据先生替他解释，有郭沫苦那样诗人普他译为白话。放著许多近代的情歌不去搜集，不去研究，却偏要研究三千年前的情歌，我不能不说中国人是好古心切。

男女互相爱慕，原是一种自然本能。你看：

小小子儿，坐在门墩儿，
哭哭啼啼要媳妇儿。
要媳妇儿干什么？
点灯，说话儿，
吹灯，作伴儿；
到明儿早晨，梳小辫儿。

这首歌描写小孩们想媳妇的情景，何等自然，何等有趣！寥寥的几句话，看去似乎滑稽，其实却是真挚。又如：

哎哟，我的妈呀：
我今年全十八啦。
人家都用轿子娶啦，
我还怎么不拿马车拉呀？

我们乡村中的小姑娘，伊们口中唱出这种自然的心中声音，虽然是愚得可怜，却也美得可爱。这种情歌的艺术上的价值，比那心中想男子汉，笔下却“母亲呵”！“小弟弟”！一流的新诗，要高出万倍！

Conard Aiken说：“伦理同艺术是不能结婚的”。情歌是村夫村妇口中吐出的自然声音，他们只知道说真实话，不懂得什么是伦理。你看：

削竹根儿，打桑葚儿，
姐夫寻了个小姨子儿，

关上门儿，盖上被儿，
左思右想不是味儿；
管他是味不是味儿，
黑夜躺着不受罪儿。

“姐夫寻了个小姨子儿”当然是不应该的事。然而世界上正多这样的事，却又何妨有这样的歌。真实是一切艺术的共同灵魂！

又如：

死了男儿别怨天，
十字路口有万千。
东来的，西去的，
挑他个知心合意的。

这才是真实的妇女心中的思想！你看“东来的，西去的，挑他个知心合意的”。这多么自由，多么爽快！什么“饿死事小，失节事大”不过是书呆子们关起门来的胡说。

中国北部有些地方，结婚的男女，年龄相差很大，这也是无可奈何的事！

（一）

待说郎来，郎又小；
待说儿来，不叫娘。

（二）

我小，你也别嫌我小；
我老，你也别嫌我老。

这样能互相了解，自然也没有什么话说了。这首歌起初读来令人好笑，仔细想来令人悲哀。

妇女不幸而做人奴婢，已经够可怜了，然而那饱暖思淫欲的“相公”却想当伊做玩物。

金风玉露正娇秋，
诸色虫豸草里愁；
梧桐叶落风飘送，
片片秋云半空浮。
有一位书生独坐在书房内，
里边走进了小丫头；
十指尖尖把香茗送，
含笑微微做俏眼丢。
书生一见真心动，
原来语气欲轻浮。
好一朵含蕊鲜花多娇嫩，
年轻披发貌风流。
隐隐胸前高二珠，
好像是两朵红云花粉的面上浮，
罗裙底下金莲露，
绣花鞋子小瓣头。
书生看见情浓挚，
双手忙将粉颈钩。
丫头满面好惭羞：
变起一声“相公呀！
你十年窗下磨铁砚，

弗该应调戏我小丫头。
虽然小婢身低贱，
窃玉偷香一笔勾。
况且主母娘娘多严训，
拨出情义怎肯休。
倘然打死我丫环只当寻常事，
相公呀！
你难免这场羞。
倘有同窗好友来知道，
背后谈论说你歹。（读如邱）
我劝相公须要行正道，
读书人难逢占鳖头。
点穿纸窗容易补，
伤人名节最难修。”

这一首歌写景叙情，面面俱到，又婉转，又细腻，又动人——

现在的学生们时常买些东西送给女朋友，你看，乡间的男子送女子的东西：

一把扇子两面红，
相送姐姐搧蚊虫；
姐姐莫嫌人事少，
全付相思在扇中。

你又看，女子送男子的东西：

结识私情结识恩对恩，
做双快鞋送郎君。
薄薄里个底来密密里扎，
情哥郎着仔脚头轻。

我不知道那些替情人打绳衣的现代受教育女子，能否唱出这样的好歌！

天落雨了，情人出外去了，那女子口中唱的：

昨日夜里满天星，
今朝落雨弗该应；
情哥哥没带钉鞋伞，
小奴奴急断肚肠根。

天晚了，情人幽会了；

一更一点月出头，
哥在房边打石头；
妹在房中打主意，
早晒罗裙未曾收。

二更二点月照街，
轻手轻脚把门开；
双手来接哥的伞，
为妹情重哥才来。

三更三点月照楼，
手掀蚊帐挂金钩；
情哥问妹那头睡，
双手弯弯做枕头。

四更四点月落西，
更鼓乱打鸡乱啼；
可恨金鸡啼得早，
鸳鸯隔散两分离。

五更五鼓大天光，
情妹送哥出绣房；
手拿衣袖抹眼泪，
难舍情妹好心肠。

这几首情歌，虽然多是七字一句，却也真实活泼，教人看不出一些琢饰的影子。而且，你看，他是何等大胆的实说！

月圆了，情人离别了：
无情月，
挂在奈何天！
月呀！
你照人离别，
为什么偏要自己团圆？

这是去年的冬夜，我同我的朋友冒着霜风，走过那冷静的北河沿。

我口中唱着上面的粤歌，我的朋友听见我唱了一遍，便能背诵了。好的歌谣是容易懂的，好的歌谣也是容易记的。

表妹想着表哥，这在中国社会上是常见的事：

俏佳人，临镜把头梳；
青丝拨上三圈弯，
白玉的簪儿鬃发上窝。
两边乌眉分八字；
樱桃一口自来酥。
秀才听，把手搓。
叫一声“好哥哥！”
奴表妹弗是应怪你，
奴大号到你高厅上，
晤笃令尊翁不应耽迟误。
三生石上无名字，
姻缘簿里不清楚。
哥哥啦！
我爹爹不管家务事；
我母亲是常到佛楼拜佛念弥陀，
嫂嫂常到娘家去；
哥哥作客在京都。
兄弟年轻不懂啥，
书房里面用功夫。
小登科！
小登科！
哥哥日日来望望吾。

若然碰着我亲夫，
叫一声表妹夫，
我在旁边叫表哥。”

这些情歌的价值，正如绍虞君所说：“因为他不懂格式，所以不为格式所拘泥；他又不要雕琢，所以不受雕琢的累坠”。我还替他加上几句：“因为他不懂道德，所以不为道德所拘泥；他又没有学问，所以不受学问的累坠”。

广漠的中国，那无量数的乡村男女间的情歌，正待我们的搜集；本文所引，实难免挂一漏万之讥。但我们希望我这篇肤浅的小文能引起爱好情歌者的注意，在最近的将来，有一部“中国情歌集”出现！

一九二三年十二月七日晚

黛丝戴儿情诗抄

莎兰·黛丝戴儿（SaraTeasdale）女士于一八八四年八月八日生于美国。幼时身体甚弱，在家中读书，一九〇三年乃毕业于Hosmer Hali。从这个私立女校毕业后，因为身体不好，便不能再进学校。黛丝戴儿女士从幼便爱做诗，幼时在家爱读Christina Rossetti的诗，后来入校又爱译德国诗人海涅（Heine）的诗，出校后与她的朋友办了一个诗的月刊，叫做the Potters Wheels，是手抄本。在这个手抄本的小杂志上她发表了她早年所作的诗。一九〇五年她到欧洲去游历，又到埃及，希腊，等处流连多时。一九一二年夏天她同诗人Iessie Ritenhouse去游意大利和瑞士。一九一四年十月十九日她与同乡Ernst B. Filsinger结婚，Filsinger是一个国际贸易著作家。从一九一六年以后，夫妇住在纽约，但黛丝戴儿女士也常至欧洲等处游历。

一九一六年她的"烦恼之歌"（Songs out of Sorrow）得美国诗社的奖金，一九一七年她又得了哥仑比亚大学的诗奖，为了她的"情诗集"（Love Songs）群推为美国是年出版的最好的诗集，她的诗集已出版者有以下五种：

1. Helen of Troy and other Poem（1911）
2. River to the Sea（1915）
3. Love Songs（1917）
4. Flame and Shadow（1920）
5. Dark of the Moon（1926）

她的情诗最有名，欧美文学界推为近代的莎浮（Sappho），惟原诗词句至丽，余译丁下面几首诗，颇觉费力不少，幸识者有以教之。

一九二九，十二，十七，衣萍记。

（一）赠品（Gift）

我给我的第一个爱人微笑，
我给我的第二个爱人眼泪。
我给我的第三个爱人沉默，
沉默过了无限的日子。
我的第一个爱人给我唱歌，
我的第二个爱人给我凝视。
但是，呵，我的第三个爱人却给我灵魂，
灵魂永远存在我自己的身里。

（二）私逃（The Flight）

几度郎回头，
要侬同逃走。
郎情似燕翼，

侬身似燕子。
逍遥大空中，
远离风和雨，
怕闻旧人声，
叫侬奈何许？

抱侬在郎心，
如浪在大海。
藏侬在郎家，
家在万山中。
和平作屋顶，
爱情作家门。
只有旧人声，
声声不忍闻！

（三）旅客（The wayfarer）
爱情是一个可怜的陌生人，
那一天他走进我的心里来了。
他说他现在是无家可归，
我只好让他暂时在心里住下。

他用忧愁破坏我的睡眠，
害得我在梦里也含着眼泪。
他害得我没有心情唱歌，
恐怖从此代替了我的欢喜。
现在，爱情是孤单单地走了，

我又觉得这老朋友怪可怜了。
晚上我一个人祷告多时。
希望他还有回来的日子。

（四）阿曼尔菲夜歌（Night Song At Amalfoi）

我问繁星天，
何以给我爱，
天答我沉默，
在上的沉默。
我问黑漆海，
渔人今何在。
海答我沉默，
在下的沉默。
我能为他泣，
也能为他歌。
要我永沉默。
此生将奈何！

（五）灯（The Lamp）

我把你的爱带在心上，
像一盏灯在我的手里，
我从此可安心在黑暗的路上巡游，
不会在恐怖的途中呼号，
也不会害怕那永久跟在身边的影子。
假如我能够找得着上帝；
我一定也要将“他”找着。

假如我找不着上帝；
我也可以回来熟睡。
我知道你的爱是怎样安慰我，
像黑暗里的一盏灯哪！

（六）凝视（The Look）

秀芬在春天和我亲嘴，
罗宾在秋天也亲过了。
柯宁却从来不敢和我亲嘴，
只睁着眼儿看看便算了。
秀芬的亲嘴在谈笑时忘掉，
罗宾的在游戏时也忘记了。
只有柯宁凝视着的眼睛，
日日夜夜把我的心儿缠住了。

学精品选

小说

章衣萍精品选

桃色的衣裳

我费了许多心力和时间，将菊华和逸敏的残稿整理出来，即以付印。上篇为菊华的信，下篇为逸敏的日记。呜呼，原稿模糊杂乱，不能卒读。经我整理以后，谁还能看得出我的补写的痕迹，与原稿的真面目呢？菊华？逸敏？是耶？非耶？留待后世考据家的考证可耳。

呵，你们忠诚的读者呵，假如你们心中能得着一些婉转凄切的影子，那就是原稿的灵魂吧，望你们珍重！

上　篇

一

可爱的朋友：

你果然能够“解脱”了么？你的“解脱”一诗，凄凉而且多情，真是令人一唱三叹，不忍卒读呢！爱情好像撒种，有时种子难免撒在石块上，有时风雨不顺，或者害虫为虐，收成便没有希望了。我从你给我的许多信中，知道你和她恋爱的经过情形，看出你是一个爱情田中的勤苦农夫。你对于她的深刻的恋爱是可歌可泣的。然而你终于失恋了！爱情是不能买预约券的，了解这层也可自慰些吧！

昨天我正腰痛，小婢珠儿和邻家的姑娘们又围着要我说笑话。我胸中的新愁旧恨正不知如何遣去，所以便和伊们强笑当哭地鬼混了。你的诗便是那时寄来的，我接着你的诗便一个人到房里关起门来诵读。珠儿和几个小姑娘多不住的怨郎差多事呢。

我现在还应该对你说：一个人由得恋而失恋，精神自然要颓唐些，其实失恋的人生，也是有意义而有趣味的。你自己应该怎样珍重自己是不用多说了。我认自己可以做你的精神上的安慰者，别的，我现在不敢说呀！

你爱的朋友　三月九日

二

可爱的朋友：

你寄给我的几本书都收到了。我因为久病心情委顿，环境又十分不佳，所以看书的兴趣也渐渐减少了。每天只是和小姑娘们谈几句闲天，或者阅几张小报完事。我的生命一天天的向沉沦方面走去，自己实在无法挽救了。承你的好意屡次函慰我，字字从心坎中出来的忠言，可爱的，我一定努力自拔，——但是如何能够呀！

我爱的朋友！我三夜不曾合眼了，想遍了床头也，望遍了床角也，真不知如何自慰慰人呀！我心境上常有突然而来的欢喜，当我闯入苦境的时候，大约是个飘渺的梦境吧。我心境上常有突然而来的恐怖，当我得到乐境的时候。要说仍然是梦境，何以恐怖却常在眼前摇曳呢？

我爱的朋友，你永远是我所爱的，我放胆地说了，你相信吗？

你说："这次的失恋，受的刺激的确太大了。"真的，刺激足以损失人的精神，颓唐人的健康，然而也未始不是一种实际的学问。沉溺在刺激的波浪里的人，遇着风浪过大时，往往自己感到承受不住。实际是领略真实的人生，生命的真意味，只有经过了刺激的最高潮的人，才能体味得到呀！

我想说的话竟像海岸一般的无涯无际的冗长，现在姑且留着，下次再谈吧。我要去睡了，望你到梦中去等着我。

你爱的朋友　三月十一日

三

我的好人：

你对我竟要求……可爱的，你真是一个小孩，未免太急切了吧！你应该想想：像我这样一个病人，如何暂时便担得起你的深重的爱，担得起你的珍重的生命呀！几夜不曾安睡的我，不过得到一些甜蜜的安慰的梦吧。你不要笑我。我梦见我又病在床上，可爱的你却坐在我的床边，你的脸庞正同你寄给我的相片一般妩媚。你的呼吸比麝香还要香，你的脸比桃花还要好看，你的手比芍药还要美丽。

你仿佛嘻笑顽皮地拥抱着我，要我吃药，我倒在你的怀中，只是撒娇撒痴地不肯吃。你舍了一块糖果放在我的口中，要把药水硬灌下去，我没有法子，便用手呵你的腋下怕痒的地方，你哈哈一笑，将一碗药水完全泼在我的身上，外面妈妈跳进来骂："闹些什么！"我吃了一惊，也就醒了。我爱的，我醒来望见房内漆黑，窗外三五晓星，在天上闪烁，外房内妈妈的鼾息声，也隐约可闻。我爱的，这是一个梦中的情景呀，假如是一个实在的情景，我却要害羞，十二分地害羞了！

我因为病久了，所以自己有时也忘记了自己是病人；但这番为了你，我又时时刻刻地挂念着我的病了。我的身上的病不知道何日可愈，但是至爱的，我心中的病，隐在心的深处从来没有告诉过人的病呀，我怎样可以不告诉你？

我要告诉你……但是至爱的，妈妈不久要到我房里来，我只好不写了，你且耐心等着吧。望你为了我而珍重你的身体！

你的好人　三月十五日

四

我爱的：

等了这样悠久的日期才真真地看着你的信，我是如何的焦急而且欣慰呀！

你又有一点不舒服，我也因为这样一天一天不接着你的信，正在胡思乱想地猜着呢。你已经痊愈了吗？真的，那么我也可以放心了。

我近来因为两个难解的问题攻着我的心，所以晚上又不时发烧了。我的妈妈也十分忧愁。我爱的，假如我的心中没有可爱的你的希望和梦想呀，我想我早应该离开这麻烦的世界，走入那冷酷的坟墓了！

我爱的，我没有一件事不愿意对你老实说呀。你为了我前信没有同你说明的事十二分着急，我也深深地感谢你的浓情与厚意了。但是我想说的话也正是长江一般的无涯无际地冗长呀，我从什么地方同你说起呢？我的境遇这般恶劣，我不能埋怨上帝，只有痛恨我自己的运命吧！这是上前天的晚上，妈妈们都静悄地睡熟了，我一个人偷偷地起来，点着灯儿，想把心中的话尽情告诉你，刚提笔写下了“我爱的”三个字，没来由地一阵心酸，眼泪便忍不住的滔滔地滚下来。我便无论如何也写不下去了。

那天晚上我发了一晚的烧，直到第二天的午间才好。

我爱的，我是一个有了婚约的人，这件事当使你十分难受吧！有什么法子？生在中国这样的社会，整千整万的女子都为了爹爹妈妈牺牲了，随便替她嫁一个人，所谓嫁鸡跟鸡，嫁狗跟狗，这本来是中国女子生铁铸成的奴隶命运。这件事，我一想起来便十分心酸，所以从来没有和任何同学或朋友说起过，就是介绍我和你通信的德珍姊也不知道。

我爱的，让我告诉你：那一年，是我十四岁的一年吧，我的爹爹从甘肃回家。我爹爹在甘肃做道尹，那一年夏间歇任回家，就在家中闲居了。我的哥哥是很怕我爹爹的，他平常在家中作威作福，但只要闻见爹爹在门外咳嗽一响，便登时满室肃静，鸦雀无声。爹爹因为在家中无事，所以同几个官场老友，常常抹牌消遣。那时他爱我，实在胜过我的哥哥，他说我比我的哥哥聪明伶俐。我少时便会奉承我的爹爹，有时爹爹同妈妈不知为了什么缘故吵起嘴来，只要我撒娇撒痴地说笑几句，他们俩儿的怒气便完全消灭了。因为我的哥哥生性顽皮，所以我的爹爹常常叹气，说我不应该是个女孩，假如是个男孩，他也就无挂无虑了。一个秋天的下午，我爹爹正和两个胖子一个老年人抹牌，那老年人名叫王荣，是做过南京道尹的，我们都称他荣伯伯。那天好像是星期，我站在爹爹旁边看抹牌，荣伯伯坐在爹爹的对面，他抹了一抹胡子，将我望了一望，笑着对我的爹爹说：“小姑娘一天一天地大起来了，也应该许人了。”爹爹也笑着将我的背上拍了一下，说：“丑姑娘，没有人家要呀！”“好说，好说，这样好看的姑娘，倒没有人要吗？我来做个媒，好吃喜酒。”荣伯伯说到这里，我觉得害羞，脸儿一红，一回身便跑到母亲房里去了。

我爱的，这是我的婚约的第一幕的开始。现在想起，真恨那多事的荣伯伯，但自己那时为什么不反抗呢？自然是年纪太轻，而且心中总是怕羞，自己不好开口。后来那老不死的讨厌的荣伯伯的计划终于成功了。一天的晚上，妈妈将我叫到房中，说："爹爹已经将你许给宁波任家，任家是有名的任百万，同荣伯伯很熟，所以这媒一做就成。"说了，伊只是望着我笑。我红着脸儿站在妈妈面前，真羞得无地可容。妈妈接着又说："任家的孩子听说长得很好，方脸大耳，很有福气，现在家里请了两个先生教四书五经呢……"我爱的，我那时在乾河沿的女子小学读书，已经染着些一知半解的欧化了。我听说那孩子在家里读四书五经，心中的确有些不舒服了。想不到我的命运还有更大的不幸！是我订了婚约的第二年，一个冬天的晚上，我刚走近妈妈的房门边，仿佛听爹爹和妈妈正在谈论我的婚姻问题，我便悄悄地躲在房外窃听，只听见爹爹说："小孩子吃鸦片，终不是好事！任亲翁也太糊涂了，不肯拘束他！"……我爱的，我只听见这几句话，心儿已经像尖刀宰割一般个疼痛了，我便不能再听下去。那晚我回到房中，便一个人蒙着被儿哭了一晚。从此我对于人生完全灰色了，身体也渐渐瘦弱，时常生病。妈妈知道我心绪不佳，大概是为了婚姻问题，于是也常常和爹爹拌嘴。爹爹从此待我也没有从前亲近了，看见我仿佛总有点不安似的，据妈妈说，爹爹对于任家的姻事也有点后悔，但大家都是场面上的人，有什么法子可以解除婚约呢。

我爱的，你想象着吧，我从那年高小毕业，一直进了女子中学读了三年书，这四年中我的痛苦实在难以言语形容的，身体也一天天地不行了，心头狂跳，晚上难睡，经医生证明我有肺痨病的象征以后，爹爹妈妈也就十分着急。家庭中因为我的疾病和忧愁，也减少了许多平安的颜色了。直到去年的秋天，我爹爹因为L州工场督办的事，来L州就任，我和妈妈偕了同来就居乡间。

我爱的，我一气写到这里，眼泪忍不住滚滚地流下来，湿透了纸面；你细看这纸上无数的泪痕，当知道我心中的无限痛苦吧。多情的你，看着这些话如何感想？是伤心？是失望？是同情？饱经人世忧患的你，你自己的痛苦也已经够受了，不要再为了我的事而忧坏了你的宝贵的身体吧！

我爱的，我还应该告诉你，这是比较可以欣慰的，因为今年春天任家来了一封信，说是明年要结婚，已经为我的爹爹拒绝了，理由是我近年身体多病。所以我的问题或者还有一线的希望，只要爹爹肯痛快地解决。但是他本是一个官场中人，如何肯干那退婚的丢场面的事情呢！旧家庭的旧礼教真真坑死人呀！

我爱的人呀，世界上除却你以外，我已经找不到旁的希望和安慰了。我现在活着便为你而活着，只要我活着一天，总希望有和你见面拥抱的一天。你千万不要为我忧愁吧。

我觉得头痛，已经写不下去了。

你的人儿　三月二十一晚

五

我最亲爱的人儿：

这两天我只是昏昏沉沉地，已经静不下心来写信了。

我爱的，我从病后到如今，每晚只要喝一口葡萄酒，就可以安安稳稳地睡了些。近来为了你，葡萄酒已经没有功效了，睡也不过是睁着眼罢了。

我亲爱的，我只有张开两臂等着你了。假使你，我不能和你见面时，我愿意极痛苦地死了。……或者，我的毅力竟不能坚持到底呵，那么，请你将我抱去，任你怎样去解恨吧！

亲爱的人呀，我每次读你的来信，我真不知道这般发狂的情形，你也想象得到么？你的名字，可爱的你的名字呀，我是不住地唤着吻着，几乎将你信上的名字都吞到我的肚里去了。我每次接到你的信，总是一个人偷偷地走到后园树下去阅读，那古井旁边的一株柏树，已经成为我的爱情证人了。我有时真感动得太厉害了，便斜倚着柏树凝想，或者手舞足蹈起来，便竭力把那株柏树乱摇，摇得树上的鸟儿都哑哑地飞去。我爱的，你不要笑你的小妹妹太痴狂了么？

至爱的，你不要着急，我的问题决不会永远不能解决的。你劝我离开家庭，你的好意我也十二分感激呢。可是我是一个最不容易受人帮助的人呀！我想，我一个人晚间静悄悄地想：我最好是能找到一种轻闲的职务，如书记，校对，或者是小学校里的手工刺绣教师，只要有够用的钱，只要有余闲能够读书，只要工作不加重我的疾病，我的心能够安静自由，身体也许能渐渐健康起来吧。几日前，我曾写信给一个朋友，托他在上海的中华商务两书局及南京的小学代为设法。但是，我爱的，如果你能在北京替我找得着适合的职务，自然更好，我们俩永远不会分离，我便终身得着你的帮助了。

我爱的，你应该努力，不要为了我的问题而精神不安呀！你应该努力忍耐着这过去不能相见的日期，假如我能够到北京来，我便永远为你吻着，互相拥抱着了。我爱的，我的好人儿呀！

昨夜，我梦见你到我的家中来，我和你携手立在后园的盛开的牡丹花前，我采了一朵牡丹，插在你的襟上说："愿你如牡丹一般地芬芳，愿你如牡丹一般地快乐！"

我爱的，我愿你牢牢记着我梦中告诉你的两句话！

你的梦中的人儿　三月二十四晚

六

我至亲爱的人儿：

我十分苦闷，在这样茫无捉摸的日子。

昨天下午，我的精神稍微好些，便想到那青青的绿水。我爱的，我自离开那美丽如画的金陵，到这样荒凉寂寞的北方，匆匆几月，似乎还未亲近一条较大的清澈河流呢。恰好昨天天气清明，狂风停止了，太阳也在微笑。我倚着窗儿凝望，似乎有点心醉了。我便要求妈妈伴着我郊外闲游。可怜我的慈爱的妈妈呀，她为了我的病反复不愈，也已经多时不出门了。她知道我喜欢出游，乐得几乎流泪。

小婢珠儿已经替我们雇好骡车，她也伴着我们一同出外了。我平常行走本十分无力，而况这次又在郊外，下了骡车以后，只能缓缓地走着。信步不远，那清澈的河流便已经在我们的眼前了。珠儿扶着我站在河边，我的心中只是凝想：我爱的这时正坐在房中埋头工作呢？也许正在苦闷着，急于要亲近你爱的人儿了？

珠儿本是我所欣爱的小婢，她也是聪明不过的小女孩呢。但我心中的渴望终是不能满足的，我的身旁没有你握着我哪！我望着那清澈一碧的河水，那微波中似乎时时实现着我所渴望的可爱的你的心影。

我们在郊外闲游了片刻，北地荒凉，但也想不到有这样可爱的柔波！等到夕阳西斜的时节，我便紧急地催着她们归去。我心中想：我爱的此时也许已经把信件寄来了。三点钟到站的火车已经过了两点钟哪！我在归途便微闭着我的双目，一切都无心细看了。

我爱的，我归来的时节，心跳得十分厉害呀。

你的信件却没有来！不错，我爱前天的信上说着正烧热呢。你应该休息着，不要在狂风乱吹的灰尘中乱跑了呵！我的心灵中最深处的爱人呀！你近来为了我的求学和工作的事，时常在狂风乱吹的灰尘中乱跑，我的心实在感着骤烈的苦闷呀！

我最难受的是每日晨间晚间，眼前静悄无人的时节，因为那便是爱情燃烧最烈的神秘时节呀。我想，我爱的，我默默地想：我爱的你是在理想上不会失败的了。你应该快慰了吧！

你们那里近来有什么进行？可怜我的爱人！你身体不舒服还要做工，我好心疼呀！你叫我好疼你，我爱的人儿呀！

你爱的　三月二十七晚

我还该告诉你，我这几天又服着药水了，是我的舅父配的药水，他上星期来替我诊过。

他说："病根已深了，但也不十分要紧，要痊愈却须很多的时日吧。"

我不愿意吃那样酸苦的药水，所以旁的东西也懒得吃了。而且一吃下药水再吃旁的东西便要恶心；今天更是全身无力想睡又不能睡！我爱的，你握着我的手吧，你便感得刺你心般的凉了。请你将我的手放在你的心上吧，温暖了以后为止，我的手便也永远同你的心儿一般温暖了……

你爱的　三月二十八日又书

七

梦里的人儿：

你说你替我找的事下学期有希望，我十分高兴。我想小学教师也好，家庭教师也好，只要功课不多，适于我的柔弱的身体，我都愿意担任的。

我的灵魂儿已经早到了你的身边了。昨夜，我又做了一个甜美的梦，梦见一条宽广的道儿，两旁都是密密的森林。我同你坐着一架有棚的马车，好像是到什么地方去游玩似的。我很高兴地躺在你的怀里，撒娇撒痴，你亲切极了，把脸贴在我的脸上温存我。马车曲曲折折地走了许多路，经过沉寂的田野，来到一条幽静的小河边，青天白云，极目无涯。沿河而下，寂无人声，连赶车的也忽然不见了。可是车儿仍不住地行动。这时你的模样有说不出的可爱：又甜蜜，又微弱，又缠绵，又娇嫩，又飘荡，你的头只在我的怀里打滚。最后你似乎对我要求什么，你的手在松我的裙带，我半羞半嗔地拒绝你。你生气了，我也就醒了。

我爱的，甜美的梦境总有实现的一天的，假如我们俩儿能勇敢地进行呀！你应如何珍重你的身心，是不用我多说的了。

你的爱人　四月一日

八

我敬爱的人儿：

现在我受良心的苛责太深了，对你对他均觉十分惭愧呀！……我永远地受着良心的苛责！我自己实在不容我自己了！我只想死去，快快地死去！我已经没脸面再见我爱的人儿了！

我爱的，我不知道为什么这样长久的时间内，竟不明白地告诉你，我除了要解除旧式婚约以外，还有旁的爱情问题。我爱的，爱情比生命要紧，我爱的他也曾常常对我说过。我和他密守着纯洁而不肯放纵的爱三四年。我们认识的开始，是在玄武湖边。呵，江南的玄武湖心，有我和他初见的影子。我想那影子是永久不会消失了的。记得一个暑期的黎明，我和我的女友，携手偕行，并肩言谈，细碎的声浪和谐着迟缓的步奏，小鸟儿掠过那些紧闭的街门。晓风吹脸，沁人心脾。信步走出玄武门，傍着女友，坐了一只小艇，漂泊在绿溶溶的清波里。水上的金鳞，紫黛的钟山，在清晨的阳光底下微笑。含苞的红莲，还在浓睡。

船儿朝着湖心飘泊，经过曲曲折折的小桥，到了三角亭边。阳光愈高愈热，直射湖面。我便扶着女友，走下小船，静立湖边，观看湖山的奇变。

在近岸的树林里，我们信目望去，似乎有一人儿，穿了轻便的衬衣，戴了一顶宽檐的高帽，坐在小巧的凳儿上，低首绘画。

我是欢喜画的，无论什么画都可使我停留怡神！我便携了女友的手，走上前去，我说："可赞美的雅人！在这样早晨，来描写湖山的美。可惜我不曾带了画具。""如果你带了画具，确可算湖上一对！"女友取笑地说，我也自觉失言，不觉羞红了脸。

我们羞怯怯地走近那个不相识的人儿的身边，他，一个脸庞清瘦少年，抬起头来望着我们微笑了一下，又低了头来注意他自己的工作。他在描写阳光底下的湖边树林，湖外钟山，那背景的红浓，鲜血似的颜色，他的画笔一笔一笔地涂，我的心中的鲜红血潮，就随着他的笔尖飘荡。

待到他完成了工作，微笑地站起，互相问了姓名，我才知道他名叫"谢启瑞"，是南京美专的学生。

广漠的人间，从此有了我和他的爱的痕迹。

我那时正感觉家庭婚约的痛苦，便不自主的被爱神引导着走到他的最亲密的路上去。我们的光阴，一天天地在信笺上消逝；我们的心魂，一度度地在情海中浮沉；我们的痛苦，一丝丝地在纸面上互相告诉。

可怜的他，是一个没有父亲的孤儿，家境十分清苦。

他在南京读书，完全是自己挣钱养活自己。

然而命运弄人，那年秋天，我的身体渐渐不行了，每宵不能安眠。清夜的钟声，会使我惊骇；黑暗的幻影，会使我心恨。我想：假如我的前途是暮秋，我是花，便应该萎落，是草，便应该枯黄了；假如我的前途还是初春，我便应该鲜红地盛开，碧绿地滋长着。

我不担心我自己的病，仍旧住在校中。每天同他通一封信，每星期同他见一次面。我们在信笺中竭忱地恋慕，竭忱地欢欣，然而我们见面的时节，反而静默无语，常常含羞地红了脸庞。

是秋季风光明媚的一天，他约我往游钟山。我的女友多劝我不要外出，劝我该保重身体。然而为了可爱的他，我还怕什么百丈的钟山呢，就是千丈的万丈的钟山，我也愿意伴他前去。我的生命活着便是为了他，什么牺牲都是愿意的呀！

然而我的病竟渐加重了，终夜烧热，饮食全废；月中人影，屋外风声，都足以助我的凄凉怨恨。他的一封封的可爱的信，每天放在枕边，作为我病中的陪伴。病情一天天地重起来，学校的当局也就强迫我停学回家。我爱的，你想象着吧，那时我和他是何等的痛苦。我以为自己的身体是不会有复愈的希望了，爱的束缚，徒增他的烦恼。就写了一封决绝的信给他，信中大意是说：我的病大约是没有痊愈的希望了，休学归家以后，劝他就当我死了一般，不要再记念着我。

我爱的，那知道被热情追逐了疯狂的他，过了两天竟跑到我家中来找我呀！那时我睡在房中，什么也不知道。他见着我的爹爹，说要到卧房来看我的病。我爱的，我顽固的爹爹怎样的骂他，是我所不知道的；他于骂走了我的情人以后，还把病倒在床中的我，拍案顿足大骂了一顿。

我的病受了那样的激刺，次二天医生来看就不肯开药方了。我爱的，我那时真想自杀！但我眼见可怜的妈妈在床前哭：“宝宝呀，心肝呀！我没有做了什么恶事，为什么一个女儿也养不活呀！”我听见妈妈的哀音，心中便非常难受，眼中也不住的流下泪来。我因为舍不得妈妈的一个念头，便把自杀的思想慢慢地溶化了。后来我的病养了许多时渐渐能够起床，但我因为病后心中抑郁，所以也没有写信给他。

自从到了L州以后，我的爹爹因忙于工场的事务，不常回家，我们又开始通信了。我在和他停止通信的许久时间内，看见他在报纸杂志上发表的许多小说诗歌，完全都是灰色了。我爱的，我心中对他本十二分地亲爱的，所以我又时常用情书安慰他。他，可爱的人儿呀，对于那过去的我们俩儿爱情的伤痕，竟一句话也不提起，他对于我的爹爹也毫无怨艾之意。

我爱的，当你告诉我，你已经失恋了，我为你几夜不曾安睡，时时愿意安慰你失恋以后的心。我是世间一颗情种，我便不忌惮地随处遇着可怜而多情的人，我便不忌惮地尽量的用爱情安慰他……

我现在自己发见的错误，就是我和你由通信的朋友而至恳切地爱着，拿爱来安慰你，为何不老实将我以前的爱人告诉你呢？我想起来十分忏悔呀！我爱的，请你谅解我吧！

我自己终日终夜的想，旧式婚约问题还不知何日解决，现在我已无心去记着那些讨厌的问题了。我心中只有你和他的爱燃烧着呀！我为了你和他的爱情，什么贞操问题，我也是要打破的了！

我希望你不要因为我有他而忧愁，因为你应该爱我一切的所爱，爱我一切的事物。

我愿意你和他将来能成为很好的朋友，我来介绍你们。

你爱的人　四月四日晚

九

我至爱的，永远爱的伴侣：

我这柔弱多病的身体，被两个异性的人切爱着的身体呵！天呀！我十分想珍重着，但如何叫我珍重得起来！

几日来什么东西都不能引起我的注目了，梳头洗脸皆以为多事。我爱的，我现在好比一个“傻大姐”，——这是一个由法国回来的朋友告诉我的故事。他说在回国的轮船上遇着一位法国女子，大约因为不幸的恋爱而弄成神经病了，真是一个“傻大姐”，逢人称道她的情人。我爱的，我将何处去称道我的情人呢？

今天早起，还未梳洗毕，珠儿已经抱了一堆信札和书件来给我了，这时候我几乎要痛哭出来。我想：我在世界上活着便为了这两个情人呀！但是我这样柔弱苦命的身体，如何能接受着那般热烈的爱呢？我现在只希望上帝把我这孤苦柔弱的身体，分配得匀些，分给我的两个情人，你们每人管领我的一半吧，我爱的！

你说这两天没接到我的信，我前几天有封很重要的信给你，大约总不致遗失吧！我至亲爱的好人，我们万不得已用书信传达着爱呀，假如魔鬼还从中作梗，我将如何是好呢？好人呀！

我爱的，你千万好好地忍耐着吧！我现在已不知如何是好了，你这样想我呀！我只希望不知何处有顺便的风儿，将我吹到你的怀中来，我天天等待着。

启瑞今天已有信来，我把他的信转给你看吧。我刚才已经写信回他，我说：我爱你们俩儿全是一样，将来失败大家一块失败，胜利大家一块胜利，我是丝毫无所偏向的呀！至爱的，我从有生以来便不曾想到我一世能不在这狂飚时代中生活——我羡慕疯人的举动了！

天空的浮云已遮去了太阳，不久也要下雨了吧。我是在潮湿的地方住惯了的，一旦到了长久不得雨泽的北方，心儿也有些干燥了。我正梦想那美丽江南的朦胧烟雨呢。

你爱的　四月九日

十

我至亲爱的：

我不知道你收到我那封为难的信没有？爱人呵，你还不给我回信么？我是怎样等待着我爱的福音呀！

我们成熟了的热烈情感，我们虽然没得见面，我们的心中不是天天焦急么？我们已经十分了解了的爱情，我们万不能再有意见和猜忌了！

我的可怜的人儿呀！你千万不要因为他而心中忧愁吧！

唉！我已经不知道如何是好了？这两天，我已经不能珍重我自己的身体了。我想着你，想着他，想到无可奈何的时节，只有走到后园树下去流清泪，感叹我自己的命运。

我的好人呀！我终究要为你所爱的。我的心，我的灵魂，我的血，我的肉，没有一点一滴不愿为你所爱的呀！我的好人呀！你还要我怎样？你要我怎样，我是很愿意怎样的。我爱的人呀！

你千万不要为了他而忧愁，千万快写信来，你千万珍重你自己，你珍重，我便不痛苦了。

想你的人　四月十日

十一

我爱的：

我的确是为难着呵，心绪也十分混乱了。今天启瑞有信来，说是南京基督教小学有一位国文教员回家病故了，要请一位代课的人，于是便将我介绍去了。每日教两三点钟课，是有闲暇自修的。而且每月二十几元，零用也够了吧。金陵是我旧游的地方，我有很多认识的女友在那里，并且六朝的名山胜迹，我已经阔别多时了，极想去游玩一周呢。江南天气，养病也是适宜的。

我已经去信告诉启瑞，两星期以后到南京，现在功课只请启瑞暂代着。但我是否能够去呢？去又如何舍得你？我自己十分为难呀！

你替我找的事要下学期才定，这悠久的几个月如何过去呀！爹爹下月是要回家一走的，回家大约也只能住半个月。我离开家庭只说去就医，妈妈是已经答应了，因为她知道我的病在家中一定愈住愈坏。我想在爹爹回家以前就走。我的确舍不得你，一个真情的刚才失恋的人，我如何可使你痛苦呢！我十二分地为难了。

我至亲爱的，我只看到你前次的信上用维特来比你自己，使我的眼中含了极苦酸的热泪了。维特的结果是怎样可悲呀！我决不能使你到那种地方，我决不能像绿蒂般的忠于阿伯尔，你放心吧。

你爱的苦命的人　四月十一日

十二

我梦中拥抱着的好人：

我的心已经被相思撕成碎片了，我至爱的，你千万不要和我一样呀！……我一想到你就坐卧不安了！你和启瑞都太爱写快信了，你们一天一封快信地催我，他要我到南方去，你要我到北方来。我至爱的，我如何是好！我如何是好！

我将如何牺牲一切，来完成你和他的心愿？我将如何接受你和他的纯洁的爱情？我将如何完成你和他未来的幸福？我将如何负担你和他的珍贵的生命？

我爱的，我日夜哭泣着。

我的身体已经不能支持了。我爱的，你诚可怜，他亦可悯，我只是不能怜惜我自己了！我如何是好？

我吻着你，抱着你的头儿痛哭一场吧。我愿意痛哭到生命消灭，我愿意痛哭到恋爱变成虚无……

我牺牲我自己报答你和他的烈火般的热忱吧！没有牺牲，不能完成，我愿意牺牲我自己……

你永远拥抱着的　四月十三日

十三

心爱的人儿呀！

我似火般的燃烧的心呀！在这样家庭之下的我，不自由的我呀！我如何是好？……

我爱的，你的心就是我的心呀！我已经将你的心装在我的心中了。你千万不要着急呀！你为什么又不舒服了？我爱的，我只是为了经济，为了家庭，终不敢到你那里来，不能在你的身旁日日夜夜的侍奉你呀！怯弱的我，多病的我，我怎么好？我怎么好？我爱的，我想万万不得已的时候，心中万万不得已的想来北京的时候呀！只要你借给我火车票的钱就好了！……我至爱，你快快地静养保重！……

你爱的人　四月十五日

十四

我爱的：

这真是天上飞来的消息，你应该十二分的欢喜吧！我的叔叔昨天由南方来，他要到北京有事，在北京大约有一星期的勾留吧。他昨天问我："要不要到北京玩？"我爱的，你想，我当然说愿意的。妈妈也因为我在家太闷了，也愿意我到旁的地方玩玩散散心。所以我来北京的计划真可实现了，下星期一就动身。这真是连我自己也想不到的奇事呀！我爱的，下星期二的下午我们俩便可很亲爱地吻着，拥抱着了。没见面的相思，这番可暂时的满足了。虽然见面也是不会久长的。——一星期之后我又将匆匆回去！

然而未来的事，见面时再长谈吧。这两天你的身体好些了么？你珍重着，在动身以前我不写信给你了。

快见面的你的人儿，四月十八日早

附白：你不必到车站接我，我到北京自然会来找你的。

下　篇

一

平常每天总怨邮差来得太慢了，有一次，菊华的信件忽然中途失落了。谁知道什么恶魔从中作梗呢？但是我的一肚无处发泄的冤气，终于加在无罪的邮差的身上。

“他年若遂凌云志，不杀邮差不丈夫！”我抽着烟，躺在床上，高吟着仿宋江的歪句。

这两天，邮差和我，已经无怨无仇了罢。她明天就要来了，我还要邮差干什么呢？

菊华的小影确是太瘦了，不知她现在还是那样瘦不。

可爱的没有见面的女郎！她有丢不掉的两个情人，她有解不脱的旧式婚姻，她有缠不断的沉重病症。呵，人生是纠缠，纠缠是人生！

到单牌楼去买了一些糖果，饼干，花生，瓜子，预备着没见面的可爱的她明天来享用。在车上忽然想起秀芳，呵，我的残忍的秀芳！现在买的东西是预备给菊华吃的。秀芳从前不是吃过我的好多东西么？记得为了秀芳的好吃零嘴的缘故，我自己刻苦的省下钱来，时常买她所欢喜吃的东西，送去给她吃。我每星期日去看她，看见她的脸儿一次比一次的肥胖起来，心中总是说不出的欢喜。“你又胖些了。”“是你的东西给我吃胖了啦！”她说，只是笑，“你不许说我胖，你说，我就要瘦了。”“你不会瘦的，我想。”“你说不瘦，我偏偏瘦给你看。”“你瘦瘦看。”“你胖胖看，”她说，瞅了我一眼，“你真是太瘦了些。”

只要我轻轻捏着她的手，或者用指头略略按一按手上的肌肉，她的肥胖而红润的肌肉，就马上显出一缕缕的白纹来。我知道她的贴身是穿着紧背心的，但是她的束不住的胸前还小山似的隆起。她的圆满的臀部，行走时两边摇动，曲线美的柔波，越发显出婷婷娜娜的模样。但尤其使我赞美的是她脸上笑时两个笑涡，还有她那一对肥胖的小腿，从白色的丝袜里显出桃色的肌肉的美的小腿。“从家里寄来的鞋子又穿不下了。”她说。“这么大的大脚！”“你不喜欢大脚么？从前的女人三寸金莲，我是九寸铁莲。”

“我喜欢——九寸铁莲！”我笑着低下头来抱着她的小腿亲吻。

要不是坐在洋车上，旁边走着许多行人，我真要放声大哭起来。我有什么呢？秀芳是吃得胖胖地爱着汉杰去了。她吃了我许多东西，报答我的只是一纸冷酷无情的绝交书，给了我没齿难忘的酸苦的失恋滋味。

记得从前送东西给秀芳吃，顺便也向秀芳要吃的东西，她写给我有许多有趣的小字条儿。那些小字条到什么地方去了呢？我找遍了我的箱中，架上，抽屉里，纸篓中，我发现的只有零落的几张不全的残稿。

为了免除将来的遗失，让我将这些残稿珍重地粘在簿上留着吧：

逸敏：

什么东西都没有给你。玩的是没有；吃的，我自己今天饭也没吃过，是更没有的了。

你那阔人，何不拿些东西来给我？叫听差空手而来，敲穷鬼的东西吃，好不难以为情呀！

明天自己来不要空手来了。

秀　芳

好吃的鼠儿，

叫你买《会话辞典》，为什么买《会话》给我啦？

梨子有点烂了，吃了味还好。

我今天没有买东西，只有看你饿死了。

秀 芳

你说对不起，我才真要说对不起呢。昨晚没有得着你的允许，就将电话挂上了。

现在我们班里，什么功课都要考试了，主任丁先生说。真忙极了！哪有功夫吃花生，和拿花生给你呵！

考完了再谈吧。

秀 芳

小偷儿：

你这几只粽子，吴家偷来的吧。

谢谢你，去偷东西给我。

呵，我成了你的“窝家”了！

在门口担上买的东西，真贵极了。这几只橘儿，你猜猜多少铜子儿！……

小人儿：

我吃得胖些了，谢谢你的肥儿饼。

你的小胖子

何堪想起呢？为了秀芳的缘故，我曾做过小偷的贼的。那天好像是端午，我到我的老师吴先生家里去过节，吴太太端出了许多粽子请我吃。我吃了两个粽子，觉得十分味美，顺便当着吴太太走进厨房去的时节，还偷了两个粽子，悄悄地放在袖筒里，带了回来。后来又饬人送去给秀芳吃。那知道我做贼的举动，怎样竟被她发现了，所以她曾自认为“窝家”。呵，为了爱人而做贼，算得什么呢？但是从前，我在梦里也想不到那顽皮天真的秀芳，后来竟会要坚决地同我绝交！

我想那是汉杰教他的。

四日二十一日

二

很早就醒了，躺在床上，望着玻璃窗外的天空，从灰白色变成红色，红色过去了，接着又变成青色，太阳出来了，照到窗上，从窗上又照到房里，照到床上。我忍不住从薄被里伸出手来，抚摩被上的阳光，喊着说："可爱的菊华今天要来了！伟大的阳光，愿你照到远来的人儿的身上。"

我总觉得我的房子是太大了，太空虚了，太凌乱了，自从秀芳的足迹不踏进这房门以后。

这两天，我的房子又渐渐整齐起来。窗纱是重新糊过了，阳光照来，益显娇绿；桌面的笔，砚，水盂，也整齐而严肃地排在一行；驼绒毯子洗得清净而有光地铺在床上，书籍也按着长短站在书架上，似小学生们早晨排班似的。我喝着浓茶，凝视我的房中，又仿佛四周都迷漫着新鲜而甜美的希望。

老王从部里打电话来，说是有几件公事等着我去办。

为了可爱的她今天要来，我已经告诉他这星期内不去工作了。工作是要紧的，恋爱是更重大的。没有恋爱，工作便成了空虚。

不用午膳也罢，午膳以后，心儿便渐渐不宁起来了，躺在床上想睡，心儿更怦怦地跳得厉害。

心儿呵，宁静一会罢，从L州到京的火车是要两点钟才到站的。但是，心儿，不听话的讨厌的心儿呵，它总是不息地跳着，像顽皮的小孩一般的怦怦地跳着。唉，唉，怎么好？

房外的人们的脚步声，迫得我不能安静地在床上躺着，我打开房门，向外面凝视了无数次。“闻窗外的足音兮，疑伊人之将至！”我无可奈何地低吟着我自己的歪诗了。

她是和她的叔叔同来的。她说自己会来找我，她是一个没有到过北京的人，如何能自己来找我呢？她的叔叔是不是陪她同来呢？我迷离于幻想中了。

“电话，正阳旅馆的电话，先生！”这电话一定是菊华来的罢，我的脚步不由的很快地跟着仆人的声音走了。

“你是张先生吗？”这不是女人的娇脆的声音，说话的仿佛是中年的老人罢？这是谁呢？“我是张逸敏，你是谁呢？”

“你等一等……”在电话声中我仿佛有穿着皮鞋的脚步声，接着说，“我来了……”呵，柔和的声音比凡华令还要颤动些，我的呼吸急迫，我费了很大的气力，只说出，“你来了！你来罢！”“我就来！”

快步回到房中，把买来的点心都在桌上摆起来。对着镜子照了一照自己的脸，我的胡子为什么又有点黑了？啊，讨厌的胡子，二十几岁的人，怎样有这般黑而且硬的胡子呢？我想用剃胡刀来刮它，她要来了罢，怎么来得及呢？我匆忙地丢下镜子，把自己的衣服扯得整齐些，用鞋刷刷去鞋上的灰土，准备着我爱的神祇的降临。

窗外，阳光温和的照着地面，风底叹息的微声都静了。柔嫩的槐树正漫烂地垂着白花，几个蜂儿的嗡嗡的叫声从黄金色的丁香花的底下出来。

仆人在前面引导，后面跟着可爱的她，披着短发，围着白巾，她的白洁的脸儿微斜着凝望，在她的行走的仪态中，有说不出的神圣和庄严的美；她弱小的全身，到处流露出爱的表情，她的微笑，似阳光里的芙蓉，她的慧眼，似清夜里的流星。我在阶沿上望着她来，对着她点了一点头，便快步跑去，我携着她的手儿，像携着新妇般的回到我的房里。

“我爱你，也爱启瑞，我只是整天替你们两个担心着。我们的将来怎样呀？”她说着，带着颤抖的声音，坐在我的藤椅上。

“我是没有什么将来的。我从前日夜所想望的只是我们俩儿的见面，现在我们总算见面了，我也就十分满足了，短促的人生，还管什么将来？”

我的心怎样可以腾起忧愁的浮云呢？我连忙禁止我自己，我不忍在柔弱而可爱的她第一次见面的时节，把种种悲酸的话说出来。

“你吃吃点心罢。”我虚伪地带着笑容说。

“我饱了，在车上已经吃了东西。”说着，她的慧眼便把我房中的四周望了一望。

在芬芳的空气里，我闻见她短促的呼吸。这是她的肺部薄弱的表现罢，呵，我爱的人，她早说是她的病有肺病的象征呢。我看着眼前的她的带病的柔弱的身子，几乎真要哭出声来。呵，有什么可以治好她的身体的，我愿意拿我的血，我的肉，我的心，我的肺，我的肝，我的身上的一切的一切，作为她的培补的药料！

“启瑞以前的信，你是看见过的。他的最近的几封信，我也带来了，”她从提包中拿出一卷信来，“你留着罢，这两天不许看，好不好？”

“好！……”我答，把一卷信拿来放在箱里了。“你还决定到南京去么？”我又问。

“我想去，但是——”

“但是什么？”

“但是——舍不得你！”她说，“我和你没有见面过，总渴想着见一面。见着你，我又想起可怜的启瑞，我真恨你们俩儿今天不能在一起，但是，我现在又想，倒不如还是远远地离着你们俩儿，倒也心安些。”她的喉咙悲哽住了。

“你爱我，但我不愿你为了我而离着可怜的启瑞。南京有事，你还是去罢。——我爱，你身体这样不好，如何能够工作呀？我真是担心着呢。”

“我去，——小宝宝，你肯吗？你快信一封封的希望我能够到北方来，现在还要我去，怎么说咧？”她称我为小宝宝了，其实，我比他高半个头呢。

“那么，你不去南京了？”

“我去——”

“我也跟着去——”

“你把北京的事丢了么？”

“丢了——什么劳什子的事！三月有两月不发钱！”

“爱的，你现在用钱呢？”她急了。

“我是向朋友借钱用的。而且也用得很省——”

“呀，爱的，一同去也好，只是南京再找得着一个事才好咧。”

我本在她的对面坐着的，我站起身来，把她从藤椅上抱起，她坐在我的身上了。

“启瑞也只抱过我一次呢。”她忽然说。

“这几天，我要天天抱着你——”我说，“你的身子真轻，这样柔弱的人如何能够教书咧？”

“找点工作做做，身体也许要好些。”

“爹爹肯么？妈妈肯么？你舍得妈妈么？”

“爹爹不肯，——不肯我也要去，横竖我只有这一条命。妈妈？唉，只是妈妈，——我舍不得她，正同舍不得你们一样。但是为了自己，我只好离开妈妈了，我觉得这样做是对的。”她说话的时节，脸转过朝着我，她的蓬松的头发，拂在我的额前，我的嘴唇不由的凑上去了，“你同启瑞亲过几次嘴？”

“唔……谁还数过？”她笑了。

暮色送了她起身回去。我对着天空凝望，仿佛云和星全在她的脚下。呵，我的上帝！就是我今晚睡了，明天不醒了，我也可以瞑目了罢。因为我梦想的可爱的菊华已经看见而且拥抱过了。

四月二十二日

三

夜半醒来，听见窗外仿佛雨声滴滴。这时怎会下雨呢？当我送菊华回旅馆的时节，天上不是布满了云和星么？我有些奇怪了，起来点灯一望，窗外果然大雨如注。

要是菊华昨天还不曾来，天呵，你要下雨，随你的便罢。地上的鲜花，正渴望着你的点滴的甘露，我又何敢苛求呢。

但是天呵，请你怜悯我们相会时间的短促，停止了你的正在下降的雨点罢。我怕污泥要趁着你的雨水的势力，在她的美丽的衣裙或鞋袜上留下了秽浊的痕迹。

我的祷告是无用的。昏迷的天呵，你离开我们是太远了，不会懂得人间的艰苦。

我的心飘泊在愁苦的雨声中，再也找不着宁静的睡眠的门了：

“菊华的确是太衰弱了。衰弱的是她的身体，伟大而勇敢的是她的精神。她有那样伟大而勇敢的精神，所以能够爱我，也能够爱启瑞，能够并行不悖的爱两个男人！秀芳的身体岂不肥胖吗？她的精神却是太萎靡而且卑怯了。她爱了新的，丢了旧的；她要了这个的东西；还了那个的东西；她用了甲的眼泪，去换得乙的欢笑。秀芳是自私的，狭隘的，反脸无情的。但她是我所爱过的。我的眼中还存着她的笑容，我的心中还恋着她的娇态，以爱始的不应该以恨终。秀芳是有缺陷的，然而正因为她有缺陷，我更应该原谅而爱恋她。

“一个女人是不是应该同时爱两个男人呢？不，不能。一个女人只应该爱一个男人。”书上这样说过，社会有这样的法律，人间有这样的真理。但是，我不相信书上那样的笨话，我不相信社会那样的蠢法律，——是的，法律没有一条不是蠢的！——我也不相信人间那样荒谬的真理！“真理是什么东西呢？老师L先生说得好：‘真理就是鞋子，各人都找得着他的一双适合脚跟的鞋子！’

“真理没有一定的。我不相信旁人的真理；我只相信我自己的真理；我要反对已成的真理，我要创造新鲜的真理。

“最可怜的是天下无数的可怜男女正在相信这些‘削足适履’的真理！

“一个女人可以爱一个男人，也可以爱两个或两个以上的男人，只要她的爱是真实的。

“爱是应该绝对自由的。爱神是有翅膀的，她不应该受任何的拘束！

“为了秀芳的狭隘的爱，使我厌恶汉杰；为了菊华的伟大的爱，使我赞美启瑞。

“呵，启瑞也是真实的，伟大的爱者！他知道菊华已经爱我了，他从前给菊华的信却毫无怨尤嫉妒之意，他在信上说他愿意和她爱的我做朋友，他的胸襟是何等光明而且洁白呵！启瑞这番的几封信上说了些什么话呢？菊华为什么这两天不让我看？她有什么深意呢？我不忍违背她的爱的命令，但我终于故意违命一次了。”想到这里，我从床上滚了起来，从箱里打开启瑞的信件，在灯下读着。

雨声在窗外越滴越紧，我的心只在那一张张红色信笺的一个个字上盘旋着。读到伤心而感激之处，我忍不住流下无限同情的热泪了。我便在灯下把那些真切而动人的信，择要地抄录下来：

我心底最深处的菊华：

正在梦中倒在你身上痛哭着的床边，忽茶房叫醒了我，折读你底信……我只是软弱地哭着呢！……我此刻要写的话，觉得无涯的冗长！……好人呀，我们底悲哀，我底苦痛，我们底热爱，忧愁，感激，冤枉，我们现在所感受着的一切，现在暂时在我俩底心底里隐秘地藏匿着吧，等相见的时候，都化作伤心的热泪来流溺吧！

我每次写给你信的时候，必定要写坏四五次，心中好像有一种将爆烈的火焰要在文字上表现出来，可是写到最后，总成了一封冷冰冰的信，我自己也不明白这是什么情境中的现象？

今天，明明是有事可说了，我也一样的不知道从何说起。我记得你从前曾经对我说过：你情愿同我做一个和爱人一样的朋友；经济独立；放假的时候，共同生活。我至爱的菊华，你这种广大的理想的爱情和高超的志趣，久使我崇敬着，也最使我深爱着的，我前信所说的使你不致为难，使他不致那样的一个解决方法，我正是要想实现你底广大的同情的心意呵！前前次的信中，只因为一心热望着我至爱的早日达到圆满的心愿，所以一切都忘却了。

现在不知道北京方面的事情，已否确定？

这里的基督小学，因为有一位国文教员回家病故了，要请一位代课的人，我于是便将你介绍去了。功课很少，每日只教两三点钟，是有功夫自修的。基督小学在清凉山下，那里的空气十分新鲜，养病也是很适宜的。每月有二三十元的薪水，零用也足够了吧。

我至爱的菊华，倘若你在北京方面已经确定，或者你以为北京方面可以速达你愿望的，那么……倘若你爱慕江南底景物风光，你以为你底身体适合于江南底水土气候，那么我们只盼望着你的南渡了！倘若要整顿行李，迟点也不妨事的，因为本来请不出一个相当的先生，我去替你代课也可以的。我现在的心神清净，好像明月当空，除了虔祝你达了你心愿外，更无别的心。但是，唉！路途这样地辽远着！孤单单的一个人哪，上车呀，渡江呀，……我至爱的，我只希望有个熟人伴你来便好，否则我在这条路上，比你更要生疏的呀！你路上最苦痛的就是寂寞吧，车票可以买到南京的连票的，浦口渡江可以省了照料行李的麻烦，或者我写完了信，我去买几本给你路上消消寂寞的书吧，或者你往北京的路上，也是要看看的。我最亲爱的，你倘若有了定期了，你很确实地写一封信给我。

我至爱的菊华，你不要为我挂心，我只期望着你底心绪安宁哪。你底心绪安宁了，你底愿望圆满了，我也快活了，我的愿望也圆满了！

唉，我又想起逸敏了。我想着你的时候，我同时便想着他，想着，我闭着眼睛，我仿佛辽远地看见他，看见他勤兢地跑到学校里去听讲，活泼地跑进教育部里去办公，他是怎样的一个我们底现代化的有毅力的朋友呵！他底美丽的情热，Goethe式的美丽的热情，我亲爱的，我读到他给你的信的时候，使我怎样地爱慕着他呵！我常常在冥想：我要和他通信，我第一封信就要如我给我哥哥的信一样写。我为他，我到现在还恨那丢了他的无情女郎呢。至爱的，我想，或者，你寄他信的时候先告诉他：我们以后依年龄结为兄弟姊妹好不好？但是我有些难为情呢，他年纪一定比我更小，我就是照阳历算也已经有二十四岁了哪。——或者不要说年纪，我们依长短吧。将来他或者也可到南京来，况且他故乡又是安徽，常常可以来往来往。这不是很可实现的理想事情吗？至爱的，你不要笑我是小孩子，决定如此吧。——你看好吗？

纸又换了一张了，我们所谈的话也换一换吧。

今天南方底天气骤然更新了呢：我房间前面的一块草场已经碧绿了；墙边的小树底枝头看去重了些了；——美丽而可爱的生趣哪！我仿佛在南京第一次看到这样的景象呢！

我底心神真奇怪，我至爱的，你猜我写到这是如何在想？——我一面想着春光是怎样的可贵，一面却想着你来南京之后的我俩底快活：礼拜日的等待哪，并坐看花哪，齐声念诗哪，一同出去买新书哪，……一面又想着我俩见面时底第一次握住手的不可思议的□□□！

爱，以前我对于自身的糊涂，颓废，迷茫，烦闷，……你来了，我不知将怎样地怎样地刷新和努力呢！

祝这可恨的不能见面的日子快快走！祝你身体特别保养！

爱！你信上不是说夜里睡不着吗？我有一个很好的方法呢。这方法是一个朋友告诉我的，他说睡不着时只要眼睛看着胸脯睡去就会睡着的。

我试验时常常有效呢，你也试试看吧。……

我爱：

你的来信为甚有这样多的湿痕哪？你不是右手写着信，左手擦着眼泪吗？——或者是你手上的汗吧？我的爱！我的泪和你合流着吧！我亲热地在吻你底信笺呢。你说“我愿意到入土以后还是愁虑着的！”我的菊华，我的心肝！你怎么说出那样悲伤的话来呀！

我的爱，我读了你的信，我的热泪点点地滴在你的字迹上了呢，渐渐浸开来，你的字也化了。至爱的，我看着那光景，我心里很舒服呢。我的泪和你的字迹上的泪，亲吻了，拥抱了，化了，再也分不开我的和你的了！我伤心地挂着眼泪笑了呢！

我的爱，我爱着你，我永远爱着你，我像沙乐美爱着约翰地爱着你。我近来在梦中梦见你的时候，我狠心地抱着你，我的手臂好坚强而有力呀！我活像一个鬼似的！有一晚，我在梦中和你亲吻，太颠狂而不自制地把你的舌头咬下了，我骤然惊醒起来，幸而这是梦中的事呀！我的至爱呵！我想象着我和你再相见的时候，我要用我全生命的力，毫无忌惮地和你拥抱着的。万一不幸而不得相见了，或者我先死了的时候，我要做一个有灵的僵尸，在黑夜里到你的墓前来和你的嘴唇亲吻。万一更不幸，你先我死了，我要寻到你的墓头，紧抱着你的枯骨交欢，紧捧着你的骷髅Kiss，直到我的嘴唇也冷了，永远，永远！无穷，无穷！

过去的你的美丽，你的恩爱，我没有一刻不在深切切地追忆着，聊以安慰现在的苦闷。你当时相见时的含羞情态，现在还历历在目前呢，至爱的人儿，我们要向着无穷的未来企慕着前进，过去的追忆，只有增进我们前进的力和速。至爱的呵！前进！前进！我抱着你在铁路上去情死也愿意的呀！别辜负了一人一生只有一个青春！

我不愿意离开南京，南京是我的乐土，南京是我的第二故乡，南京是我这样流落无告者的侨居国，南京有我描写不尽的六朝风景。你说，“愿意来南京任事，只是北方的多情的逸敏，把我的心儿牵着了。”至爱的，此地的事情我决计为你留着。你迟来或早来都不要紧。我去为你代课，于学生也无妨害。到北方去，或者到南方来，全由你自己选择决定。我爱的，从你离开南京以后，几年以来，我只是读着《圣经》或《托尔斯泰戏曲集》来压制我的烈火的情热，烈火的烦恼，烈火的癫狂！……

……

我至心爱的：

前两日寄你的信和一卷书都已收到了吗？

你千万不要为了我和逸敏两人之爱而不安宁。我决不因逸敏爱你而起嫉妒，而起不安，而起狭隘的心意。那些都只有使你不快，使你有害，“爱是不加害于人的”，我确守着这先知者定下的爱的律法。“你们愿意人怎样待你们，你们也要怎样待人。”我对于逸敏毫无恨意。我勇敢地实行着我的信条。你的广大的同情的理想，也勇敢地实行着就是。理想，理想只要不是虚无飘渺的理想，有我们的刚强的心的力去做，是没有不实现的，没有失败的理由。

我的与寂寞决斗着的四年来的伙伴的爱妹呀！我确信，真正的爱里面，只有成功，没有牺牲和失败。除非自己根本不爱人的人，才有牺牲和失败。但这牺牲和失败，已经不是为爱而牺牲而失败了。逸敏的“性命交给了你”的话，也无须挂心；现在他既为你的广大的爱表同情了，可以更无须挂心了。我愿你，爱，你以为怎样可以使你快活，你就怎样做去就是。凡是真心爱你的人，决不会强爱人之爱而使之苦痛的。将来启瑞或逸敏两人中有违背了爱的本旨的时候，你就可以知道谁是不爱你了。

……

我最亲爱的，你住在家中的干燥生活，我也十分明白了的。我想着你的时候，我的心也同你一样地干燥着呢。一方面又想到自己的没方法来安慰，只是无端地愤恨自己。你是从来不肯老实地将你自己的苦痛告诉给人，使人也来担受的。

你这样的伟大的心情，我在暗中常常引为修养的模范啦！

你说要来南京，你的床铺已经为你设备好了。但是，我爱，我很记挂着呢。你的身体近日不知怎么样？你的妈妈为你底身体不好，肯不肯让你来？呵，种种不能使我细想的远方的情境呀！……倘若因为北京路近，你的妈妈放心，北京找得着事，肯让你去的时候，那么你就不必强要到南方来，反使你的妈妈不安心。我的妹妹，我的心爱的！

爱，这信写好，忽然想起你前次信中“恕我……不曾答复你”的话来了。你为什么那样客气哪？我要哭了呢。难道我会误解你责备你的吗？你只要好好地养养你的心神，我就十分快活了！

你下回要那样说，我要把你的小嘴扪住了哪！

在上面启瑞的几封信里，我发见启瑞的高洁的心怀，热烈的情感，朴实的人格。只有伟大的启瑞，才配得上伟大的菊华。在他俩儿之前，我感觉自己的渺小，偏狭，污秽。

假如我不卷入旋涡，启瑞和菊华，岂不是天生的一对；假如我不卷入旋涡，菊华一心到南京去，岂不是无挂无虑。只为了我的卷入旋涡，弄得菊华心挂两头，弄得启瑞相思难就。主呵，我的罪是不可赦的，我愿意钉在十字架上！

天色渐渐明了，推开窗儿一望，愁云占满了天空，雨水从窗外不住的打进来，几乎打得我浑身是湿。在愁云的底下，天空的高际，有三五小鸟，从南方急急地飞到西方。檐前的槐枝上，乌鸦一声声的啼着，似诉它的心头痛苦。萧条的庭院里，人们都未曾起来，只有孤单而凄凉的我，抬起头儿凝望。

大雨不止，我爱的菊华大约没有来此的希望了。把桌上一堆堆的书籍都推开，伸出纸来，想写些什么，——无数的心思，都被窗外一滴滴的雨点打碎了。只是一个字也写不下去！

“梧桐树，三更雨，不道离愁正苦。一叶叶，一声声，空阶滴到明。”

我只能低吟着上面凄切的句子，聊以自遣。呵，我又要抽噎了！

“喂，讨厌的雨，今天我不能来了！”

“唔，……”

“喂，我叔叔的事已了，后天早上他要走了。”

“你也一同走了么？”我急了。

“我只好一同走……”

“唉！……”

“我明儿一早就来，再谈罢……”

接完电话回来，我只能躺在床上颤颤地哭了。

四月二十三日

四

一夜何曾睡稳！早起，觉得头昏，跑到门前一望：几个小孩，赤着大腿和双脚，在路上的积水里游戏，脸上显出憔悴的黄色。一个老年人推着卖黄瓜的车子，缓缓走过，背曲如骆驼，从皱纹满面的脸庞里，看得出半生辛苦的表记。三个穿着短衣的中年男人，一个提着鸟笼，两个含着香烟，悠悠地并列走着。对门的剪刀铺门口，站着几个中年妇人，有的抱着孩子，有的手中拿着扫帚，有的只是瞪着眼儿望着街上的行人。

呵，这就是我所住的地狱世界，然而我在盼望我的Beatrice的快快到来！

"明天一早要走了，怎么好？"她的美丽的慧眼望着我，似母亲望着小孩的神气。

我一时说不出什么话来，只注视着她今天身上穿的美丽的桃色的衣裳。

"你不要伤心。我要到南京去，我一定使启瑞设法，将来你也可到南京去。"

"我是不会丢掉你的。别离，只不过是短时期的别离。"

"我希望我们三人能恋爱到底！万一，不幸失败，也就大家一块失败！"

"启瑞的信你还没有看见罢？他待你很好。他愿意我们三人结为兄弟姊妹……"

"我已经看见过了！……"我说。

"几时看过了？……"她笑了。

"前夜……讨厌的下雨的一夜……"

"我知道你要忙着看的。"她携着我的手，我就把她抱在我的身上。

我看见她胸前的红色突起的颤动，我的心从忧愁里转到肉欲上来了。假如身上坐的是秀芳，呵，我一定要伸出手去，她又要含羞含嗔地叫："痒——痒呀！"那是何等迷人的声音呢？我想。

我从前爱着启瑞的时节，我只望把讨厌的旧式婚约退了，一心一意的嫁他。

可是讨厌的婚约到如今还没有退！

“爱了你，怪的，宝宝。爱了你以后，我忽然想到，我只能永远不嫁了……”

“你永远住在家里吗？”我急了，问。

“不是呀，宝宝，我只望我们三人住在一起，像夫妻般的朋友。经济各人独立。”

“对呀！我前晚也想着，你的伟大的理想是对的。而且世界上的制度完全错了！”我乐得叫了起来。

“这个办法，启瑞是一定赞成的，我想，你也赞成罢。”

“赞成……”

“只是我还害怕，我害怕……一件事……”

“什么？……”

“一件事？”……她的脸羞得红得同她的衣服的颜色一般，说，“只是将来万一……”

“万一……什么？说呀！”我把她抱得更紧了。

“万一有了孩子呢？……”

“有孩子，大家的。”我大笑地说出来。

“也许不会，我想。我的身体不好。我知道我何时死呀，像这样常常病的……”

“不许说死……”我用手把她的口儿闭了一会。

“死，不许说，谁不死的？”我想，一个人能真正恋爱一日，就算永生。

“我只望我至多活到四十岁。过了四十岁，大家都老了，就没有味了。”

“我又希望我们三人一同死……”她说。

“那只有一同自杀！活到四十岁，是的。我也想，一个人到老了真可怜。”我严肃地说。

“老比死更可怜！”她说，伸手指着墙上挂着的秀芳的半身照片，说，“这是丢了你的恋人么？”

“是的。”

“怪可爱呀！”

“她已经同旁的一个男子订婚了。”

“我想，结婚的制度不打破，恋爱总不能美满。她还不是为了要同旁的男子订婚，所以才把你丢的？不能怪她，只能怪社会制度。”

“我并不怪她。”

“我知道。”她说，脸儿望望我，眉头忽然蹙起来，“只是，宝宝，我忽然想起，你的家里怎样？爹爹妈妈都好么？”

忧愁又袭到我的身上了，我说：“我有一个大家庭，爹爹，妈妈，弟弟，祖母……”

“都好么？有没有祖父？”

“呵，何堪想起！就在我恋着秀芳最烈的前年，祖父病死了。祖父病重的时节，一信二信来催我回家，接着是一次二次的电报……”眼泪流到我的脸上了。

“不要哭，说罢，你当然回家了？好人！”她用手帕揩干我的眼泪。“回家，我竟没有回去。我恋着秀芳呢。后来我的祖父就在想望孙儿的病榻上死去了。

“祖父死后，爹爹写信来说：祖父临死时还问，‘我的大孙逸敏来了么？’这时他的眼珠已经变乱了，全是白色。爹爹骗他说：‘逸敏就在床前呀！’他把眼皮一翻，后来就没有气了……祖父死后，我常常梦着他，梦见他正言厉色地教训我，却记不清说些什么。我醒来便恨自己，恨不得把自己的身体扯成粉碎！”我的伤心的眼泪怎样止得住呢，它又自由滚了许多下来，滚在菊华的美丽的衣服上了。

菊华的眼皮一红，也现出要哭的样子，说："你以后回家去过没有？"

"没有，一直没有回家去。妈妈想我，常常想成病。祖母也写信来说：'我也上了七十岁的人，不久要死了。你回家一次罢，给我看看，免得我同你祖父一般，临死时受苦。'父亲写信来催我，我只是敷衍他，春天说是夏天回家，到了夏天又说有事，要等来年春天……总是敷衍，敷衍，一直不肯回去。"

"你为什么老是不回家呢？"

"何消说——自然是为了恋爱，起初为了秀芳，现在又为了可爱的你呀！"

菊华哭起来了，她说："宝宝，你总该回家一次。"

"要是舍不得家庭，可爱的，我们三人的理想还能达到么？"我的心儿一转了，我问。

"唔……"她暂时呆住了。

"我也想：我们不创造新家庭很容易，我们要丢掉旧家庭真是很难呀！"我说。

"是的。爱只是一个，分不开亲子的爱和男女的爱的。"她说了，站起来，"你的腿酸了吗？我在你身上坐得太久了。"

她在我这里吃了午饭。午后，她说："我们上半天谈话谈得太悲酸了，我的心现在还痛呢。我怕回家又要病了。"

"我们不要再谈那样的话罢。"我说，"但是我忍不住再问你一句：'启瑞的家庭怎样？'"

"他只有一个妈妈……呀，还有一个结了婚的女人，为了我的缘故，已经离婚了。这是前几年的事呀，要是现在，我一定不许他去离婚了。"

“为什么呢？”

“你不许问下去了……”她说，“你来，我们玩玩罢。”

经过了长久接吻之后，我的心被烈火燃烧着了，我已经忘了刚才谈着一切的烦恼，我紧紧的抱着她，说：“你肯么？”

“肯？什么？我很悔从前待启瑞太冷淡了，你现在要干什么便干什么罢！我已经不忍想到我们的将来……”

在沉醉而疯狂的时间里，我解下她的桃色的外衣，我松下她的湖色的裤子，我把她抱到床上去，望着她的瘦弱的洁白的身体。

“你现在是裸体了！”我欣喜地说。

“你要干什么呢？”她含羞地说。

我仔细地将她的瘦弱而白皙的身子上下望了一刻，从她的乳峰望到小腹下的黑毛，我的心忽然被一种严肃的神秘的思想笼住了，我在她的小腹下亲了一个吻，说：“让我把你的衣服穿了起来！”

“你明早准我去送你么？”

“不必……”

她走了，在朦胧的暮色中我望见的只有她的桃色的衣裳。

第一个恋人

一

那一年，我大约是十六岁罢，因为父亲在古城开药店，我便随着父亲，住在店里。每天到古城后街的一个高小学校里去读书。

高小学校里的功课并不多，每天下午二时便没有功课了。课余后，我回到店中，照例是看看《三国演义》，或者随着店中的伙计们，街前街后的去跑跑。店中一共有十六个伙计，其中有一个和我脾气相合，情感最密的，叫作华桂。华桂是一个身材矮小，举动敏捷的小伙计，那时年纪也不过十七八岁罢。面白而红，梳着一根很粗的“流水辫”，整日的盘在头上。

我那时好看《三国演义》。华桂不识字，但他少时听他舅舅说过《三国演义》的，有几段记得很熟。像什么“诸葛亮三气周瑜”哪，“八十三万人马下江南”哪，“火烧赤壁”哪，华桂是一开口便滔滔不绝的。只要父亲不在柜台上，我们俩便滔滔的谈起来了："三国时谁最会打仗？"我问。

"我以为是吕布，你呢？"他决然的说。

"我以为是赵子龙。吕布不如赵子龙，因为他终于给曹操杀却了。"

"那不能怪吕布，是貂蝉害了他！呵！貂蝉！迷人精！狐狸精！……貂蝉是狐狸精变的。"他愤然了。

"狐狸精！吕布为什么还喜欢她？哼！"

"呵，因为她是女子呵！女子是迷人的。那一对肥胖而突出的乳，像馒头般的柔软的乳呀！只要摸一摸，只要摸一摸……"华桂像疯狂一般地跳起来。

我忍不住笑了，走近他的耳边轻轻地问："你摸过……没有？"

"没有！……但总得摸一摸。"

华桂和我是常常这样胡扯的。但父亲甚不喜华桂，以为他太滑头了，嘱我不要和他亲近。我那时对于父亲的深奥的意见是不了解的。我相信华桂是我的最好的朋友；他老实，活泼，而且比旁的伙计不会躲懒。

古城是一小市镇，镇临小河，可以通船。河的彼岸，有几座小小的土山，虽无古木大树，但山坡秀雅，春来时节，红花青草，丛生满山，倒影入河，风景也十分清丽。河中设小渡二，用渡往来行人，埠头则以石砌成。古城妇女，常常三三五五，在那里洗濯衣服，华桂常携着店中的药材，到埠头上，临流漂洗。我课余的时节，有时也提着钓竿，随着华桂，坐在离埠头数十武的岸上钓鱼。

不知从何时起，华桂忽然认识一个洗濯衣服的妇人了。我去钓鱼，便看见华桂洗完药材，总是不肯就走，同那妇人夹七夹八的闲谈。远远望去，那妇人好像是什么人家的女仆，面圆身健，虽是毫无装饰，却也有几分可爱。

我懂得华桂的心思，只顾低头钓鱼，不忍过去催他。

但华桂后来竟愈弄愈糊涂了，有时他和那妇人竟一谈两点钟不肯走。那一天，我因为钓不着鱼，肚子里又十分饥饿，急于要回店晚餐，于是便生气了：

“华桂！你不回去，我要走了。”

“哦……”华桂很惊慌的抬起头来，望一望我，便匆匆地别了谈话的妇人，拿起药材，伴我走了。

在路上，华桂悄悄的告诉我说：“飞哥儿，你千万不要告诉掌柜的，今天……”

“嗡，”我笑了，“有味哪，谈话！她叫什么名字？”

“月娥，王家的女仆。哈哈，飞哥儿，她今天说起她们那里李家少女，才真美丽呢，简直同貂蝉一般的美丽。”

“那有的话，同貂蝉一般的？”

“真的，她这么说。不相信，我们可以设法去瞧瞧。”

“我不要瞧……”我有点害羞了，但心里却飘飘然起来，望着天边一抹的鲜红的灿烂的晚霞，晚霞中仿佛幻出一个美丽绝伦的少女，婷婷娜娜地望着我微笑。脸上也不自觉的发起烧来。

二

从那天起，我的怯弱的心中便起了一层意外的波澜了，无论是吃饭，睡觉，或是入学校的时候。

“我总得瞧一瞧……”

其实为什么要瞧？瞧了又有什么目的？连我自己也十分茫然。纯洁而幼稚的心已陷入恋之烦恼里了。在人生的旅路上走着的朋友，有谁不曾喝过一勺恋之苦汁呢？然而我未免喝得太早。

但我对于华桂，却不肯明白地将心事说出来。我只是对于华桂比以前更亲密了，而且当华桂下河洗药材的时候，我总是提着钓竿悄悄跟去。父亲似乎很不满意，曾骂了我两次，嘱我不要随着华桂外出。但我那时对于父亲的谴责，似乎毫不在意。仍旧是提着钓竿，课毕便悄悄出门。

我渐渐和华桂的恋人也弄熟了，她的确是一个有说有笑的好妇人。据华桂告诉我，她十六岁便嫁给一个乡人为妇，因为丈夫好赌博，把家中的田地卖尽当光了，她只得到古城来当佣妇，现在一月拿人家两元的薪水。那赌博的丈夫，还时时来缠她，一月至少要缠去几吊铜子，有时竟连两元薪水，完全缠去。

那一天，当晚霞映在对岸的山顶上的时节，我和华桂又在埠头上等着月娥了，因为华桂和月娥约定，今日来埠头的时间比较稍迟的。华桂似乎等得很着急。时常抬起头来探望；我的心中却仍旧为那没见面的少女所苦。究竟那个少女怎样美丽呢？如何告诉月娥，叫她领我们去瞧瞧？这句话又如何说得出口？我愈想愈糊涂了，但结论是这样——

“我总得瞧一瞧……”

天色渐渐昏黑了，埠头上已经没有行人。河中停泊二三小舟，远远地射出星星的灯火，正似水面的飘泊的流萤。在静穆而寂寞的时间里，华桂忽然站起来说：“来了么？”

“来了，等急了罢。”月娥从黑暗中走近前来，手中提着篮子。

“等急了，飞哥儿也在这里。”

“呀，对不起，累得飞哥儿也久等。”月娥笑着拍拍我的肩。

“那有的话，横竖我晚上总是玩。”我谦恭地说。

“飞哥儿想瞧瞧赛貂蝉，哈，哈，哈！”华桂疯起来了，拉着月娥的手。

“呸！瞎说！”我急了。在华桂的背上捶了一下。

“李家的少女么？哦，真美丽！”

“你带我们瞧瞧！”华桂恳求地说。

“可惜她不容易出门，一年出门不过几次。”

“为什么呢？”华桂问。

“因为她的父亲不在家。她父亲到杭州做什么局长去了，在外面娶了姨太太，所以一连八年不回家。她们母女两人，苦守在家里，靠着取租，吃用也够了，但心中总不快活。”

我从无聊的幻想里产出空虚的同情了，从同情里又感着悲哀，赤子之心的悲哀。我一言不发地立在黑暗里，望着河水。

“呵，飞哥儿，怎么呆住了？傻子！没有瞧见过，知道将来是不是你的老婆呢？倒先替人家可怜，真是不害羞！”华桂带着讥笑地说。

“不许瞎说！仔细我捶你！”我又怒又羞地，禁止华桂。

月娥和华桂都大笑起来了。

“时候不早了，应该走了罢。”月娥说，于是华桂靠近她胸前去抚弄了一会。于是我们分别了月娥归来。

市镇上已经满街灯火。喧哗的声音，响彻了全镇。我缠在无聊和苦痛的幻想里。父亲适不在店中，然而我那晚也忘记了晚餐。

三

我一连几天没有跟着华桂到埠头上去，因为我怕月娥和华桂要拿我取笑。天气渐渐炎热，暑假转眼便到了，我预备毕业考试的功课，比从前倍觉忙碌。但有时读书倦了，夜阑人静。心中又忽然想起——

“我总得瞧一瞧……”

华桂有时晚上也嬉皮笑脸地到房中来，谈一会，但只要听见外面父亲的脚步的声音，便又鼠一般地逃出去了。

那一晚，我有些倦了，抛开书籍，到柜台上去站了一会。华桂走近身旁，把我拉到栈房里，笑嘻嘻地说："到手了……"

"恭喜你，几时到手的？"

"昨晚……"

"在什么地方？"

"埠头过去的草堆里。"

"呸！狗一般的！"我笑了。

"别骂人！明天下午我领你瞧李家的少女去。"

"那里？"我羞了。

"观音寺的小路上。"

"你怎么知道？"

"月娥告诉我的。她明天下午也到那里去。"我忽然羞得回转身来跑了，华桂在后面赶来说："到底去不去？"

"去，一定的。"

这一天，清早起来便似乎有些飘飘然了，昨晚睡得不很好，做了许多的怪梦。早餐后便到学校去，同学以为考期将至，对于功课都用心静听，教室里也没有从前一般的喧哗声音。我的心里却总是老在想些无聊的问题：

今天能够瞧见吗？

瞧不见，怎么样？

总得瞧一瞧……

午餐后，历史课结束后，大家都预备温习，我便夹了书包，跑回店中，我记得途中的脚步，比平常是跑得快些了。

华桂看见我回来，便到栈房里拿了两小捆药材，作为到河里漂洗的模样。在他后面跟了出去。

观音寺离古城镇约有一里之遥，那里的香火很盛。古城人最迷信观音，他们无论男女，都呼观音为“救苦救难的大士”。那天似乎是什么庙会，途中老少男女，三三五五，结队偕行，大概都是观音寺进香归来的。

“仔细些，不要给赛貂蝉走过了！”华桂东张西望地说，手里还拿着药材。

“又不认识，知道她走过不走过？”我微笑地说，眼睛仍注视着行人。

“那一个小女子最美丽的，那一个就是……”华桂说到这里，忽然跑向前去几步。

我抬头看是月娥来了，也十分欢喜。

“等急了罢，飞哥儿。”月娥说。这一天她穿了一身月白色的布衣，头上戴着一朵红花，倒也有几分的美丽。

“李家的少女呢？”华桂不能忍耐地问。

“在后面，快来了。”月娥回头望着。

我们三人的脚步愈走愈迟了，月娥故意同我们离开几步，表示她同我们是没有关系的样子。

夕阳反照在路边林中的树叶上面，树叶上闪着灿烂的金光。暮鸦队队，在天空哑哑地飞去。月娥忽然站住了，同后面走来的一个女人招呼。那女人大约也不过是四十上下的年纪，脸上却带着苍白的颜色。眉头稍蹙，似是半生悲哀的标志。后面伴着一个梳辫的少女，身材似乎正同我一般的高。流动的眼珠，乌黑的头发，玫瑰色的圆长脸庞，衬着粉红色的上衣，浅蓝色的绸裙。婷婷而来，似碧桃在微风中飘荡。

“这真是活貂蝉！”华桂轻轻地说。

我迷恋在暮色苍然的歧路上了，这样美丽的少女，是我从来没有瞧见过的。

然而人生的美满而幸福的时间，终不过是转眼的一刹那间罢。她们在前面走去了，微风吹月娥和少女谈话的断续的声音到我耳际，那清脆而幽越的乐音。我的灵魂是被爱之烈火燃烧着了。

“跟到她们的家！”华桂提议。

“好的。”我说。

走尽那蜿蜒的旷野的小道，到了古城的后街了。黑暗开始张开它的幕。藉着市上的灯光，我们还隐约地望见她们三人的后影。再转过一条小巷，前面便是一场空地，古槐三株，直立池边。我们模糊地望见她们穿过古槐，便仿佛听见开门的声音。

“大约她们都到了家罢。”华桂说。

“应该回去了。”我无精打采地说。

四

校中的毕业考试已经开始了。我每日考毕的时节，总要走到那晚上走过的小巷后面的空地去望望，苍然直立的古槐，清澈的池水，水中的几尾小小游鱼，都已经成为我的最相熟的朋友。我到那里去的时节，是瞒着一切人的，连华桂也瞒着。

“我总能再瞧见一次罢……”

我的心中常常这样希望着，走过古槐，便是三间并列的大厦。靠左边一间的屋是常常闭着门的，我于是想象这就是我爱的少女所住的家。

这里来往的行人并不很多，所以寂寥之地，能任我徜徉。但是那一天，不幸遇着月娥了，她提着满篮的衣服，正要往河边的埠头去。

“飞哥儿，这里玩得好吗？”

“我欢喜瞧池中的鱼。”

“不是瞧鱼，瞧人罢？”月娥笑了。

“瞧人——替华桂瞧你呵！”我滑头地说。

"瞧我？好说！瞧李家的少女罢！瞧姗姗，是不是？"

我从此才知道姗姗是她的名字。

月娥遇见我以后，华桂也发现秘密了，不时跑来找我。我心里以为姗姗只许我一个人在那里等着瞧的，对于华桂之跑来，甚不满意。于是便绝迹不走到那古槐小池的空地上来了，心里却终不能忘情，总想——

"我应该再瞧见一次……"

毕业考试完了之后，榜出来了，我幸而还考得好，名列第二。父亲很欢喜，便筹备使我下半年到南京进中学。

同时也常有人来向父亲提起我的婚姻问题来，父亲兴高采烈，评头论足，总不满意。

"李家的女，姗姗好么？"

那一晚，我在柜台上，忽听见同父亲谈天的伙计，说出上面一句话。这是危急万分的时候到了，我便静听父亲的评判。

"美丽极了，可惜身体太弱，怕要短命。"父亲摇头地说。

这"身体太弱，怕要短命"的八个大字，轻轻地将我的心头梦想完全打消了。爱之神呵，你不要在幼稚的少年的心上，随便地撒下爱之种子罢，撒下了便任何雨打风吹终是难拔却！

我为厌恨父亲的评判，曾一个人躲着哭了几次。华桂不知道底细，以为我快要到南京去了，离不开父亲，所以悲伤。

"飞哥儿，好好地罢，到南京去读书，用功几年，做了官，再回家娶亲，娶李家的赛貂蝉。岂不威风吗？"

他不知道我的希望已轻轻地给父亲迷信的思想抹杀了。我那时只希望在动身往南京以前，能瞧见姗姗一次；或者我们能够谈话，谈一句话。

暑假过去一半了，父亲的在南京的朋友有信来催，我于是便乘了一叶扁舟，离开家乡。我对于故乡的水光山色，都没有什么留恋。只是母亲没有到店里来，临别未见，不免神伤。而且姗姗的影子，总时常在心中摇曳。甜美的希望是没有了，但几时再瞧见她一次呢？

到南京之后，因为初入中学，功课匆忙，所以无聊的梦想渐渐忘却了，次年四月，父亲来信说：华桂已辞掉，是为了与人家女仆通奸生出小孩的事。我心中不禁替不幸的月娥悲伤，而且华桂又到哪里去了呢？这有谁知道？我因此又想起姗姗，她将来竟嫁给谁呢？那样美丽而可爱的女郎！她的将来的命运是幸福，抑是悲哀？这也许只有冥冥中的神明知道。

如今，我已经八年不回到故乡。但只要独自在暮色苍然的小路上走着的时节，便不禁如梦如烟地想起姗姗，她是我的第一个恋人！虽然我们不曾谈过一句话，而且她的心中，到如今，一定还不知道世界上有爱她的我的存在！

爱　丽

他冒着寒风从大学校夹了书包回来的时节，心里的确有点倦了。回到公寓里，他把书包向书架上一丢，回身往床上一躺，口里就呜呜咽咽地哼起："我想起，当年事，好不……凄凉"的老调来。

哼了一刻，他把床里面的被往外一拉，压在自己的身子下。房里的火炉烤得他浑身和暖起来。被儿又正在身底下作怪，使他有点发燥。他把眼儿朝上一望，床头挂的胖女子的相片，似乎正涎着脸儿朝着他凝望。那女子胸前的衣襟，可以看见隐隐约约隆起的曲线。伊似乎正躺在旋椅之上伸懒腰，一种妩媚之态，令人魂销。

"爱丽真有点妖！但也好，大约容易到手，不妨同伊混混。做老婆可不行！做老婆还是月英好。月英也有点鬼！似有情，似无情，令人摸不着真意。伊总想读书留学；读书留学有什么用！苏曼殊骂得真好：女子留学，不如学髦儿戏！……爱丽？月英？自己已经二十四岁了，没有老婆，怎么办？"

他愈想愈觉得冲动起来。他俯身抱着红绫面儿的棉被，便感觉棉被也正同女性一样的温柔了。可怜的亚雄，他把棉被当作对手的女性，已经不止一次！当他正想解开裤带犯着无可奈何的罪恶时，心中又忽然发生了许多感想。棉被上的黄色成绩太多了，实在不十分雅观。上回叫公寓里的伙计拿到外面晒被时，秘密已经给伙计们发现了，大家传为笑谈。况且近来身体已经没有从前健康了，不是在课堂上困得想睡，就是每晚睡醒，身上总出了一身虚汗。他想到虚汗乃痨病的前兆，心中非常害怕，便一纵身跳了起来。

"我想起，当年事，……"他又呜呜咽咽地哼着。隔壁房里忽然有敲着板壁的声音说："亚雄，不要哼了，我的肚子痛得要命了！"他觉得奇怪，便匆忙地推开房门，跑到隔壁房里去，口里说："庆民，怎样了？"

他看见庆民正躺在床上，头朝床里，身上还盖着被。

"又是吃东西吃坏了罢，老是好吃，不要命！"他带笑地说。

"吃坏！你的红色补丸害了我了！"庆民转身朝着床外带恨地说。

"红色补丸会吃坏人么？我不相信。"亚雄觉得有点奇怪。

原来亚雄因为自己的身体给棉被弄坏了，所以便买了一瓶红色补丸来，想把自己弄得强壮些。不想昨晚庆民到他房里来玩，一看见便抢着倒了半瓶去。这庆民是个有名的好吃鬼，只要吃得的东西，不论是青红白黑热冷酸臭，总要张开大口送下去的，况且红色补丸上面明明有个"补"字呢！亚雄当时虽然也有点吝惜，但红色补丸已经到了庆民的手里了，料来不肯放回，于是说："吃这东西不是玩的！你应该记着：饭后吞下，吞后几十分钟内不要喝茶！"他的话没有说完，庆民便笑嘻嘻地一溜烟跑回自己的房间里去了。

这会儿庆民说是红色补丸把肚子吃痛了，亚雄觉得事必有因，于是便问他："你几时吃红色补丸的？"

"饭前。"

“你吃过红色补丸后，喝过茶没有？”

“我是用茶将红色补丸吞下的。”

亚雄忍不住哈哈大笑起来，说：“这是你好吃的报应！我昨晚不是告诉你，吞了补丸后不要喝茶，而且要饭后才吞么？谁叫你只顾抢着丸药跑，不听清我的话！”

庆民自己想想也觉得好笑，又有些害羞，于是一翻身便将被儿没头没脑地裹住。

亚雄笑着踱回自己的房里了。他觉得房里的火炉太热了，红色的棉被又在那里涎着脸儿诱惑他。他觉得非逃出不可了，于是便戴起帽子，穿上大衣，摇摇摆摆地踱出门。

他已经走到煤山街上了，他看见许多大学生都夹了书包摇来摆去。一个剪了头发披着红围巾的女学生，身旁跟着两个男学生，一面走着，一面说笑。这女学生大约也不过十八九岁的年纪，身穿一件哔叽旗袍，旗袍上还镶着绒边。脸庞白里带红，不肥不瘦；身材不长不矮，恰到好处。

“这个女生大约是新来的，从前没有看见过。呵，真美丽！在大学里，可以做Queen，一定可以做Queen了，月英不如伊，爱丽更不如伊！可恨！可恨！偏偏有两个男生跟着，而且很亲密地谈笑。他们真有福！我也跟上去，跟上去，跟上去！但是伊有两个男人了，再跟上一个，不太多了么？管什么？跟上去！”

他一面想着，他的脚便不知不觉地跟着走了，转了一个弯，他看见那个女生走进一个公寓去了，两个男生也跟了进去。他仿佛“侯门似海”地站在公寓的门前，望了一刻，不见有人出来，他自己也觉得无聊起来。左边有个豆腐公司，他便无精打采地走了进去。

其实亚雄此刻肚里并不饿。但是他既走进豆腐公司来，总不能不吃些东西，于是便说：“来，来一碗豆浆，两块蛋糕！”

他口里喝着豆腐浆，嚼着蛋糕，心里却在想："那剪发的女学生，是住在这个公寓里么？假如是的，我一定每天来这里吃豆腐浆，好找个机会看看伊。这豆腐公司的生意也许要好起来了，因为隔壁住着那样好看的女学生。"

他觉得好笑，因为身边挂着一个电话机，他又想打电话："打电话给谁？月英吗？爱丽吗？打电话到隔壁公寓去，又不知道那个剪发的女学生的名字。时候不早了，月英家里又管得那么紧，一定不肯出来。打电话给爱丽罢。爱丽脸上有疤，铅粉也填不满。但是还好，身上胖得好。女人应该胖，愈胖愈好！月英太瘦了！谁叫伊那么用功？玩玩罢，管什么，叫爱丽来玩玩。人生有什么？混混而已！"

亚雄自发明了他的"混混哲学"以后，做事已经不似从前的胆小了。他站了起来，决定打电话给爱丽。

"喂，你是谁？"

"我，你猜猜？"

"呀，亚雄呀，什么事？"

"终身大事！"

"别胡扯，真的什么事？"

"我请你玩去。"

"我不去，天气太冷。"

"去罢，真的有大事商量。"

"又是胡扯，什么大事商量？"

"真的，不骗你，你一定来罢。"

"那么，你在那里等我？"

"公园后门的柏树下。"

"月英也去吗？"

"不的，我一个人。"

“好的，我就来。”

亚雄放下电话机来，心中又充满了希望了。伙计走过来算账，说：“一共十六个铜子。”亚雄从大衣袋里摸出一张一角的毛钱票，大模大样地说：“一总拿去，不用找了，多的就算小费。”

夕阳照在公园的屋瓦上，幻作黄金色。暮鸦也队队地向西飞去。池中还剩得许多残荷断梗，在风中摇曳。几个匠人，在那里搬运浮石，堆造假山。亚雄坐在沿水的靠椅上，眼睁睁地望着公园后门。

然而爱丽的影子也望不见。

几个零落的游人，也给晚风阵阵刮走了。亚雄觉得有点冷，把手放在大衣袋里。他想着女子出门真不容易：要擦脸粉，换衣服，梳头发，对镜子，一弄就是半点钟。

唉！女子！女子！真是玩物！难怪叔本华要那样讨厌伊们。爱丽更靠不住！据大学里同学传说，爱丽至少有三十个以上的好朋友。这还了得！月英真好，能用功，性情又温和，脸儿也不丑，不说别的，就是爱丽额前的小疤，月英的脸上就用显微镜也照不出。

他似乎有点恨爱丽了，这个“恨”心是从期望的心来的，他的思想又一转了：但是月英也有点虚伪！伊口口声声说是母亲管得紧，要自由要等伊出洋留学归来后。一个人有了恋爱，还用得着母亲吗？为了母亲而牺牲恋爱不对的！人生几何！出洋留学至少也要五六年。等伊求学回来，大家都老大了，有什么趣味？况且自己家中有的是钱，只要大学毕了业，混个资格，回去还愁什么吃用！享乐，享乐，人生不过享乐而已。而想享乐，还是爱丽好。

他正在想得出神。刚听前面水中悉索一声，他连忙站起身来倚着栏杆凝望，只见一只水鸟向空中飞去。身后似乎有人喊道：“亚雄。”他回头一望，爱丽已经姗姗地站在他的面前了。

“等久了罢，对不住！”爱丽把眼珠向着亚雄一瞟，脸上微微一笑。

“我也是刚来不久……”亚雄含笑着答，他把爱丽上下一望，只见爱丽今天穿了一件淡白花丝葛的棉袄，外面套着一件蓝色的绒线衣，黑色团花的湖绉裙，底下镶着绒边，脚上是穿了高底的漆皮鞋。头发已经烫得蓬蓬松松地高起来，虽然脸上的铅粉终掩不住伊额上的疤痕。爱丽已经够美了，据亚雄的眼里看来。

“你邀我来商量什么大事？大约又是骗我出来玩玩罢。”爱丽似乎窥破亚雄的心思地说。

“真的有事，不骗你！”

爱丽把眼儿向四周一望，说：“今天公园真好，这般清净；我最讨厌的是夏天的公园，因为来的人太多。但是秋天和冬天的公园，都是可爱的。你看今天公园里真静。这么偌大一个公园，几乎是我和你两人的领土了。亚雄，你说是不是？”

“是的，人少，谈话也可以自由些。”

他们俩儿一壁说着，一壁向前走，不久便已走到地坛的后面了。亚雄愈走愈挨近爱丽，便拉着伊的手。爱丽把头儿靠近亚雄，因为伊的身材矮小的缘故，所以虽然穿了高底鞋，伊的头儿还只能靠着亚雄的肩。亚雄把头儿低了一低，脸颊正碰着爱丽的蓬松的头发，便觉得有一股香气，沁人心脾。

“亚雄，你今天为什么不邀月英同来？”伊瞟着眼儿向着亚雄一笑。

“月英，没有邀伊……”亚雄含糊地答。

地坛左边有椅子，他们俩儿便并列着坐下了。亚雄伸手去摸爱丽的背，从背后又伸到腋下。爱丽把脸一沉：“放尊重些，别被人看见笑话！”

“这里没有人——”亚雄涎着脸儿说。

“你既爱月英，又何必爱我？”爱丽想了一刻，忽然地说。

“哦……”亚雄一时不知道怎么回答了。他想他爱月英，已爱了两年，谁也知道的。他如何可以对着爱丽否认他对于月英的爱？在爱丽的面前，又怎可以老实说他爱月英？素日油滑的亚雄，此时也有点难于回答了。停了一刻，他才若无其事地笑着说："难道一个男子不能爱两个女子么？"

"一个男人爱两个女子，一定得不着归宿，将来总是痛苦的。"

"是的，总是痛苦。但是一个女人爱两个男人或两个以上的男人呢？"

"当然，也是一样。"

亚雄凑着机会便把他对于爱丽怀疑的心思说出来了，他笑着道："爱丽，请你恕我说话唐突！本科里的同学都说：你至少有三十个以上的男朋友，这话当真吗？"他说完了话，紧紧地把眼睛瞧着爱丽。起初看见爱丽脸上有些怒容，后来爱丽忽然淡笑地说："你不要相信他们的鬼话！他们写了许多情书给我；我不理他们，所以便造出许多谣言。谁理他们，像大学里那些穷鬼！"

"我本来也不敢相信……"亚雄怕爱丽生气，只得赔罪地说。暮色已经从空中笼到地面，他低下头来看了一看手表，说："冬令天气，果然这样短促！刚才五点钟，天色就这样黯淡下来。爱丽，我们还是吃晚饭去！"

爱丽把头儿向亚雄身上一靠，正靠在亚雄的胸前。亚雄用手抚摩着爱丽蓬松的头发，在伊的发上轻轻地吻了一下，说："走罢，我的好爱丽！"

爱丽和亚雄对面坐在共和饭店的一个房间里了。爱丽抬起头来瞧这房间的四周：靠窗摆着一张白色铁床，床上披着一张黄色的俄国毡子，什锦被儿整齐地折着。床的对面摆着一张白色的照衣镜，爱丽远远望去，可以瞧见自己红晕的脸孔。伊知道这是一间寝室，想起共和饭店门口的马车汽车，不由得有点害羞起来。

"不是吃晚饭么？为什么跑到这寝室里来？"爱丽怀疑而且玩笑地问，其实伊心中也有点了然了。

"在饭厅里人太多，而且谈话也不便。这房间不精致可爱吗？"亚雄走向前去，把爱丽抱住，低下头来就要亲吻，爱丽并不躲避，把嘴儿迎了上去，他们亲吻的时间很久，足足有二十分钟。

“你同月英也Kiss过吗？”

“没有……”亚雄答了一句，放开爱丽，脑中的疑团更深了：他和爱丽从公园坐车到共和饭店来的时节，他仿佛瞧见单牌楼大街上月英坐着洋车驰过，后面庆民骑着脚踏车跟着。他看得千真万确，月英身上还穿着厚呢大衣。庆民的肚痛已经好了么？两月来庆民只是鬼鬼祟祟地，课也懒得上，整天关起门来不知道做什么，大约是写情书。月英同庆民认识还是自己介绍的。却想不到他们深夜里还一同出来，真是狗男女！月英总说母亲管得紧，要读书留学，原来都是鬼话！他又想试试爱丽瞧见没有，于是便问：

“你从公园来时在单牌楼街上瞧见什么没有？”

“没有，我怕人看见，用手帕包着脸。”伊说了，抿着嘴笑。

亚雄愈想愈呆了，凝眼望着天花板上的光明的电灯，爱丽在他的背上打了一下，笑着说：“你想什么？想月英，是不是？”

“不是……”他含含糊糊地说。

“有点不舒服吗？”伊用手摸摸他的额。他乘机向床上一躺，把爱丽抱在床上，心里想：“管什么！女子都是靠不住的，还是玩玩罢！”

爱丽爬在亚雄的身上，把口儿放在他的耳边，低声说：“我真爱你！”

“我也真爱你！”

亚雄正想动作起来，猛听得房门外旅馆仆人敲着房门说：“用饭不用？”亚雄同爱丽都无端地吃了一惊，恨旅馆仆人多事，于是亚雄便大声说：“不用，过两点钟再预备。”

他又把爱丽紧紧抱着了，而且爱丽已在亚雄的身底下。“你真重……”爱丽呻吟地说，“但是要快些，我吃了饭还要回公寓，因为我的妹子在中学校里今晚要打电话给我……”

阿 莲

我爱的小宝宝：我在你的身边的时节，也觉得没有什么；离开你刚三天，便仿佛浑身都麻了。你现在心身都平静了么？你夜里早些睡吧。

我爱的，当你拥抱着我的时节，摸摸我的周身，不是说我胖了吗？我摸着你的身上尽是骨头，心里十分忧愁，时常劝你医瘦。但是今天我的妈妈说我太瘦了。我心里想：我爱的小宝宝比我瘦得多哪！妈妈看了不要更害怕吧。我爱的，你在这寒假里便应该十分珍重，少看些书，少做些文章，多吃些饭，养得胖些。待我回来的时节，你如果吃得胖些，我自然要谢谢你；你要还是那样瘦，我可不饶你了。小宝宝，留心着，瘦了，我要打你的。

我的妈妈时常向我问起你，她非常欢喜你。这也不知道谁告诉她的，她虽然和你没有见过面，却知道你是一个有志气的青年，是一个半工半读的苦学生。她很欢喜我和你要好……小宝宝，你又该乐得跳起来吧。

回家以后，天天大嚼，满嘴是油啦。小宝宝，你的嘴上有油没有？——你这好吃糖的小孩，现在怕是满嘴是糖吧。亲爱的，我有点讨厌你的嘴了。你预备什么呢？我再来，不要你的嘴了，你预备什么给我呢？

呵，可爱的小宝宝，你不是说过，要我在信上说些故事给你散散心么？今儿我听了一个怪可怜的故事，就写给你看吧。这个故事恐怕不能给你散心，因为怪可怜的，怎么好？这不是“故事”，是真事，是阿莲的事啦。阿莲，你记得她不？我曾向你提起过，她是我远房大伯买来的丫头。有一次，好像是在公园里，你记得么？你问我：“你们家乡，有几个像你一般的大脚女子？”我说：“五十里内，只有两个：一个是我，一个是阿莲。”你还记得么？小宝宝！

呵，阿莲真死得可怜……

小宝宝，我这次回家，丝毫不知道阿莲已经死了啦！今儿一早，我跟了妈妈到大伯家里去玩。一进门，我便喊：“阿莲！阿莲！”真奇怪，妈妈登时瞅了我一眼，说：“别喊，阿莲早已死了！”“死了么？几时死的？”“去年十二月里。”

大伯还在店中没有回家，只有大伯母一个人出来了。

她看见我，笑嘻嘻的说：“芸儿！一年不见，越发长得好看了。”她随即进房，端出两个碟子来，里面满装着花生，瓜子，糖果等物。我瞧见伯母额上的皱纹，似乎比从前更多了，容颜益觉苍老。阿莲死了，也许伯母没有从前那么享福了吧？我想，接着就问：“阿莲是生什么病死的？伯母。”伯母脸上本来显出许多敷衍的笑容的，听见我的话，登时就把笑容收了进去，沉下脸来说：“病死？贱丫头，活埋了！”“活埋了……”我的背上似乎浇了冷水一般，登时忍不住打了一口寒噤。妈妈又使了一个眼色，似乎不许我再说下去。我只好低下头儿吃东西，妈妈便和伯母谈起家务来，把阿莲的事拨开了。

我吃着花生，瓜子，水果，好像嚼着泥土一般，非常难受，低着头儿不住地想：阿莲犯了什么事，为什么活埋了？我在摆着碟子的油光的桌面上，隐约模糊地望见阿莲的圆大而微黑的脸，眼睛还是像流星一般的闪动。

伴着妈妈回家，心儿像火烤一般的焦急！我拉着妈妈的手，靠着她，说："告诉我，阿莲为什么活埋着的？好妈妈！"

于是妈妈坐在藤椅上，喝了一杯茶，慢慢地说："阿莲是活埋了，是的，那个孩子，我也觉得可惜。

"芸儿，你不记得么？她一见着我，老远就喊：'太太，太太'，喊得多么亲热！

"她活埋着，是为了她同木匠李相好的事。

"同木匠李相好，从前年冬间就开始了，芸儿，你也许知道一些罢？阿莲那个孩子，做事从来不会瞒着我们的。

"她曾公然对我说：'太太，我同木匠李的事，大妈（她喊我的大伯母喊"大妈"）是知道的。她想我替大伯生个儿子，顶着这一门香火，太太，你想，大伯是五十八岁的人了，还办得到么？'

"我那时问她：'那么，大伯也知道么？''大伯现在还不知道，他又不常回家。他那样又聋又糊涂的老头子，谁去告诉他？'接着她又说，'大伯就知道，想也不要紧。他要我生儿子，他自己又没有本事，一上床就睡着了。我找木匠李，替他生儿子，他还该谢谢木匠李吧。'说了，她只是笑。

"我还笑着问她：'你喜欢木匠李么？''喜欢，因为木匠李老实，勤谨，聪明，干净。'真的，木匠李是老实而且聪明，芸儿，你靠着的桌子就是木匠李做的，你看那上面的花纹雕得多么精工！

"我那时还劝阿莲小心些。我说：'乡村里坏人多，风俗又旧，一不小心，可不是玩的。'她听了，也点头称是。

"他们俩儿真好！一对聪明的小孩子。真的，阿莲不死，今年刚刚二十二岁啦，木匠李比他大两岁，也只有二十四岁吧。

“那样一对聪明孩子！谁料得到他们要那样短命，而且死得那样凄惨！

“唉，真是不堪想起，去年的春天：

“一个春风和暖的早上，我正在梳洗，阿莲笑嘻嘻的跑进来，说：‘太太，后山上的野笋已经长得一尺多高了。

你给我一只袋，我去拔笋，拔两袋，一袋背回家给大妈，一袋背来给你。太太，你不是喜欢吃野笋么？’

“我给了她一只袋，她欢喜得连奔带跳地走了。

“傍晚，木匠李背了满满的一袋来，说：‘阿莲累了，这袋野笋叫我送来给太太的。’

“‘木匠李，你也同阿莲一块上后山去拔笋的么？’我问。

“‘哦，’他说，堆着笑脸，‘今儿没货做，所以一同上山去玩玩。’

“我请他喝了一杯茶，他越发高兴起来，说：‘真有趣！我同阿莲上山，大家约着不同路走，她向东，我向南，各向野竹深处走去，渐走渐远，彼此都瞧不见了。后来，我拔笋拔得累了，便高声喊阿莲，哈，竹林又密，山又高，风又大，哪里听得见呢？我没法子，沿着野竹走去，竹圈成一斜圆形，走到西边，看见她坐在野竹丛中，正在拔笋，看见我来，乐得拍着手笑。’

“我也忍不住笑了，听见他说那样小孩般的情景。

“后来，木匠李走了，我打开袋来，里面满满地装着几捆又细又嫩的野笋，上面，还摆着许多鲜艳的映山红。

“我想：阿莲真是小孩气，这些映山红采来干什么呢？

“次日一早，阿莲就来了，一进门，笑着说：‘野笋好吃么？大妈吃着说好。映山红是采来送芸小姐的。快要放春假了罢。芸小姐回不

回家？'

"我说：'不回家，已经有信来了。'

"'不回家么？怎么那么忙？把映山红寄几朵到学校里去给芸小姐罢，因为她喜欢映山红的。太太，你说过，是不是？'

"芸儿，你看，阿莲待你多么好？

"唉，冬天快完，春天又要来了。阿莲和木匠李的坟上也将生出许多映山红来罢。谈起映山红，就叫我想起伯母家里的血迹，芸儿，你今儿不留心，大约没有瞧见罢？那血迹，在伯母家，西边檐下的地上，同映山红一般红的血迹，是永远洗不去的，遇着阴雨的天气越发明显。"

妈妈说到这里，停了一会。

我插嘴问："妈妈，木匠李也死掉了么？为什么伯母家里又有血迹？"

"死掉，木匠李也一同埋着了！

"捉奸要一对！在伯母家里捉着的，打了一顿，打得半死半活，然后埋掉的。

"他们一对小孩子，真也太胆大了一些。

"芸儿，你知道，大伯一月只回家一两次的。

"阿莲千不该，万不该，不该引了木匠李到家里去住宿！

"本来他们那样不避嫌疑，村中骂他们的人已经很多了。阿莲告诉我，她在前面走，后面就有人暗暗地骂：'卖×货，木匠奶奶！'

"我曾一再警告她，'阿莲，你得留心些！'

"年轻人真是不懂事！越闹越放荡了，我们的赵妈说：

'有人在后山上看见，阿莲在和木匠李抱着，在森林里面，下身是赤光光的。'

"芸儿，你看，那还成样子么？

"后来有一次，事过之后，她告诉我，我还为她捏了一把汗。就是有一晚，大伯忽然从城里的店里回来了，大伯坐轿，从店里到家刚半夜。

“不巧得很，木匠李那晚就在阿莲床上睡。怎么办呢？外面有人叩门，知道是大伯回来了，大伯母起来敲房门叫阿莲，她正睡熟了，叫也不醒，床上的木匠李吓得大汗直流，用力捻她的肉，好容易把她捻醒了。她才手足无措地让木匠李躲在床下。

“真危险哪，大伯那晚就要同阿莲睡。倒是伯母乖觉，做了个好人，叫大伯到她自己房中睡了。后来，到东方发白的时节，阿莲才悄悄地把木匠李放走。一场危险，算是安稳地度过。”

妈妈喝了一杯茶，接着又说：“他们那样在家里干，我总担心他们要弄出——”

我忽然怀疑了，忍不住问：“伯母不是知道阿莲同木匠李好么？在家里有什么要紧呢？”

“伯母并不是真心欢喜阿莲配木匠李。

“我已经说过了，她要的是阿莲生儿子，为了儿子，所以不管她怎样胡闹。

“果然，去年秋天，阿莲的脾气有点怪起来了。一会儿想吃这个，一会儿又想吃那个。甜，酸，苦，辣，时常变换。这当然是有喜的预兆。

“伯母当初还很欢喜，她曾对我说：‘要是阿莲生出来是儿子，就把阿莲收房做小；要是女儿，就把女儿给了人家。横竖将来还要生的。也不妨冠冕堂皇的把她收房做小。’

“芸儿，你知道，大伯同阿莲虽然是有了纠葛，明里可是还算丫头。

“所以在伯母看来，把阿莲收房做小，算是一件了不得的大典！

“孩子还在肚里，也许只有桃核般大小，外面的议论，可就多极了：

“阿莲说：‘儿子，自然是大伯的；女儿，也一样是大伯的。就是女儿也不肯给人。’

“木匠李说：‘儿子女儿我都不要。阿莲要生了儿子，阿莲应该跟了我走。’

“木匠李的意思，也许阿莲也赞成的，可是她说：‘我走了，我的孩子呢？’可怜的人！她还没有生下孩子，倒先舍不得孩子。

“最高兴的自然是在闷葫芦里的大伯了。他知道阿莲将有喜事了，乐得什么似的。替阿莲做了几套新衣服。一面逢人便说，他不久要有小孩了。

“谁不笑他呢？只有他自己不知道自己家里的丑事。

“二叔母，唉，芸儿，你总知道，你的二叔母那个寡妇的厉害？

“二叔母自己没有儿子，她最恨的是人家有儿子。她常常一个人站在街上，大声地说：‘有子有孙，饿得铁咛叮！孤老孤老，餐餐吃得饱！’芸儿，你也许听见过她的刻毒话罢。

“大伯快有孩子的消息传出来，第一个不舒服的就是二叔母，她到处骂着说：‘乌龟子，不如没有！’

“这些不干净的消息，自然有时顺风吹到大伯的耳中。

“大伯有时回家，在街上走，村里的顽童们，用纸剪成乌龟的形式，悄悄地粘在大伯背面的衣服上。

“大伯虽然老，糊涂了。可是心里总有点明白了罢，经了外面多次笑弄以后。

“他待阿莲却仍旧很好。店里三番五次的寄东西来：桂元，莲子，红枣，补血的东西，一包包的寄回家，信上还写明是给阿莲吃的。

“伯母心里渐渐不舒服了，她曾气愤愤告诉我：‘儿子还在肚里呢，可就封了王了；儿子要生下来，岂不是要做皇帝不成！’

“我心里那时就暗暗替阿莲着急。

“可是阿莲的命也真苦！肚里的胎刚刚三个多月罢，忽然又说是小产了。

“据阿莲说：‘这是大妈的不对！有了孕还叫她挑水，那样大桶子的水，一天挑两次，还不小产吗？’

“伯母说：‘臭丫头！有了孕还不省事，天天同那木匠鬼一块，还不小产吗？’

“大伯在店里，听见阿莲小产的消息，据说气极了，一连四五天不曾起床。后来写信回家，把阿莲大骂了一顿；对于伯母，也曾埋怨了几句。

“那时阿莲真痛苦极了，伯母天天骂她，她的脸上，本来是圆而胖的，已经瘦得同猴子似的，不像人形了。

“一天她来对我哭着说：‘太太，大妈的家里，我真不能再住下去了。’

“我那时觉得只有阿莲离开伯母家中的一法。我说：‘阿莲，本来这话我是不该说的。但是，我欢喜你，觉得你在大妈家中再住下去，没有什么好日子的。你能不能同木匠李商量商量，叫他拿出一百块钱来，把你从大妈手里赎去，你们正式做夫妇。我想，你的孕又小产了，大妈也许肯的。’她有点给我的话感动了，说：‘这样也好！’停了一会，她又说：‘不行！木匠李哪里来的一百块钱哪？可怜的人！他赚来的钱一个月也只有十七八元。他家里有年老的五十岁的妈妈，是靠他养的。还有一个弟弟，他自己因为不识字，吃苦够了，所以现在拿出钱来替他的弟弟读书。太太，你想，他还剩得下钱么？唉！真是命苦！’说了，她只是流泪。

“芸儿，我那时也想帮助她，但是从你爹爹不在世以后，我们手头也紧。没有法子，只有眼睁睁地瞧着阿莲受苦。”

夜色从窗上袭进来，房中顿觉朦胧黑暗。从朦胧黑暗里望着妈妈的脸，也十分严肃凄惨，没有寻常的可爱，温和了。

我说："妈妈，我怕！你叫赵妈点上灯儿，再告诉我阿莲和木匠李怎样埋着的。"

赵妈点起了洋灯，房里虽然充满灯光，然而我眼前的灯光是灰绿的，似乎黑暗中有阿莲的幽灵在窃听，我觉得震颤而且恐怖。

"吃过晚饭再说罢，芸儿。"

"不，你不说完，我吃不下饭。"

于是妈妈又带着愁苦的神气说下去了：

"从那天后，阿莲一连几天没有到我家里来。我心里正奇怪呢，本来要想到大伯家去看看她的，刚巧你的舅母来玩了，在这里住了几天，所以没有工夫出去。

那知道事情变得真快！过了两天，一早，赵妈出去买菜回来，说是昨晚阿莲同木匠李都已经活埋掉了，就埋在后山的坟地上。

怎样埋掉的，那时大家都不十分知道。

后来，你那凶恶的二叔母来，这次埋人的事，她是亲身参加的，所以说得十分清楚！

她说：'阿莲那丫头，早就该死了！……我瞧见她一双大脚，跑来跑去的，早知不是好东西！亏得老大和大嫂还想她生儿子。乌龟子，生下来也不过是败家精，要他干什么！……偏偏又小产了！乌龟子，小产了也好！……老大真傻！还埋怨大嫂！……大嫂也傻！她骂阿莲，阿莲回嘴，她就没有法子了，自己气得三天不吃饭。……是我点破她的，她要不把阿莲弄掉，将来总要吃她的苦。……你看，阿莲肚里装着乌龟子的时候，老大待她多好！……偏偏这鬼丫头也是不到头上不知死！还要把野老公留在家里，夜夜享清福。……哼！让他们两只小狗永远享清福去罢！……大嫂一封信去，老大连夜赶来，从床上捉起，赤条条的，大家打了一顿，我也使劲捻了他们几下。……你想，那样破坏家风的丫头，不该捻么？……后来打得半死半活的，就抬到后山埋掉了。……也够受的！就在后山山坞上，掘了一个深深的坑，先放了许多荆棘在地坑里面，把赤条条的他们俩儿丢下去，堆上许多石块，石块上盖了一层泥土，泥土上又盖上许多石块，石块上又盖上一层泥土，他们一对小狗就永远在那深坑里住着了。……也好，让他们永远去做鬼夫妻罢。……'"

"她说得眉飞色舞地，十分有兴致，我的头却痛得抬不起来了。唉，芸儿！"妈妈说完，悲惨地站起，到厨房里去瞧做菜去了。

呵，小宝宝，今儿晚饭，虽然弄了许多好吃的菜，可是我和妈妈都吃得不快活啦！饭后，妈妈说："今儿是二十四，再过两天就是阿莲和木匠李活埋的周年了，想弄些纸钱烧给他们。那样赤身露体的，去买件衣服穿穿也好。"

小宝宝，我想笑妈妈迷信，但真是奇怪呢，连我自己也迷信起来了。怎么好？

回到房里，一个人呆坐在藤椅上，本是怕想阿莲的，却偏偏想起她生前的情景来：记得阿莲初来伯母家的那年，一个初夏的清晨，我走到巷口闲游，看见阿莲正在井旁汲水，我走上前去，阿莲笑嘻嘻地喊着："小姐，早呀！""你也早呀！"我说。"太太起来了么？""没有。""太太应该多睡睡，上了年纪的人。""阿莲你还想起自己亲生的妈妈么？"我突然地问她。因为我知道阿莲的爹爹，本是大伯店里的伙计，因为好赌，亏空了大伯店里一百块钱，后来生意辞掉，无法偿还，才将他的女儿卖给大伯，以清旧账的。她的妈妈那时怎样舍得她呢？我怀疑了。

"我的亲妈妈么？我十四岁的时候便死了，死了三年了！"说着，她的脸上充满了悲哀的神气。"我也想呢，要是你的妈妈还在，你的爹爹也许不会把你卖掉了。”“那也不一定罢，妈妈怕爹爹，怕得十分厉害啦！妈妈是给爹爹逼死的。”她的眼泪像珍珠般的从她的颊上滚下，落在水井边。盛满了清水的一对水桶儿，无力而沉默地摆在一旁。“逼死？怎么逼死的？”我问。她用手帕不住的揩着眼泪，停了一会，才说：“小姐，小姐，我告诉你罢。爹爹真坏！那年夏天，午饭过后，吃得醉凶凶的，忽然和妈妈冲突起来。小姐，你想，他们冲突什么呢？说来真也害羞！爹爹要妈妈和他一块儿到小河里去洗澡。小姐，你想，妈妈怎样肯在露天的小河里，脱得赤条条的去给人瞧呢？她就气愤愤地说：‘就打死了我也不肯！’爹爹恼了，果然拳捶脚踢地打起来，还把妈妈的裤子撕破，让妈妈的下身全露出来，然后把她推在门外，把大门紧紧地关上。我在屋里大声号哭，爹爹也不理我。那天晚上，妈妈就在附近一个树林里，用绳子系在树枝上吊死了……”“这样的酒鬼，亏你还叫爹爹呢！”我听了，不禁愤恨地说。“爹爹不好，但总是爹爹呀！”她把眼泪一揩，挑起两桶水儿，说：“小姐，你看我的眼睛红不红？我要回去了。大妈现在大概已经起身，不回去又要挨骂了呀！……”……想到这里，我在朦胧的灯光底下，望着纱帐的后面，似乎隐约地有个黑影在颤动，呀，那是什么呢？我害怕，忍不住喊起来：“妈妈，我怕！”

我便飞跑到妈妈房里来了。小宝宝呀，我今晚同妈妈一床睡了，你想不想？你妒忌不妒忌？

唉，我怕，小宝宝，你怕不怕？

你的芸上　十二，二十四晚。

松萝山下

我爱的敏今：

秋风吹到园中，桂花也含笑地开了。今早我趁同学们未起以前，独坐园中桂花树下，替你缝织绣枕。我替你做的一对绣枕已经做好大半了，字是我自己织的，布是我自己缝的，一针针都经过我的手。我在枕上织了Good Dream两字，觉得愉快而且沉醉，唇儿也常常和枕儿的布接近。

一天的晚上，我正在灯下做枕边，看着一条很长很长的布，渐渐渐渐的做短了，皱起一道均匀的折纹，一针紧贴一针的织在枕上。这时我便想：这正是我爱的敏今夜夜紧贴着的地方了。后来我上了床，无论如何也不能安睡，心魂都在浮云中飘荡。仿佛你的身体轻轻地落在我的身上，我觉得害羞，又轻轻的把你的身体推下去，你只是嬉笑顽皮的缠着我，把无限的接吻掩覆着我的嘴唇。我的心魂已经飘荡在浮云里了，让你紧紧的抱着我，任周身一阵阵的酸软，心房不停的狂跳。院外鸡鸣，我才知道自己还是只身孤眠，手儿紧紧的拥着空被。为了梦中的甜蜜，愈使我感觉眼前的荒凉和空虚。

下午课毕，便接到你的亲爱的来书了。你说到你和你的同学在中学时代的爱情，使我十分感动。想起我自己的地下的松萝旧侣，又不禁潸然流泪。

我爱，听我告你，在松萝女师时的一段情史。清翠而幽雅的松萝山，我已经五年不曾看见它那样美丽的风景了。但我爱的玉兰的影子，像松萝山一般美丽的影子，——淡淡的双眉，清瘦的脸庞，肃静的态度，朴素的衣裳，却无时不在我的心里，梦里飘荡。呀！我爱的玉兰！秋草已经长满了你的坟上了罢？天寒地冷，枯骨凄凉，知否几年前你的同性恋人，正在含泪追述那过去的如梦如烟的情史？

谈起松萝女师，我爱，仿佛你是到过那里的，总应该知道：中国式的洋房，平列在低小的松萝山下，前面是莽莽平原，平原尽处是一带森林，苍松和石楠相接。我初进松萝女师的那年，因为学校经费，正在穷困罢，所以开学较晚。记得那正是秋风萧萧的时节，那里的石楠正盛开，淡花碧叶中挂了几片红叶，田坝上的野花乱草，黄色的松萝山，包藏在迷离恍惚的天空里，使人生出一种沉醉的情调。

那时陪我同去考试的是我的亲爱的爹爹。他同我入校以后，我看见比我大小的姊妹们，来往奔走，精神十分活泼。爹爹和校长是朋友，我们便直接到校长室里去，一个面目瘦削可怕的老年人迎了出来，这当然就是校长了，我对他鞠了一个躬，他便令人领我到校室里去应试，那里有几十个大小女子已在那里，我便坐在一个衣服朴素的女子的左面，她穿着灰色的土布衫裙，面目清丽，举止端庄，凝神静坐，眉头稍蹙。我想：她许是在想念她的妈妈罢？因为我自己的心中，也正苦想妈妈，所以不知不觉地以己度人了。投考的几十个女孩，同她比较起来，就仿佛几十朵红绿野花之中夹着一朵幽兰，我走近前去，同她通了姓名，才知道她叫作“李玉兰”！玉兰，真是人符其名，我心中暗暗佩服而且赞美了，后来榜发，落名者只有数名，我也侥幸考取了，而我所赞美的玉兰，竟名列第一！

玉兰从此成了我的同学。我们恰好又同住在一个寝室里，那个寝室里一共有四人，玉兰的床铺，和我相连，我们两人的枕儿，只隔着半尺般的远近。

我爱的敏今，你在街上看见走路的女学生们，大约多是规行矩步，举动端庄罢。但女学生在学校里，其吵闹喧哗，正不下于男学生。只要校课一完，大家便回到寝室里大声的嚷谈起来了。除了谈话以外，大家便是忙着吃东西，打开箱子来，花生呀，瓜子呀，饼干呀，水果呀；每逢星期到邻近的街上走走，总是大包小包的带了回来。

“那里是在这里读书呢？到这里来，大约就是谈话和吃东西罢。”我心中微笑而且恍然了。松萝女师同学有二百余人，这谈话和吃东西的风气，可算全校一致罢，我们同班的朋友，因为有些是来自田间，所以在喧哗与饕餮两方面，也正同功课一般，程度不能与别班的同学比拟。

然而风气终于跟着时间兴盛起来了。一到星期，大家都约着上街买东西去，我离家较近，所以每逢星期便回家。妈妈说：“学校里可带东西去吃吗？好的，火腿，鸭子，麻糖，蜜枣，家里有的，多带些去！”在同班里，我忽然成为最受同学们欢迎的人了，这因为我有丰富的食品的缘故。

我的床前从此成了宴会席，一到下课，便大家团团的聚起来，目的自然是聚餐和闲谈。

但是玉兰，离我床前咫尺的玉兰呀，她平常是沉默寡言的，所以总不肯轻易加入我们的聚会，她课余只是一个人呆呆的躺在床上，看书消遣。

有时我说：“玉兰，来坐坐吧。”

“谢谢你，我躺躺好。”

有时我又说："玉兰，来吃些东西吧。"

"谢谢你，我不饿。"

从此议论纷纭了：也有说玉兰是故意鸣高的，也有说玉兰心中有伤心事的，也有说玉兰脾气孤僻的，于是有嘴尖心刻的人，便替玉兰取了一个"孤魂野鬼"的绰号。

我对于玉兰，却还是十分尊敬，对于她的学问和人格。

一天的晚上，我独自先进寝室。瞥眼瞧见玉兰躺在床上，脸庞朝里，似乎正在拭泪。同房的两位同学，多未上楼，我便走近她的床前，对她说："玉兰！好好的，为什么哭？"说着，我便双手围着她的身子，把她扶了起来。

"人家说我是'孤魂野鬼'，我的确是'孤魂野鬼'！"

她抽抽噎噎地说。

"那是无聊人的闲话呀，理她什么？也值得哭？"

"我是哭我的爹爹和妈妈，"她越发呜咽得不成声了。

"原来伯父伯母都不在了！"我也忍不住伤心，但是还柔和地劝她说，"不要哭了！哭坏了身子，有什么益处呢？不过自己吃苦罢了！"

从那晚以后，我对于玉兰，在尊敬的心里，更加上一层浓厚的同情了。世界上没有爹妈的人是最可怜的！命运真是冷酷不堪的怪物，它对于可怜的弱女子也丝毫不肯宽恕。

玉兰的爹妈都没有了，现在读书，是谁供给她呢？她家中有什么兄弟姊妹没有？她有什么很好的亲戚？这些浮泛的问题，像毒蛇一般的缠着我的心了，我总想找个机会问问她。

玉兰的座位是在前面，白天上课的时候，我和她隔得太远了，而且教室里聚着那么多的人，我们怎样可以密谈呢？于是我所希望的仅有的谈话机会，却在课余无事的下午或晚上。

然而，一到课余，好吃的同学又都蚂蚁一般的缠着我了。玉兰见同学们围困着我的时节，她总远远远远地走开了，脸上更显出冷淡的神气。

我开始厌恶同学们的烦扰了。

在就寝以后，我常听见玉兰辗转反侧的声音，她每晚睡着的时间总是很迟。我有时喊她："玉兰，还没睡着么？"

"没有，你呢？"

我当然过了不久便鼾鼾地到梦乡去了，至于玉兰每晚何时睡着，也许只有黑暗的夜神和她的冷静的床榻知道她。

一个初冬的早上，我因为给檐前吱吱喳喳的鹊子们喊醒了，便披衣起床，那时玉兰正在梳洗。

她忽然嫣然一笑，指指房内的同学胡婉、张秀的床上，低声说："你瞧瞧！"

玉兰的脸上是不容易见着笑容的，现在有什么事使她开心呢？哦，哦，我发见秘密了，顺眼望去，那两张床上，有一张床上是空着没有人，而旁的一张床上，就有两个头儿，并在一起。

我了解而且微笑了。

她说："淑琴，我们到校园里去走走罢。"

"好，"我说，略挽了挽我的头发，便偕她一同下楼，穿过静悄悄的教室，从回廊走到校园里。

校园里的树木黄叶快要凋尽了。在寒风里颤抖着她们的身子。花坛上也没有什么鲜花，只有几丛残枝断茎还存留着。天色是苍白的，憔悴如同病人的脸。

我握着玉兰的手，坐在小亭内。

寒风吹起地上的枯叶，在小亭的四围跳舞。

我说："冷吗？玉兰！"我摸摸她的身上，棉袄是很薄的。

"不冷。"她说。

积在心里的关于玉兰身世的问题，霎时间都涌到我的口中来了。

我说："玉兰，年假回家么？"

"回家。"

"府上如今谁管理家政呢？"

"伯伯。"她说着，带了不快乐的声气。停了一会，又说："年假回家，也不知道明年能不能再来了？"

"为什么不来呢？我是很希望你来的。况且读书不继续下去，未免可惜。"

"自己谁不愿意读书呢？顽固的伯伯不肯哪！伯伯来信说：'来了三个月，用了四十元了！下学期还是不读书了罢。你想还有继续读书的机会么？'"

"花四十元吗？呵，你真省！我做衣服还是家里担任，学膳费也不在内，已经花了一百五十元！"

"那是你家里有钱哪！又有你的爹妈心疼你。我家里，唉，哪里没钱，只恨我的爹妈死得太早了，现在有钱也不许我用了。"

"有钱，伯伯为什么不许你用？"我的孩提的心中生了疑问了，其实在经过事故的人们看来，当然正是愚问。

"伯伯要用呀！伯伯有三个儿子，大的是不做事，在家里坐着吃。老二老三都在都城中学，每年要用一千多块钱。伯伯自己还要抽大烟……"

"讨厌的伯伯，狠心的伯伯！"我破口骂出了，又觉得自己未免孟浪。

膳室里的钟声悠扬地传来，已是早餐时候了，我便握着玉兰的手，说："我们回去早餐罢。"

玉兰对我，从此更加亲热了，但她在众人之前，她总保持她的冷静孤傲的态度。我却渐渐不避嫌疑起来了，课余常常携着她的手儿走着。

她说："淑琴，你这样亲近我，旁人一定十分妒忌，于你是有害的。"

"管什么呢？我觉得除你以外，旁人都是十分讨厌的。"

"那样，旁人得不着你的东西吃，更要恨我了。"她笑着说。

"她们哪里真同我好，也不过贪图我的东西吃，我不给她们东西吃，她们自然不肯来亲近我了。"

我已经死心塌地为了玉兰而牺牲一切浮泛的交情了，我的床前从此也日渐冷落，每逢我和玉兰携手走着的时节，我总觉得同学们是在旁边讥笑我们，议论我们，或者毁谤我们。

一天的晚上，我忽然醒来了，明月在窗上照着，静悄悄的寝室里，微闻玉兰正在转侧之声，我便轻轻的喊着："玉兰。""淑琴，"她答。"你醒来了？""是的。"这时我的荒凉的心中，忽然起了一种神秘的希望了，我便谎着说："玉兰，我怕，到你的床上来睡。""好的，你来罢。"我便一溜身跑到玉兰的床上去，她摸摸我的身上说："你冷吗？""不冷，"我说，我的头已经靠着玉兰的头，我的身体也已经紧紧地贴着玉兰的身体了。她的清瘦的肢体，映在月光里好像银针般的微白颜色。"她们两个每晚这样的，"她说，手指指胡婉和张秀的床。"哦，我因为睡着得早，起来得迟，所以只瞧见一次。"她的手摸着我的下身了，她笑着说："喂，你怎样把裤子脱了？"我也忍不住笑了，说："脱着睡，卫生些，我要脱下你的裤子。""干吗？不要吵，好好儿躺着。"说着，她便拉紧我的手。"我又不是男子，你还怕羞吗？""脱了干什么？"她已经松下我的手了，我便把她的裤子扯了下来。"我要摸，"我说，我便伸手乱摸，正在难分难解，百般颠狂的时节，我忽然感觉玉兰的眼泪淌到我的脸上来了。我以为玉兰是在恼我，哀求地说："玉兰，不要那样，我不闹了。""我不是为了你，我是在恨我的万恶的伯伯的儿子！""为什么呢？"我一连问了几声，玉兰总不理我。我说："好姊姊，你告诉我罢，不说，我也要哭了。"我便在枕上呜咽起来。"我告诉你，但是你不要告诉人。"她说，停了一会，她把被儿盖着我和她的头，细声地说："我因为你的胡闹，想起我的万恶的哥哥，其实，算得什么哥哥。""是那个伯伯的儿子吗？"我问。"是的。他中学毕业，也不做事，整天在家胡混。他常常说鬼话给我听，我却总不理他。今年春天的一个晚上，家里旁人都静悄悄地睡了，我一个人走到楼台上去望月。冷不防那讨厌的鬼也闹上来了，他吃得醉凶凶，靠近我的身前，说：'妹妹，好雅兴，看月哪！'说着，便拉着我的手。我说：'大哥，不要拉拉扯扯的。''有什么要紧呢？这里又没有人！'他把我一抱，我的脚便离了地，他的酒气冲人的嘴唇便紧紧地贴在我的嘴唇上，舌头也不住的要伸进来。""让它伸进来了么？"我急了，插口问。"没有，我把嘴唇紧紧闭着。他把手一松，我的脚仍旧落地。

他便伸手摸我的胸部，我把他的手紧紧握着，他的力气大，我支持不住，他的手已经伸进我的怀里了。以后……"说到这里，她又呜呜咽咽地哭起来了。我更急了，用被角擦干她的眼泪，说："以后怎样呢？不要哭，说呀！""以后，以后，他说：'好妹妹，你可怜我一刻吧。'说着，他顺手把我一歪，我便两脚朝天地躺在楼台上，他也躺下身子来，要扯去我的裙子，我一面哭，一面出死命的挣扎着，正在危急万分的时节，忽然听见楼梯上的脚步响，我说：'人来了，快放手！'他便一溜烟地跑去了……"说完，她的眼泪又不住地滚下来，湿遍了我的脸颊。我恨恨地骂："猪狗不如的东西！但是，玉兰，以后还遇见这样的事么？""没有，以后我十分小心，晚上也叫了一个丫头陪伴，所以他没有机会了。但他对于我，总时常挤眉弄眼的。我又不敢告诉人，这样丑事，怎样可以说出来呢？这是我第一次告诉你。"停了一刻，她又说："淑琴，这样的家，叫我如何敢回去？"我翻了一翻身子，把她抱着说："玉兰，你将来到我家里去住。""你的家究竟是你的家呀！"她说。"不，我想我的妈妈一定欢喜你的。"我说。

那晚我们俩儿再也睡不着了，天刚微明，她便推推我说："起来过去睡罢。""怕人瞧见么？"我笑着，赶快跑回我的床上了。

从此一连几天，每晚在人们未睡以前，我们俩儿是各人睡在各人床上的。一等到人们都睡静了，灯光也已经全熄，我们又在一个床上睡着了。在天明以前，我们又分了开来。后来渐渐胆大了，简直也不瞒着人了，一上床就睡在一起，到摇了起身铃才两人一同起床。

到了星期日，我也懒得回家了，只是紧紧地抱着玉兰，睡一晚一天，不吃饭也不起床，最奇怪的是一点不饿也不疲倦。我们每次洗澡总在一个盆里，冷了，两个人抱着打颤。

我一连三星期没有回家，妈妈焦急起来了。因为那时爹爹到县城里玩去了，妈妈一个人在家，更觉十分寂寞。

于是十一月上旬的一个星期日，她便派了老妈，带了些吃的东西到校中来。可巧我因为肚里饿了，先往饭厅吃饭去了，她来找我，人家说我在饭厅中吃饭，她只是不信，要人领着到饭厅里来，她一见我，脱口的说道："哎呀！我的小姐！你怎样一个人到这里来吃饭，不怕狗子打架吓了吗？"她瞧了瞧我的桌上的饭菜，说："小姐，怎么用这样大的碗吃饭啦！这样的菜蔬也吃得下吗？小姐到了学校里，真真是换了一个人了。妈呀！小姐，你的脸为什么晒得这样黑？"说着，她瞧着我的脸只是笑。后来我带她到寝室里去，我介绍玉兰见她，说这是我的好朋友。叫她回去告诉妈妈，下星期日我和玉兰一同回家玩一天。她瞧了一瞧玉兰上下，说："好模样的小姐！只是太瘦了些！同我们小姐倒是一对，可惜一般是小姐，哈，哈，哈！""别多嘴！没有事，早些走罢！"我说。

到了下星期日，玉兰果然和我一同到我的家里去了。

我的妈妈十分欢喜。她照我平常喜欢吃的，点了几样菜，吩咐厨子去弄。妈妈对玉兰说："因为你初次到我的家里来，我不知道你欢喜吃什么。你们俩这样要好，大约口味也相仿佛吧。"说着，妈妈只是笑。后来玉兰吃了也说十分适口。妈妈说她客气，然而我知道那是她的真话，因为她的口味的确是和我相合的。

那天的天气很好，午餐后，我和玉兰携着手儿到村中近处去散步，经过清澈的小溪旁，站在田坝上，望着荒凉而清淡的旷野：远处的竹林茅舍，荒冢孤亭，平列在黄色的土山下；山上白云，正展开她的裙据，趁着微热的阳光，斜倚笑脸，媚视这冷静的人间。西风清凉地吹着她头上的细长发丝，时时拂过我的颈旁，使人生出一种奇痒而愉快的情感。在阳光底下斜望她白嫩的脸颊，红艳得正同抹上了胭脂。四顾无人，我颇觉情不自禁，突然的吻了一吻她的美丽的娇脸，说："好玉兰，你欢喜我们的村中野景吗？"她把双手腰带似的围着我，说："我欢喜，——我欢喜永远地同你吻着，在这荒凉的田坝上，在那清澈的小溪旁，在远处的土山上，在飘渺的白云下，在荒冢上，在竹林中，在茅舍里。"说完，她松开手儿东西乱指。我说："好！你快离开那样的家庭，来这里和我一起！""只怕是不能长久！待你出嫁，我更同谁住在这里！""不，我决不嫁——不嫁旁人只嫁你！"我笑着说。"痴丫头，只怕你的爹妈决不会允许你。女人如何嫁给女人？"她说，我也不禁怃然。停了一刻，我又说："今年寒假你不要回家，到我们这里来看雪景。""不，"她说，"假如明年还进学校，一定到你家里过一个清闲的暑假。""好，玉兰，你千万不要失信！"

太阳不肯为我们的快游而多停一刻，转眼便要西归，天边便显出红色的光芒，炊烟四起，暮鸦乱飞。我说："太阳没有多时的快乐，不久便要回去了。""我们趁着太阳未走先回罢。"说着，我们便携手回家，辞别妈妈，妈妈已经替我们备好了许多食品。她对玉兰说："我欢喜你，希望你以后常同淑琴来家玩玩。你们俩儿当真像一对姊妹！”

寒假快近了，同学们都忙着预备功课。

玉兰说：“你晚上不许来吵我了！晚上来吵，第二天总是不能起早。要考了，规矩一些罢。”

“好的。”我假装答应了，心里只是好笑。晚上在自己床上睡了一会，又跑到她的床上去了。她还没有睡着，用手推推我说：“怎么又来了？”“好玉兰，饶饶我罢，我一个人怕——”“呸！怕什么？从前还不是一个人睡的。分明说谎！”她说。那天晚上我们总算又挤在一床睡了。

次日早上她说：“你今晚再来，我要去告诉舍监了。”

“好的，你去告诉。”我笑着说。“你真是一个不懂事的小女孩！假如这番考试不及格，大家都留级，有什么好处呢？明年我更没有脸面来校了。”说着，她眼中噙满了眼泪。我急了，连忙说：“好玉兰，不要哭，我一个人睡也好。待考完了，再两个人好好儿睡，睡三天三晚。”说完，我含笑望着她。“考完了自然随你，”她也笑了，用手摸摸我的头发，说：“你的头发乱得像草一般的，也不理理！”

学校中每晚熄灯是有一定时间的，她便买了几枝洋烛，每晚预备功课。有一次，我半夜醒来，仿佛眼前有光，知道勤苦的玉兰正在看书，便喊她：“玉兰，你要不要命呀？”“好，我就睡了。”等我再睡醒来，仿佛玉兰还在看书，我说：“玉兰，你真不要命了！你再不睡，我要起来吵你了。”她才没奈何地就寝。

但是，命运，残酷的命运呀！她对于玉兰这样优秀而美丽的女郎，竟丝毫不加以怜惜。在考试的前三天，我们寝室里，忽然发生偷窃的问题，住在我的对面的胡婉，说是她失了钱了。这是怎样奇怪的一件事情呢？胡婉说：“钱袋里有五块现洋，摆在箱上，次天上午去拿来用，一摸，钱袋是空的。钱那里去了呢？一定是谁偷去了？”

是谁把钱偷去了呢？寝室里一共四人，除了胡婉，大家都有嫌疑。另外一个打扫房间的女仆，当然也有嫌疑的。

于是大家开始讨论了：钱是当天晚上放在钱袋里的，次天上午便没有了。是晚上偷去了，还是次天早上偷去了呢？晚上只有玉兰睡得最迟。女仆充当本寝室早上洒扫时，胡婉自己还在房内看见的。次天恰是玉兰值日生，房锁后，钥匙是放在玉兰的身上。

从胡婉与张秀口角中流露出来的意思，玉兰竟不幸而有重大的嫌疑了。她们俩先前同我也很好的，后来为了玉兰的缘故，渐渐同我疏远了。我知道玉兰是冤枉的，但是不好意思出来辩护。她们俩也不肯直言，只是明讥暗刺。

最痛苦的自然是玉兰了，她急得脸孔青白，向我说："我要做贼，天诛地灭！请她们查我的箱好了。"我说了很多的话安慰她，我劝她暂时不要着急，将来总会水落石出的。她说："'水落石出'是没有的事！世界上冤枉的人永远是不能昭雪的。真的贼反而不会吃亏！"

舍监知道失钱的事了，她是赞美玉兰平日的品行的，她悄悄地告诉我，她决不信玉兰有做贼的事。她叫我劝玉兰忍耐着，学校里正在暗暗的查，是谁偷去的，将来总有明白的一天。

但可恶的是那学校里的老校长！他听信一面之词，也不管玉兰平日是怎样用功的好学生，他把玉兰叫到校长室去，狠狠地骂了一顿。

我恨极那不分皂白的老校长了，我对玉兰说："他虽是我爹爹的朋友，我要写信给爹爹，叫他同这样糊涂老狗儿绝交！"但是我的谩骂，如何可转移玉兰那样悲哀的情思呢！可怜玉兰的苦痛的心中加上了那样的打击，她真支持不住了，躺在床上哭了一天一晚。像豺狼般残忍的胡张二人，晚上在一个床上，嬉笑玩弄之余，还断断续续地骂："孤魂野鬼……贼……该死的贼……"

我爱的敏今，写到这里，我的眼泪不住地流下，我真不忍再写下去了。多情的你，也当替可怜的玉兰流泪罢。

我爱的，请你忍住眼泪，听我说完玉兰悲惨的结局。

学校中的考试开始了。玉兰忽然出人意外地把她的痛苦收藏起来，她带了惨白的脸，她同我们一般去应试。每种课程考完以后，我问："玉兰，你考得好么？""还好，没有什么大错。""呀，我可错得厉害！""谁教你平常爱闹呀！""不得了！玉兰，若是明年我留级，你升级，我们俩儿岂不是不能在一处了么？"我忽然焦急的说。"不会，你不会留级。"她安慰我似的说，停了一刻，她又说："我们俩儿明年还能在一处么？咳！谁知道？""玉兰，你想不来了么？不行，不行！"我似小孩般地抱着她。"来，假如我……我一定来。"

考试完了，大家等待学校里出榜。我正缠着玉兰践考试以前的约，两人睡在一床，每天恋着不肯起。这时的玉兰，爱我真爱得激烈极了，我们晚上紧紧地抱着，她的舌头便自然地送到我的嘴中来了，有时我怕咬了她的舌尖的嫩皮，把她的舌尖送回去，她便故意的自己咬破了她的舌尖，把鲜血送到我的唇边来求怜悯。有时半夜醒来，她咬我，摘我的肉，我总笑嘻嘻的，不喊也不怨。可惜世界上欢娱的时间是不能常久的，在放假前一天的下午，我们俩儿正抱着睡在床上未起，讨厌的胡婉与张秀跑进房来，口中喊道："考了第一了！呀，贼的第一！"我知道玉兰考了第一了，心中暗喜；因为她们暗骂玉兰，又不禁十分心恨。睁眼看我手中的玉兰，已气得脸色发青了，我连忙用嘴唇亲着她的脸。

那天晚上，我和玉兰都一晚未睡。我总怕她明年不肯来了，我说："玉兰，你考了第一了，也许你的伯伯要欢喜些。""他吗？他欢喜什么？他欢喜钱！""玉兰，你明年来好了，你的钱不够，我可省用些，一个人的钱两个人也够用了。""我不用你的钱！我已经无端的背上贼名了，用你的钱，岂不又成了骗子！""不许瞎说！"我用手闭着她的口，她的眼泪又淌出了。

天色刚明大家起来，把书籍及用具理好，我的家中派了轿子来接我，玉兰家中还没有人来。我要等着玉兰一同走，她说："不必等！横竖大家不同路。家中没有轿来接我，我自会坐轿回家的。"她送我到学校门口，我们还携着手儿走了一节，我说："玉兰，你一定要来呀！你不来，我也不来了。""好，我来。"她的神色十分沉静。走了一刻，我忽然想起，凑着她的耳朵告诉她："你还应该留心你的哥哥……""我知道。"她说。轿夫一再催我上轿，我只得没奈何地上轿走了。寒风吹着她的衣裙，我的轿子已经走了，远了，我回头还在轿窗中隐约地望见她站在寒风中挥着白巾送我。

我回家以后，第二天接到她寥寥的几句信，说是平安到家了，我的心中也安慰了些。我同妈妈谈起玉兰，妈妈也叹息地说："那样美丽而端庄的女孩，也会做贼吗？不会，一定是旁人诬她的。等你爹爹回来，叫他写信去给校长，叫学校里仔细再查查看，不要冤屈了好人！"后来她又说："你写信给玉兰，叫她过了年到我家里玩玩；开学时一同进学校罢。"我欢喜地照了妈妈的话写了一封长信，正想寄去给她，邮票已经贴好了，她的可怜的最后一封悲惨的信却已经来了。呀，我爱的敏今，我现在姑且噙着眼泪把她的信儿抄下，担心些，好人儿，预备着手帕来揩眼泪罢：

我爱的淑琴：

你已经收到了我的信吗？可爱的，你怎样还不回信呀！唉！我已经等不着看见你的回信了！

昨晚伯伯接到学校里校长来信，说我有偷窃嫌疑，叫我下期不要再进松萝女师了。伯伯接信后大骂了我一顿，他说我败坏家庭名誉，他要我快快给他死掉。刻毒的大哥又趁势的百般凌辱我。呵，淑琴；你知道我决不会那样下流无耻去做贼。但事到如今，叫我有口也如何分辩？照我的境遇，我本应该早死了，偷生到今天，实非我之所愿。呵，淑琴，在你接着这信的时候，你爱的玉兰早已与她的爹妈聚首于虚无飘渺的阴间了，你应该为她祝福。但是，淑琴，为了我们俩儿之爱情，我在最后一呼吸以前，还十分恋念着你。

唉，当我带着冤枉躺在荒凉寂寞的地下的时候，枯草和尘土自然会为我不平着痛哭的。我希望我心中对你的爱情能从尘土里上伸起来，在春天幻作悲哀的鲜花。

淑琴，我爱的，你应该牢记着。胡婉的那五块钱决不是我偷的，将来有查出究竟是谁偷去的一天，你应该写封信到我的家里去。使那些残忍的家人知道我死去的冤枉。

你不要痛恨那糊涂的校长。他那一封信，实在有万分力量，可以教我勇敢地走我自己的路。

唉，淑琴，你是那样年青，美丽，活泼，聪明，望你珍重着自己的青春，愿你能得着一个如意的郎君，同你一般的美丽，活泼，聪明。假如你们将来在温柔的绣榻上，会谈起我的名字，那么我的骸骨可以睡得安适而且舒服了。你千万不要为了我的死而十分悲伤。珍重呀，我爱的淑琴！

硝镪水是早已备好了，我现在要喝干了它，走我自己的虚无的路。

替我望望你的妈妈。

玉兰上

敏今，我的好人儿！接到玉兰的死信后，我简直悲伤的同疯人一般，半个月不曾起床。后来我想再也不忍到那黑暗的松萝女师去，所以就同妈妈爹爹商妥，转学到现在的省立女师来了。

但是那五块钱究竟是谁偷的呢？后来我打听了好多松萝女师的人们，据说这件偷案到现在还不曾查明！可怜的玉兰！她的冤枉将同她的身体一般，永远沉埋到黑暗的地下去了！

你爱的淑琴秋之午夜

你教我怎么办呢

七月三十日

今天才算好些了。这暑假里，本来该多读些书，预备考女高师。哪知这一病就是两星期！

早上，母亲来糊糊涂涂地问了几句：“好了么？可想吃什么东西？教王妈做去。”说着，又到刘家打牌去了。

唉！母亲只顾打牌，阿姊也只顾出去飘荡，横竖各人有各人的嗜好，各人有各人玩的地方。

阿姊今天没有来看我。大概我的病好了，阿姊反不高兴，也未可知。阿姊是希望我生病的，并且还希望我……唉！

我只盼望我的爱人快来。叫王妈打电话到前毛家湾去。他来时已经一点钟了。他看见我已经起床，十分快活，走近前，摸摸我的额，又拉着我的手，笑着说：“我说今儿定要痊愈了，怪不得昨晚做了一个好梦，梦见和你到中天去看电影。”说了，他便在我的额上亲了一个嘴。

我忽然觉得一阵心酸，眼泪便不由的滚下来。他呆着了，说：“好好的，怎么又哭了起来？”我说：“爱人呀！倘若没有你，我早就该病死了！”“宝宝，不要哭了。”他用手帕揩干我的眼泪，用嘴唇紧紧的亲着我的嘴唇。

我们俩拥抱了很多时。他走时，天已经晚了。可爱的人儿！两星期以来，他天天在烈日底下奔跑，也够累了。

我给他什么呢？给他接吻？给他拥抱？晚上，躺在床上想，渐渐觉得眼前又充满了快乐和光明。

七月三十一日

昨晚，我爱走的时节，握着我的手说道：“再会，明天一定早些来。”今天他果然来的很早。他笑着问我，笑得极妩媚，说：“今天精神更好些了么？”我答：“更好些了，谢谢你！”

啊，我每次看见我爱的笑容和黑眼珠，心里便立刻快乐了。我们俩儿顽了半天，有时握手，有时亲嘴，有时我坐在我爱人身上，他的手便到处乱摸了。我说：“好人儿，不要胡闹，怪厌烦的。”他知道我身体还柔弱，所以也就停止他的颠狂了。

我爱的回去了，过了一刻，他家里的仆人送了一只鸡两个大西瓜来，阿姊看了看东西，说：“这些东西我们不要吃，请你带回去罢！”仆人说：“不，一定不能带转去，带转去少爷要怪我的。”阿姊说：“我们不吃这些东西！你们为什么不先来问我们要吃什么东西然后才送呢？”我听了这句无道理的话，忍不住气冲上来了，我说：“阿姊！我从没听见过，送东西给人家要先问问人家喜欢吃什么！”

阿姊把脸一沉，走进房去了。母亲出来说：“大家不吃，还是让他带回去罢！”我大声地说：“谁不要吃！你们不吃！我吃！”我把鸡和西瓜全拿到我房里来了，母亲还断断续续地在说：“西瓜……你也少吃些好。”我不理她。

我只希望我爱不要知道今天这些事，他的仆人也许不敢告诉他吧？否则，那可爱的青年又要气得哭了。

狠心的阿姊和母亲……我为了她们暗暗的哭到半夜。

八月一日

天气热得慌，母亲一早就出去打牌了。阿姊邀我到刘家去看打牌。我因为我爱的要来，没有同她去。

我只怕昨天的事吹到我爱耳中，他一定要生气了。他只是不来！耳听着壁上钟摆滴答滴答的声音，眼前苍蝇乱飞，真叫人十分纳闷！

我忍不住了，便去打电话给他，电话号码还没有接上，我爱的却已经站在我的面前了，笑吟吟地。这时节许多感想都潮一般地涌起来，涌到我的心胸，迫得我要哭。

我爱的坐在我的身边，说：“又是她们欺负你么？不要生气，勇敢些罢！”我说：“要是父亲还在，她们哪里敢这样欺负我呀！”眼泪流满我的脸上了。

晚上，阿姊回来了，带了刘永绅同来，在厅上谈话。

我在房里看报，听见他们俩儿嘻嘻哈哈的谈得十分快活。

我在玻璃窗上偷瞧了一下，瞧见阿姊很轻浮地坐在刘家儿子的身边，刘家儿子的右手伸在阿姊的怀里……

咳！父亲死后，我家竟弄到这步田地！真是可叹呀！

我有点头痛了。

八月二日

九点钟的时候，我爱来了。他告诉我，昨夜和他的父母亲谈话谈得很久。

“谈些什么呢？”我有点奇怪了。

“他们要我和你结婚。父亲说：‘还是结婚好，省得人家说闲话！’母亲说：‘不结婚，就是自由恋爱也是姘头！’”

“你怎样回答他们呢？”我问他。

“我说：‘请你们不要干涉我和淑贞的婚姻问题。要是结了婚，你们有钱供给我和淑贞两个人读书留学么？’他们都一声不响了。后来我们便谈旁的家务事。”

“你回答的很对！我们俩儿应该竭力反对形式的结婚！母亲和阿姊正想我早点嫁，她们可多得我父亲的遗产！我病的时节，阿姊很快活，母亲也照样的出去打牌。她们这种行为简直希望我快点死，你也看得出来罢。我现在下了决心了。她们要我嫁，我偏不嫁，看她们怎样？今年进女高师去，女高师毕业同你到日本去。读书用钱，她们敢不拿出来！你不看见阿姊么？她那样行为，还说要独身，还不是想得父亲遗下来的钱？我们要奋斗到底！”

“对的，你说的是！”我又抱在我爱的身上了。

八月四日

今天精神好一点，上午预备了些代数几何的功课。

我爱打电话来，说今天有事，不来看我了。

十一点的时候，刘永娇来，阿姊陪她在厅上谈天，我也去加入闲谈。

“你弟弟对他未婚妻的事怎样呢？”阿姊问。

“还是同从前一样，不会好的。”永娇答。

“你的父亲母亲怎样办呢？为什么不把庚帖还女家？”

“我父亲不肯，没法子！”永娇答。

“那真是讨厌呀！”阿姊说。

“是的，真正讨厌！”永娇说。

阿姊这样关心刘永绅的婚姻问题，已不止一次，我心里要想笑，只是不好意思笑出声。

晚上，我想明天到琉璃厂买些参考书，因到母亲那里去要钱，“你要钱，那么，你的姊姊也要钱了。”母亲说。

“我并不要钱乱用，我是要钱买书。”

“我前儿打牌，赢了十几元，你姊姊不知道，现在给五元罢。”说着，母亲摸她的钱袋。

“我不要你私人的钱，买书的钱尽可以向总账里拿，为什么要瞒着阿姊呢？难道她用钱不向总帐里拿？——要你私人的钱？”

“我也无钱再供给你读书了。你读了几年书够了，何必再要读上去呢？”

“我上半年在培华读书的时节，你同阿姊不是都说毕业后可以让我升学吗？为什么现在又翻悔起来。无论怎样，下半年我还要进女高师读书！”我有点生气了，大声地说。

“下期一定不要读书了。预备，预备，明年出嫁罢。”

母亲说，沉下脸来。

“你们要我快快出嫁，我偏偏不出嫁，到老不出嫁，看你们将我怎样！”

母亲不说话，躺在床上，我便赌气着回房了。

八月五，六日

昨晚在床上哭了许久，也想了许久。

现代社会，是金钱的社会。金钱支配了政治，道德，法律；金钱支配了家庭；金钱也支配了父母，兄弟，姊妹间的种种关系。家庭间的许多藤葛，全是由金钱起来。

父亲临死时对我们说：“家中财产，三分之一给你们母亲养老，其余两份，留给你们读书。谁不愿多读书而早出嫁的，给她一二十亩地，五百现洋。谁愿意读书上进，服务社会，终身不嫁的，就得了我们所余的财产，随她用之于公共事业。”

父亲的话是对的，他临死不忘社会公益。他不希望他的女儿嫁人，只希望他的女儿做一个上进的人，在社会上做点事。

地下的父亲呀！你知道阿姊和母亲现在的情景，你也要痛哭流涕的感叹罢。

这两天晚上，母亲仍每晚到刘家打牌，阿姊也每晚跟了去。今天早餐的时节，阿姊对母亲说：“刘永绅说，他们要搬家，我们西院有空房，搬到我家来同住也好。”母亲笑了一笑，似表示赞成，因为我在旁边，所以没有开口。

八月七日

我爱来了，他看见我，两手便腰带似的围着我了。他把我抱在他的身上，他用嘴唇紧紧地靠着我的嘴唇。我的唾液流在他的嘴唇中，他的唾液流在我的嘴唇里。呀！我们俩儿是何等愉快，何等幸福呀！

但是诈伪而险恶的母亲，一面设法隔挡我和他的恋爱，一面谋夺我的财产。

人类的历史，便是竞争的历史。优胜劣败，天演公例。我虽然是弱者，但我一定要和阿姊、母亲奋斗，不达到目的不止。

晚上，我对母亲说："你不给我钱买参考书，我考女高师要考不取了。"她听了一声不响。我正把话再说了一遍。她说："你要多少钱呢？"我说："我早已对你说过了。"她说："我要睡觉了，下次再谈罢。"我气极了，我说："我只和你说一句话，何必要下次再谈呢！你不肯给钱，也可老实说，何必假辞推托呢！"她假装不听见，回到房里去了。

八月八，九日

母亲和阿姊总凶恶地对着我。

我想预备书，也静不下心来。我天天忧虑着，阿姊和母亲只希望我快嫁出去。我偏偏不嫁，她们将怎样对待我呢？我觉得害怕，不敢再想下去。

一切都是空虚，只有在爱人嘴唇上所领受着的，在我心中所感觉着的那种燃烧的爱情，永远存在，火不能烧散，水不能浇灭！

八月十日

我到母亲房里去，母亲还没有起床，躺在床上看《小说世界》。母亲说："淑贞，有什么事吗？"我说："没有什么事。我想请母亲想想，你是阿姊的母亲，也是我的母亲。做母亲的人要公平些。"母亲听了这话很怒，一句话也不说，把头躺向床里去了。

我爱来，阿姊和母亲脸上都现出厌恶的样子。我爱玩了一会，很不快活地回去了。

我到院中立了一会，眼前迷漫着黑暗，我仿佛有个刺客扼着我的咽喉，心中抑闷而且发抖，迫得我狂流热泪。

里面灯光一闪，王妈走了出来，我才把忧郁关在心里，抹干眼泪，走进房去。

八月十一日

昨晚睡得不很好，起来觉得头昏，浑身松软。

我对母亲说："我没有裙子，阿姊的旧裙子也给我穿破了。我又没有时新些的夏衫。你到现在还不给我做么？"

母亲说："等你姊做的时候你再做罢。"我说："不行！"母亲不理我，走进房去了。

我坐在大厅藤椅上想，越想越懊恼，午饭也没有去吃。母亲吃了饭，走出来说："你为什么不去吃饭呢？"我说："唉！你连话都不肯同我说了！"说着，我便流下泪来。母亲说："小孩子似的！吃饭去罢，裙子夏衫就替你做！"

我爱的今天没有来！

八月十二日

女高师招考日期快到了，我想预备去报名。母亲正提着钱袋要走出去。我说："母亲，我想到女高师去报名了。我病后还没有出过门，你给我些钱，让我去报名，乘便买些做裙做褂子的材料。"母亲说："你不要再进女高师了罢。我也没有钱给你读书了。"我说："我年纪小，没有学问，非再读书不可。没有钱，——大陆银行里的存款拿来干什么？”母亲说：“那是我和你姊姊养老用的。我们没有死，你别想乱花！”说着，母亲便凶巴巴地走出去了。

我想不到自己的母亲嘴里说出这样的恶话！回头我躺在床上，又想哭了。我也哭够了罢，流泪是卑怯者的行为，想到这里，我便坐了起来。

我不读书也不要紧，只是我不读书，我爱的人儿还有钱在北京大学混毕业吗？我活着便为了他，我读书也是为了他呀！

我等我爱来，他只是不来。三点钟打过了，我听见窗外的脚步声，开了房门一看，果然是他来了。他神色仓皇，脸孔像红血一般。我惊惶了，我抱住他，我问：“好人儿，你为什么这样？……”我闻见他呼吸里有酒气，我说：“宝贝，你平常不喝酒的，今天为什么喝得……”我悲哽住了。他说：“死是最快活的了！”呵，伤心呀，难过呀，我听了他的话，如冷水浇背一般，浑身战栗。我说：

“我的心肝！要是我不好，你尽可离开我，不要想着横路。你的前途要紧！我是到死也爱你的……”

我们抱着哭了半天。后来，他才说，他父亲逼着他要和我结婚，否则要替他另娶，昨晚骂他一晚……

外面有人声，我们知道阿姊回来了，连忙止住眼泪。

我爱也就匆匆忙忙地走了。阿姊进房来说：“今天刘家的藕真好吃呀！阿妹你病好了这许多天，为什么还不到刘家玩玩？”说着，她只是笑。我只得含糊的答她，她翻了一会桌上的《茶花女》，也就走了。

我浑身发抖，我又发寒了罢。你教我怎么办呢？天呀！

痴恋日记

一月一日

我将日记本买来，预备记下我们的苦乐生活，一直记到年终，看看有怎样的变化。

我的新生命将创于这本日记中，我希望这样。我以前虽然曾生过大病，由死中复生，但我的精神不久又死了去，昨天才又苏醒了。那原因是芷英的来信促成我的，她虽然年纪比我少，以前是差不多做得我的姊姊，我的母亲，我的先生，自从她从龙山回来，态度完全变了，对于我猜忌也多了。我有时很能谅解她的心理，她的矛盾心理。但有时我便完全记不得了，自己也会矛盾百出，直觉地感着无穷的压迫与苦闷。一方面天天想和任之吵嘴，脱离了关系，使芷英满足，一方面却时时在任之的支配底下，由他摆布，将自己的决心收起。

虽然每天总和任之吵嘴，不知为了什么，总舍不得离开他，到外面去做事，一两个钟点还好，稍久一些，便“心慌意乱”的赶着回来，一走到家，看不见他，立刻会坐立不安的！

我们在这样不安的生活中，我时常想出一种方法，分开的讨论，但十回有九回，都是因为我不善措辞，而被他们拒绝了，或是我说我的，他们老不开口，没有一个结果。我为了有这样多次的经验，使我抱定了宗旨，便是独自研究，独自实行，唯一的方法，是对于一切都取放弃的态度，不抵抗的行动，遇有不得已时，便任意吵嘴，一步也不放松，总之我的个性，到了这地步，便整个的显明出来了。

我这样一来，他们都了解我了，我的精神上也好像安了一些。但是三个人同居的问题，又起了变化，任之以为外界攻击我们，使我害怕了，但这在我并不觉得可怕，实行者是要有勇气挨人唾骂的，我所怕的是，任之负起经济责任来，加重了他的担子，而且外面一攻击，势必经济上也会来一个打击的，那样，生活费缩减，我们吃不起营养的东西，他一定会瘦下去。我想到这些事，有点寒心，所以我主张我退出去，过一个人的生活，使芷英与任之好好组织一个家庭。我在他们面前，公开的提出这个，芷英立刻沉下脸来，任之也沉下脸来，他们一句话也不说，我更为难了。

一月二日

芷英一个清早搭车到南京去，她说是为了南京朋友来叫她去，我猜起来，总不是那样一件事。我以为昨天任之太性急了点，不该说出她的短处，她是一个虚荣心很重的女子，谁要说出她的短处，她自然要生气的。

任之今天却心平气和了，他在案前不停地写稿子，我默默的瞧着他，便感到了人生的无限光明，我顿时觉得自己是一个成功者。后来我到楼下去烧茶，因为他欢喜喝浓厚的茶。我烧着茶，一面忙着翻开我要剪的报纸，一张张地翻阅过去，耳朵里听着开水的沸声，我的心也就随着水一齐沸起来似的高兴。我觉得久已失去的他，如今的确又回来了，而且这回回来的他，好像比在失去之前，更为丰满，更为可爱，更为崇高，更为可敬了。我想将自己的感想，情绪，去告诉他，但怕扰乱他的文思，便忍住了。

不知怎的，芷英走了，我便觉得喜悦，我更有勇气了，难道三角恋爱是不能持久的么？

芷英先和我很好，在学校里同出同进，像一对飞翔的燕子，形影不离的。后来任之认识我了，他天天来找我谈天，而且我常怕芷英知道，但日子久了，她便知道任之来找我的这回事，她当时一定教我发誓，以后不要再见任之，她说任之是个男子，我如果和他久混，一定会跟着他走了，不再理她。

但是我当时一定不肯发誓，我说，我理想中是要两个好朋友的，一个是女的，一个是男的，如今找到了，我正在满足呢！

芷英总是说，男朋友不如女朋友，她只想一个女朋友，能够和她终身在一齐便好了。

从那时以后，我已不能瞒她，便将任之也介绍给她做朋友，她也觉得任之很合她的理想，所以，我们从那时起，我们的队伍中又多了一个任之。我和芷英还是很好，我们只知道大家都是热烈的友情，旁的什么也不知道，但任之一定说，我们是恋爱，已经是三角恋爱了。

我主张大家永远不要家庭，大家都去做事，到了暇日三个人聚会一次。但任之究竟是个强者，他一定主张三个人组织一个家庭。芷英，她以为我爱她，任之也爱她，便什么也不顾虑了，满口答应着任之。而且她说，她也主张有一个家庭。

我早晓得住在一齐，一定有变化的，如今，变化是在开始了，但不知变化到怎样地步？以我想，只有悲剧，或是死了一个。但是悲剧也好，死一个也好，我愿意担任那悲剧的主角，或是让我死了也好，所以，我仍旧高兴，希望我自己不要悲观。

芷英大约明后天就要回来，在她没有回来之前，好好娱乐几天罢。

不要想到以前，也不要想到后来。

一月三日

在青年会开会，为了招待日本《朝日新闻》记者，据一位女记者（名字已忘了）报告，说日本的妇女运动，大约可分几派：

（一）主张提高女子教育，此派分子，大约是女学生，中坚人物是女高师的学生。

（二）主张女子参政，此派分子，虽然屡次失败，却很有势力。

（三）要求公民资格，此派思想较参政派为新，亦比较参政派得社会同情。

（四）女青年会，此派是教会主动，只限于家庭卫生等方面。

今晚住在赵处，赵说任之已来访过，但不知有什么事，所以我又有点思家的情绪。世尊姊同住在此，谈笑颇畅，其实我觉得大家都将怀家的思想，发挥了个不亦乐乎，屋子里的空气，倒是很热闹了。

一月十日

在赵那里住了好几天，赵姊是很欢喜留客的，她做着四川菜，做着各种四川点心，给我们大家吃，她不觉得吃力，反而比以前更有精神似的。我们大家都会闹，提起她的精神来了。我只怕她过于兴奋，等我们不在这里，她会颓然睡倒，那时才真寂寞呢！我劝她，她那里肯听，她还是一样的忙着，我真是不过意！

回到家来，思想又异常繁乱了，真是没法！

我最不喜欢看见人遇事拘于小节，然而近来我自己，却正是陷入这深坑中去。就是“爱”也时时忘了宽博的要点，只紧紧地捉住一端不放手。而且时时要偏重细微的情感，使自己很痛苦。我觉得唯有“理性”可以救我，我只有重复地要求“理性”来助我了。

任之近来性情也近于浮躁了，我看了这情境更是束手，因为我既不能自救，又怎能救人呢？最不得已的时候，只有把书本当作我的母亲来教我了，这样下去，或者还不至于自绝罢，我这样想。

一月十二日

我替任之缝被，但是针又找不到了，我在地上找针，这时任之却跑了出去，我以为他到孙家去谈天了，谁知我一回头，他拿着一枚针递给我，他一边微微地一笑。一会儿芷英进来了，她说：“小丫头！缝被是什么稀奇的事呢！”我真有点吃惊！我有好久不听见这种口气了，好久不听见这种旧家庭女子的口气了。后来一想，芷英是时常带着这种口气的，以前她对于自己的继母，就时常有这种态度，我虽然劝过她，她好像在那环境中改不了似的。但是现在离家已久了，这种习气仍未脱去。我由她而警省自己，以后要注意自己的习惯，万万不能随境遇而陷入旧家庭的习气！对于别人的习惯改革，我觉得以身作则是最好的方法。以前我迷信爱情的力，现在我觉得自己的思想也还没脱得旧势力的习惯，因为爱情的力，只是一时的，并不能持久。

芷英近来不知怎样了，她对我时常生气，我不理会她时，便特意的跑到任之面前去，抱住任之的脸，又是哭，又是笑，又是吻，做了许多鬼姿势。

一月十四日

任之今天起来的很早，他把窗打开，便一直靠在窗口，一句话也不说。我问他为什么不再睡一会？他回答我的，只有一双悲愁的眼光。我看着他这样的情绪，自己也便悲愁起来了。芷英说，他又在发神经病了，不要去理他。不知怎的，我不愿意她这样说，我起来用手闭住她的嘴，不让她说。

芷英近来更强了，她什么话也不听了，除非任之抱着她，亲着她的时候。她挥开我的手，她说："任之！你究竟在那里生谁的气呀！"

任之红了脸，勉强的笑了一笑，仍旧倚着窗不动，眼睛朝天望着。

我看了这种情形，实在忍不住了，只好披衣起来。芷英拉着我不让起来，她说："让他去悲哀好了，我们亲亲热热吧！……"

我一手推开她，一直跑到任之面前去了，我说：

"任之！你究竟在这里想什么呢？"

我说了这话，喉间好像有一根鱼骨鲠住似的，再不能说什么了，眼里滚下泪来。

任之只回头望着我笑，他仍旧不动。

芷英立刻用大声的喊着：

"好！你们都在欺侮我！你们都在欺侮我！"

任之听了她的气话，他才慢慢地开口，他说：

"你们真是大惊小怪呢！我在这里想一篇文章，应该怎样写才好？"

我和芷英都惭愧的笑了，我是更惭愧了。我想，女子为什么就这样的小心眼呢？只捉住一点细小的关节，就捉住不放，拼命的在那里钻牛角，一点不知想想别的。真可笑！

芷英更怪了，一出口就是有人欺侮她了，偏窄的女人气，到处都流露出来，我以后要小心才好。

一月十六日

不知为了什么缘故，芷英板着脸，走到茶几旁，把一篮橘子都拨在地上。任之正在写文章，看见芷英这种神气，不觉也板起脸孔来。我想说话，但想到橘子是藻送给我的，本来我放在茶几上，是为了给大家吃的，昨天芷英已经说过，她决不吃这些橘子的话，我当时以为她说说玩的，照今天的情形看起来，她对那送橘子的藻，好像有点恶感似的。藻是我的亲戚，所以我更难说话了。

我默默无言的坐在那里，实在有点闷，想出去找个朋友，又恐怕他们说我逃避，说我厌恶了。

他们本来比我小几岁，我权当他们是孩子罢，我笑着说：

“把橘子拾起来，大家分分吃了罢！”我一边拾着橘子，一边笑着说。

任之立起来帮我拾橘子。但芷英更生气！她气冲冲地走了，一直跑到晒台上去。我便跟着她上去。她倚着石栏杆，擦眼抹泪，我说：

“妹妹，你有什么话尽量地说来，不要哭罢！你只哭不说，我心里难受呀！任之是个粗心的男子，他是不知道女人的心理的。”

芷英更撒娇了，在我面前她撒娇，我是一点不怪她的呀。她说：

“姊姊，我今天才知道我是被人利用了。姊姊，你是爱我的人，你想，我应当怎么办呢？”

我说什么呢？眼看着三个人照这样下去，总是不能维持下去的。我为了安慰芷英，便说：

“芷英，我不久就离开这里了，我已经托人找事呢。现在我不是不能离开这里，也不是没有职业，只因为现在的职业太混乱了，你想，我坐的那间办公室，那么一大堆人，天天闹得我头昏，书报全不能看，而且来找我要事的人也太多了，一不应酬他们，便流言四出，我真是受不了，所以我不能搬去住。你是了解这种苦衷的，你应该原谅我罢！”

我说的话，总是由衷而出的，我不管她听了受用不受用？我觉得将这实情告诉她，总是有益的。但是芷英近来的确是在排斥我了，她现在不需要我这个朋友了！

一月十七日

任之洗过脸，照例坐到他的书桌旁去，翻翻书报，看看新来的杂志。但是，今天他很不高兴，坐在沙发上，眼里淌着眼泪，我真难受，为什么他又哭呢？我想问他，又不敢问，因为芷英是个多心的人，她看见我和任之亲热，她又将生气了，我何苦去惹她？这样一想，便什么都不敢说了。

芷英真有点残忍呀！任之的不高兴，一定是她闹出来的，但是，她看见任之难受，却高兴的说：

“我今天不回来吃饭了，有朋友请我去看电影呢！……”说着，披起衣服向外走。

我想止住她，不教她出外，但想到她整天在家里怄气，还不如教她去外面散散心，所以我没有说什么话。

她去了，我心里又轻松了一点。任之拿出一张信来给我看，那是芷英写的。

任之，你究竟是爱我？还是爱她？你说爱我，又爱她，这是什么话呀？……我相信一个人断不能将热烈的情感，分配给两个人身上去的。

请你不要瞒我，你究竟爱她，还是爱我？你不说来，对不住！我拿手枪打死你！……

我看完这封信，手只是抖，心也冷了一半，合着眼，将热泪关在里面。我说：

“任之，你应该原谅她，她是个孩子，所以忘了我们三人的关系了，她明白的时候，一定转过念头来，决不至于做出无礼的举动呀！”

“但是感情冲动起来，是没有理智的，我愿意她用手枪打死我，我不还她的手。”

我听了他的话，自己真陷于悲哀的境地了，我想，真的芷英打死任之，我一定打死我自己。任之是我的生命，我不能看着他挨欺侮。自从三个人同居以来，他不能多读书，心绪总是十分恶劣，一天天的消沉了，我既然爱了他，为什么竟不能使他努力呢？想到这里，我不由怀疑起来，我的爱他也等于害他了？

我的眼泪直淌下来了，我们相抱着，他的泪和我的交流着，我拼命的哭了，哭了一个痛快，将日来积在心里的闷气，都顺着泪流出了，心里舒服了些。我说：

“本来三个人永远同居，在事实上是办不了的，虽然这种想法，有点矛盾，但在我的脑子里已盘旋了好几天了。这样下去，我们都不能读书做事，怎么办呢？……”

“天呵，你不要说起这些了，我的心已裂开了。我是一天不做工，就没有饭吃的，哪里有精神再闹下去呢？我明天想到西湖去，此去做和尚也说不定。”他说着笑了。

我看见他的笑涡，便像放下一块石头，心里格外轻松了。我说：“做和尚也好，只要你觉得舒适，倘若你觉得那样的生活合你的口味！……”

“可是，你千万不要告诉芷英，她晓得了，一定要跟我去，我是受不了的呀……”

我答应他不告诉芷英，他喜欢地坐在书桌旁整理他的书，说明天便要动身。

一月十八日

我今天起来得稍微晚些，因为昨夜被臭虫扰了一夜，直到天亮时才睡了一觉，做了一个梦，看见母亲，她抱着我哭。忽然被楼上的人哭声惊醒来，才知是他们的什么姑丈死了。

起来时，走到芷英和任之的面前去，告诉他们，我做的一个梦。但芷英却生了气，说是我搭架子不起来，早上让她一个人做事。当时我毫不介意，后来想起自己也时常一个人做事，我做事时，总以为那是我个人的职业，个人的义务，现在偶然一日晚起，便要吃教训了，心中未免悒悒！等芷英出去了，任之劝了我好些话，更引起我无穷的悲哀，若论爱情，断无怕牺牲的，但我觉得任之太自苦了，而且他的苦是我给他的。

我以后应该远远地离开他，用我的灵魂去爱他，决不从物质方面去照管他，这样芷英或者会待他好一点，他可以不再苦痛了。总之在这个圈子里，只要芷英满足，大家便少痛苦了。

一月十九日

今天任之真的走了。他带着一箱书，一个铺盖。他真的走了，我希望他回来的时候，带着一箱著作，一箱成绩回来。

芷英睡着不起来，她说："任之是个残忍家伙，他离开我们走了，也不留一个地址。"

我悒悒的坐在沙发上，抽着一根香烟，看着烟雾飞腾，想起我以后的生活，应当改变一个方式，能够在这个机会改变，最好的了。

我和芷英说："我们以后雇一个娘姨好吗？省出自己的时间，可以多做别的工作，我出去做事，你也做事，让娘姨照管家，等任之回来的时候，总该生活得有条理了罢？"

"任之不久会回来的，我想。"

我也不能否定她的猜想，因为任之本来缺少理智，他做的事都是近于感情的，就是这回离开家走了，也是出于感情与理智的冲突，断不是他内心所愿意的。所以他也许会如芷英所料的快回来。

不过我希望他不要快回来！

一月二十二日

我近来感情更脆弱了，芷英说我想任之了，我怎样可以否认呢？我的确想他，他是我的生命，他去了，我便好像失了生命一般，心里想做的事，一件也无力去做，看书也无味了。今天走到妇女联合会办公室去，她们都跑来问我，是不是病？我回答她们，我的确病了，因为我想请一个病假，好回来睡觉。

任之的去，是我赞成的，然而为了"爱"，实在有点想他。

芷英却不然，她更欺侮我了，她白天除在青年会办公外常出外去瞎应酬，让我一个人在这里守门，一直等到晚上十二点以后，她才回来睡觉。

我想问问她，在外面和些什么人应酬？她总是说"外国人"。

我不大和外国人来往，她是晓得的，所以我便不说话了。有时我说："芷英你不想任之吗？他还不来信，不知道究竟怎样了？在外面，总没有家里舒服罢？"

"管他呢！管他舒服不舒服！他此去总是为了去找舒服的事情的！……"她吃吃地冷笑着说。

我心里被她的笑声刺痛了。我不觉地“唉”的一声叹出口来。她于是冷酷的问我：“你叹什么气呢？你不满意，也跟着他学好了，你也走开，去找你的舒服吧！……”

“我没有勇气，对于任之。”

“难道他的勇气是对的？”

“芷英，他是对的！他不能在我们两个中间得到丝毫的快慰，养成了一些坏习惯，他有勇气走开，那是对的呀……”

芷英终于被我说得哭了，她想起她写的信来了，她说：“任之，那家伙，也许是我吓跑的！……”

我明白她在忏悔了，便说：“你怎样吓他的？”

“我用手枪打死他！”

“为什么呢？……”

芷英一声不响，倒在被里哭了。

我想着她哭的理由，自己感觉很凄苦，也盖着被儿睡了。

一月二十五日

我们刚吃午饭，有人打门，我去开门，猛然看见他，还以为认错了人，实在我心里没有料到他这样快回来！

芷英只顾自己吃饭，不说一句话。我真有点为难，我拉着芷英说，我们把桌子拉一拉，让他坐下吃饭罢，火车上一定没有吃饭，现在又是疲累又是饿。

我希望芷英心平气和的和大家吃一顿饭，但是她很傲慢，瞧也不瞧任之，她终于没有等吃完饭，又气冲冲地说：“你为什么回来？你不是打算死在西湖上吗？我和她，打算等你死了，去扛你的尸身回来安葬！”

听到了这些话，任之眼泪汪汪，把一碗饭摔到天井去！

我在他们两人之间周旋着，觉得异常为难，一面也感到自己的身世不幸，为了避免增加大家的苦闷，极力维持，极力自制。权当自己是个局外人，如此维持了两小时，终于给任之的“出去不回来”的一句话，掀动了我的心渊，一时忍不住去要求芷英，要她去止住任之。

心中未始不想到，芷英或者又要以为她是为我而牺牲。但事实上，我只能受芷英的怨言了，我为了任之，怎样牺牲都可以的。

我将任之拉上楼，芷英一个人坐在那里喝酒，不停的喝酒，我真担心。任之说写个字条去警告她，我劝止了。

任之倒在床上休息了，我赶到楼下去夺芷英的酒，她又是笑，又是哭，她喝醉了！……不久，倚在沙发上睡了。

我出去打电话给办公处，说我不能去了，请了假。

我静静地坐着，等待他们醒来，但是我知道这幕剧，不是一下子可以完的，或者他们醒来还要吵闹，怎么办呢？……

不知怎的，芷英的脾气，我有点不满意，甚至厌恶她了。

一月二十八日

我心乱得很，有时想写东西，终以思想不集中，写不下去。这样下去，不知怎样好？

芷英一早上就说有个西人要走了，她今天要去送行，晚上也许不回来了，又说，她本来应该到外面去住了。我觉得这句话有点刺心。

她仍旧和前些日一样，到了晚上十二点没有回来，我就睡了。任之说：“等她回来，我要警告她了。……”

我觉得无话可答，也没有理他。

不过有点担心，因为他们一吵嘴，我就不得平安了！现在我只愿能够安心地读书做事，一面也能劝他们读书做事，我求上帝帮助我，我要自己这样，也要他们这样。

看《西游记》一段，便入梦了。

一月三十日

果然，芷英又写了信悄悄地递给任之，大说其怨我的历史。任之将这信给我看，我因为早已知道她的心理，所以看了这信，也不很奇怪，只是感着任之的处境太苦，心中不免凄楚。年来我想离开任之的心更切了，因为觉得任之的环境日近于困苦闷损，可惜任之为了姑息目前，不肯容我实现。

昨天本来预备出去，但不知为了什么事，在家耽搁了一会，以致激成一场风波，清夜自思，只有自怨，更无法以自遣了。

我一天比一天明了，我以前是错误了，任之初次向我表示爱时，我是想逃脱的，实际上是恐怕任之陷于悲境，所以姑且过去。

几次任之总说："愿作鸳鸯不羡仙"。是为旧思想的激词蒙蔽了，其实当时我只一味的自拔，却没有想着如今会使任之这样痛苦！我所可以自明的，就是我始终没有要和任之同居，这同居之祸却是芷英造成的，我因为要她安一部分的心，所以才依了他们的计划而允许同居的。今天据芷英说，她来上海之前，始终没有想到我和任之有真实的爱。照这样，她不是更不惜牺牲我而为了她的自私吗？我一想着这些，我对于芷英的同情已减了一半，而且觉得她的行为太可怕了。所以我更觉得，我应该快点离开任之，远远地用灵魂去爱他。一方面对芷英，也须加以引导，使她将这危险性的手段改正，实行她的宗教教育，把她自己救出困围才好。我对她至少要更客气些。但这真是使我为难，因为我是有名的老实人，不会弄玄虚，不会虚伪的待人，可真不知怎么办才好？……

二月一日

今天文、希两人都在这里，空气似乎和缓些，只是芷英总有点悒悒的样子，不知是什么缘故。我终日收拾房间，因为人多了，四面东西都散乱，都纷纷摊开了。下午我头痛，睡又睡不着，而且又似乎发了脑病，容易胡思乱想。

这几天的菜，总是任之烧，我看他不做事实无聊赖，也就任他去做了。最近规定的工作，大约是我洗衣洗碗扫地抹桌等杂务，任之买菜烧菜，芷英是泡水提水，兼买零星。

如果就是这样照了分配的工作，一天地做下去，也是很好的，既不吃力，而且又安乐，又平安。本来我们这些用脑筋的人，每每缺少运动，这样一来，是不会呆板板地不动了。

但是芷英总想法子逃掉她的工作，不是说头痛，就是要外出，所以任之就兼了她的职务，我看着任之工作太多，又是心痛，只好我也放下书本来帮着他做，所以常常为了这样，把正经的事情都荒了不少。家庭杂务，本来值不得多费工夫的，然而我近来很为这些事生气。

二月二日

我好久打算离开这家庭，但是总没有想到一个适当的地方去，今天赵姊来说她一月后到日本去了。她这一句话引起了我一个愿望，便是也想到日本去。晚上任之回来，我对他说起我的心愿，他说暂时不要去罢，当时我觉得这很好的希望又绝了，一时心理上又急起来，后来仔细一想，也就罢了，生来本不是读书的命，蹉跎至今，都是自己设法，竭力去夺读了几本书，此时更何必再生这读书的念头呢。并且读书又何必一定要有读书的名义，有读书的机会呢？没有机会难道就读不了书么？

这样一想，任之阻止我的话，也就算不了什么。我说："好吧，在家里看看书吧。日本文就跟着你学好了。"

睡在床上看《西游记》，觉得行者的行为极可爱，记起在小学时同学及师友给我的绰号是"孙悟空"，我实在是配不上。不过现在受冤枉的地方却有点像它罢了！性子急也有几分像！但是，哪一天，才能保得唐僧去取着经呢？

我正在那儿想，芷英回来了，她好像看不起一切人似的，回来，便向床上一倒，盖上被头，不知她是睡着了，还是在哭？

任之走过去，把被一拉，说："说话！你从哪里回来？"

我深怨任之拿出男性的权威口吻来质问人。但我也不愿说他。芷英不是好惹的，听见任之这种口气发气了，她猛然跳下地，站在那里不动，低头看着地，电灯照着她那件粉红的绸衣，觉得妖艳万分，她浑身颤抖着，抽噎地哭了。不知怎的，我这时是十分同情她，觉得任之太暴躁了。我不由地说："任之，你不对！她也许疲倦了，要睡着休息了，你为什么不教她睡呢？……"

"谁教她不睬人呢？这样晚回来，好像理由很充足呢？……"

我深怕又要掀起风波，这一夜大家都要失眠，我扶着芷英，劝她睡下休息，她才睡下了，仍旧把被蒙住头，这回她可真的大声的哭了。

二月三日

今天我异常地郁闷，想寻一个不相干的人谈谈话，任之说可以叫辛姊来。但我又恐怕引起误会，索性耐着性儿，找别事来打混。任之以为我还是想到日本去，所以他向我说："且等机会行事吧？"

我说我不单是为了到日本去，我深怕芷英会实行她说的话，不打死你，便离开你走了，等我到日本之后。所以我是不很想到日本去了。

他说："那也没什么要紧，因为我近来对于许多事，都不大认真了。"

我虽没有说话，但终觉得他太苦了。他近来的沉闷较以前的浮躁尤使我可怕。他浮躁时候，我只恨他不能自制，有时竟半点同情也引不起来。独有他沉闷时，我的整个的灵魂却到了他的躯壳中了，往往使我忘了自己。

从前我沉闷了，他却不能安慰我，常是报我以浮躁，因此使我的心也浮躁起来，现在是不同了。

芷英今天也没有出去，她对我说："你想到日本去很好，我和任之两人担任你的学费，总没有什么困难的。等你回来了，我也到日本去读书，那时你和任之来担任我的学费，我想，这种办法最妙了。"

不知怎的，我并不感激她，只对她有点害怕。她虽然口头说得很动听，但她心里究竟怎样想呢？她又想把我挤出去了！我为了要满足她的愿望，我自己离开她最好，但是一想到自己到异邦去过孤独的生活，不是要寂寞死吗？而且我对于任之最担心，他常在芷英面前说气话，她一定心恨了吧？我如果离开他，她究竟会不会欺侮他呢？我闷得很，看看表已是下午四时了，日子是过得很快，闷郁的日子快快过去也好。我这样想着。

任之说："肚子有点饿了，有什么东西吃没有？"

芷英从大衣袋里掏出一包糖来，分给我们。

二月五日

任之和芷英近来更浮躁了，我是郁闷得很，不敢向他们发作，所以更形寂寞了，这种寂寞一半也是我自己造成的，因为我太怕别人受累，自己又太自制了。

任之天天想，我受他的保护而得自由，真是可笑，我不是小孩，坐在妇女联合会办公室里，我简直是一个大头目，有许多女子是要受我的帮助呀！我哪里需要他时刻不离的照管呢？他将我看得太弱小了。有时我觉得，他的确会将我的个性压制得不能发展了，有点怕起来。

我说我不是要做娜拉，只是怕他违反了他的初志。

任之闷得向我吵嘴，说我在背后骂了他，他现在已经晓得了。他又说："对于你们两个人的事，我都异常后悔。"

我听了这话，觉得冤枉，我何尝骂过人呢？有时他的脾气太躁，我也曾当面打发过他几句，并不曾背后说过他的。

有时怕他因为我的话，更激起浮躁，便又强忍着不说话，因此将自己向暴躁方面走了，这大约都是心里太难受了的结果。

肚子痛，睡下去便好些，起来就胀得难受，大约天气的关系吧。吃了果子盐，似乎好得多，但是看见那果子盐，一天天地少下去了，又不敢多吃了。以前我不知道它的价钱，常常要任之去买，现在我已知道了，那一瓶果子盐竟要一元三角大洋，我真不该吃这样贵价的药呀！

芷英昨天从外面回来，夹着一包洋布，说用那种料子做件旗袍。我看看那料子太粗太坏，便说拿来做窗帘，但芷英说："我是普罗，买不起好的，你有好的又锁在箱里，不肯拿出来！"

我想起自己母亲给我的许多东西，的确都是很细巧，很贵重的也不少，但拿出来用的也很多了，床上的被，桌上的毯，椅上的垫，和大家身上穿的衣料，冬天穿的皮，我是尽量的将母亲给我的东西，从箱子里向外面拿，箱子已经差不多快空了，箱子空了，箱子便有人来分用了。吃核桃的人，核桃皮总不吃的，然而现在是连皮带仁的吞下去了，连眼睛都不眨一眨，真是太舒适了。

我说："芷妹，你看我箱子里还有什么可穿的，你尽管去找罢！我并不想锁着好东西，在箱子里生虫！”

“你不是还有几块湖绉，颜色很鲜的么？正好做夹衣裳呢？”

我有六只箱子，确是有两只箱子装满了绸缎，可惜花样都不时新了，年年染着给任之做衣里，做衣裤，也就用了不少，芷英做衣服也用了不少，只是自己还是年年穿着蓝衣服。依我自己想，箱子里只有一条大红缎的被面，和一条海虎绒的毡子了，还有什么鲜色的湖绉呢？真是好笑。

芷英学了一口的时髦，天天讲普罗，只不过想共我的东西罢了，可惜现在共完了，我总没有法子再变出来了。

二月七日

芷英今天握住我的手说：“我前几天的脾气太坏了，以后不会再有这种事了。”

我听了她的话，竟无话可说。因为我想起她信中所说的话：

“我如果知道你们真相爱时，决不会允你龙山之约的。”

同时我脑中也浮起以下的话：“我近日已知道他的苦闷，他是很需要你，所以他要你到上海去，我向他叮嘱过，生活要舒逸些，不然，会使你太苦了。”

这些断片的回忆，盘桓在我的脑中，使我倦得不堪。

龙山之约究竟是怎回事呢？那时我在龙山教书，任之要我放弃那个职务。我想到任之总不免为了寂寞之故，所以请芷英到龙山一游，计划着芷英和任之先同住在上海。

我那时想过着教书生活，来消遣年来的心胸，所以我可以发誓，我不曾有和任之同居之念。

芷英常常说：“我没有想到你们真有爱情。”天呵，我真有点难受，她用这种话来刺痛我，我觉得受刺的伤口，永远会流着鲜血的。

我想到她这种口气，便跑去看任之，任之对我说："我去买点东西，因为心里太烦闷了！"

我又被他刺了一下，用自己手遍摸着身上，到处都有伤口了，有的似针尖那样小，有的确是一个大创伤！

我对任之常不敢表示爱，却感激他向我表示爱，有时任之也奇怪的说，我为什么不会表爱，我总是想哭，因为我觉得，我的不向他表示爱的苦衷，他或将终身不会明了了。我对他生气，胆子却很大，但我对他表示爱时，却怕得不堪，这真是一件说不出的苦事啊！

二月九日

任之又闷得不可开交，我为了不善措辞，仍旧守着我的缄默。本想故意去惹他一下，教他出出闷气，但怕我自己也会烦恼，那时不更添起他的苦闷么？所以终于没有开口！

晚上他和芷英诉起苦来，终于找着芷英出了气，我担心她再向我来出气，便连书也怕看了，头向墙壁看了自己的睡影，静默的望着。

任之大约还在生气吧，芷英却笑得厉害，好像替任之解衣衫，盖被，她自己也安定睡下了。任之向芷英说：

"你以后不许和别的男人去看电影，电影场中是男女吊膀子的地方，在黑暗的座位上，男的可以摸女人一把，说不定也可以来一个吻在你的面颊上，呵哟哟一声响，是用手打着丰满的肉的声响吧？"

我把头向被里钻了下去，不敢去看他们。

在被窝里想起浒姊的来信，她要我看《圣经》，我感觉得那是无聊，那是苦闷的象征，我才不看那些东西呢！

二月十一日

想起夜间的失眠和懊闷浮躁，完全是为了任之的一句话。他问我："你可否向家里要些学费呢？"

我想到日本去，以前任之总阻止我，现在他好像也愿意我只身去国了。他的一句话，引起我的思索，想到家属亲友，好像都免不了关系着势利，对于我虽不致于打落水狗，但也颇少兴趣帮忙乌龟上树。我又想到父亲不是不爱疼我，只是缺少打破环境的勇气来照顾我。他替我主张的婚姻，我已弃绝了，他还不知道，他天天坐在书房里，所梦想的我仍旧是一个公使太太，或是一个留学生的爱妻。

我有时恨他，有时可怜他，恨的是他走在时代之后，怜的是他一个苍白头发，耳聋眼昏的老人，想象得美满的事，给我一锤打得粉碎了。

一面我又怨恨许多不相干的人，现在硬将我交给任之了，要他一个人来负着我走崎岖的路。生命是我所需要的，书也是我爱读的，任之又是不能为我而受委屈的，他是我爱的，在世上最尊贵的爱者！我究竟怎样能救出我自己呢？

我苦不堪言，他来安慰我。他安慰我，我更想的远了，更苦了。读了许多古人的诗，心里才好过了许多。

我忽然想起人生只是一刹那的事，世上的事除了现实之外一切都是空虚的，眼前有安慰，就勉强度过去，何苦要想一年一月之后的事呢？

所以今天还安闲的看了数页书，不负责任的看了报，报上满载着死伤，投海，自杀的消息，于是又堕入冥想之渊了，读书的念头油然而生，又想起非到日本去不可了。

二月十五日

心理仍是烦恼，生理上似乎也不舒适，两腿酸痛，不能下床，所以不能收拾房间，也不能去烧饭了。任之近日颇体恤我，诸事都是他自己动手。

我看见任之做得疲倦了，就怨恨自己，就觉得不该睡在床上。这种思想，在一年前曾被任之笑过，他说我完全是一个旧女子。我极力反对他的话，我说我并不是旧女子，我并不受什么压迫，我愿做什么，就做什么。我愿替他做事，那完全是为了爱他，并不是把他奉为天神，夫为妻尊的意思。我心里不爱他时，便什么也不愿替他想，替他做了，这是很简单的一个理由。

任之对我说，若是岳之再来，要推他出去。岳之是芷英的弟弟，年纪本来小，不懂什么事。我听了任之要推出去，便十分不愿意，我说："你可以不要他到书桌前去麻烦，何必那样认真，对于一个孩子？"

因为我觉得他做出那种难堪的举动，对于芷英有点难受。

下午芷英走来问我："我们出去，留岳之给你做伴，要不要？"

我未及答，任之已抢着说："不要！不要！……"

这真使人为难。以前我对于芷英溺爱着弟弟，确也下了忠告，不过现在不敢开口了，这是什么理由？我也有点不懂得，朋友愈交得久了，愈亲近了，倒反而不了解起来，倒反而不能开诚布公了，这种隔膜是什么造成的呢？任之今晚狂饮，因为他喝的是葡萄酒，所以没有上前去抢！

芷英和弟弟坐在一旁叹气，说是无家可归，好像孤儿。我的心又惊又痛！思想一时极复杂，既不是思家，也不是同情，更不是反同情，只是恨芷英不该不认这个家为家。我有点闷气，说不出的隐痛！

二月十七日

芷英来说有友人叫她到南洋去，但是她一去，这面青年会的事务，必须辞去。我说："还是我去罢！不过须将那方的钟点与薪水打听清楚。"

芷英只是微微的应着，不晓得她去不去打听？我想，赴南洋的事，也许又是说说算了，觉得很沉闷！

任之看我沉闷的样子，他便积极起来，说："到日本去好，决计到日本去，我陪送你好吗？"

这些话是任之随口冒出，并不是一定的话，然而芷英却大生气，吃饭时她和任之又差一点冲突起来！芷英很生气，她拿起一个皮包，就气冲冲地走了，一边说："你们欺侮我，我不怕！"

我听了她的气话，也有点生气。

任之说艺术到现今应当重意志，但意志到最强时，便会厌恶情感。

我说情感到极点时，也一样的会反抗意志。

任之摇着头不承认我的话，但也没有说出理由来。

这时我又想到，在自然的意志和情感之下，一样都不会反对异己过甚的，那视对方如仇敌的，大约还是为了意气，却非意志！

在我眼里分析起来，芷英是只有意气，而缺少意志与感情的，我却和她相反。任之呢？有时意志强，有时感情强，有时也会闹意气，所以弄不好了。

在这样一个圈子里，有着这三种人；天大的本领，也调和不了吧。

想着也好笑，假如我也闹意气，怎样呢？那一定是，三个人一天到晚的噘着嘴，你不理我，我不理你。若是会动蛮的，也许你抓我的头发，我扭着你的肉了！……

二月十九日

夜间任之要去看电影，叫我守门。我因为闷居已久，也想去，但是任之不说话。

他们去了，我想起日间在妇女联合会办公室里，听见一个逃婚出来女子的述说，心里便酸苦起来，那酸苦的影像，现在又重现在心里。

那逃婚出来的女子，希望我介绍一点工给她做，她说："最好在上海的附近乡下，因为我到了上海头脑有点不清楚，太繁乱了，上海这地方。"

我便把她介绍到杨树浦工厂去了。她也许可以一直地平安工作着了。

然而偶一想到自己，便辛酸得流泪，任之近日态度又转变了，他的行动常常使我想到，我们现在并不是三角恋爱了。他和芷英常常睡起来性交给我看，我不想去干涉他们，只是有时引起我的冲动，有点不安。我为了芷英，常不敢独占着任之，因为怕芷英难安。但我的退让与留意，实际上还是为了爱的牺牲。芷英却始终不了解我，我不禁暗暗叫苦了。

二月二十一日

赵姊来信说，她等不到原定的日子，明天便决定乘天津丸动身了，希望我去谈谈。

赵姊的恋人是学画的，原来在上海东方艺社的，去年去日本了。他到了那边，正是有樱花的时候，他把那樱花描写得好像花王，说樱花好像一个处女，又温柔，又娇艳。如果用娇艳的眼光去看它，它亦变得娇艳得不能自持了，立刻会倒在我的怀里来，不管一切的狂吻我呢。

赵姊接到他那封信，总担心他会给日本的卖淫女子勾搭上。所以她立刻想到日本去，但她在大学里还只差一年了，无论谁都劝她毕了业，再到日本去。今年她已毕业了。

可是赵姊的恋人，在今年确是来信很少了，据在日本的稹姊说，不如劝赵姊不要去了，因为她到了日本也许会失望的，会失望的仍就回国的，由稹姊的信我早猜着赵姊的恋人，已经是靠不住了。一定是被日本妖怪迷住了，他把赵姊忘记了。

我虽晓得这些情形，但如何劝止她呢？她是一个热情的人，怀着一腔热血，一年来按着一腔热血，到现在已经是狂得不堪了，恨不得一脚跨到她爱人面前去。我怎样去劝止呢？我真踌躇了。

任之说："只好让她去的，等到看见了，自然会明白的。"

我说，"有些事，是糊涂一点好，她到了日本看见了，她不知要怎样痛心呢？也许会昏倒了，也许会自杀，也许会跳海！……"

我想着，想着，不敢去看赵姊。一面心里好像有把刀在刺着，深深地感到痛苦。看看芷英的得意的脸色，和任之懒惰的神气，便感到空虚，浑身像冷水浇着了。

望望外面的灰色天空，悲哀的穿起一件灰大衣，跑去看赵姊。

我到了那里，赵姊正忙着收拾行李，脸上红红的，圆珠的汗直滴下来，她那种紧张的心情，我怎样去医治她呢？我想说话，又不敢说，心里一难过，眼里含着亮晶晶的热泪，飞奔到她的怀里，哽咽的哭了。

赵姊看着我的脸，握住我的肩，她笑着说："妹妹，我去看看他，就回来的。我不打算在那边久住呢！"

我只点点头，也没说什么！但我心里更苦痛了。我说："姊姊，你有信给他吗？在那边的码头叫人接一接才好呢？"

她呆住了好久，她说："真的，管他接不接呢，写封信吧。"她说着眼里也潮润着了。

照她的口气看来，她已经有几分晓得，她恋人在日本的事了吧？我心里松动了些。

我们在邻近咖啡馆喝了一杯热咖啡，两人的心里都温热了一点。

二月二十五日

为了赵姊的走，闹得我好几天不舒适。以致终日困倦。芷英今天要去看朋友，说要我替她洗一洗衣裤，我答应她了。

但是下午我说了一句笑话，大约芷英又要怀恨了。

芷英说："我在家里只见你们斗嘴，现在我走了，看你们斗得怎样？"

我当时毫不思索的说："都是你的缘故，你走了，我们就不会斗嘴了。"

我说出这话，立刻就觉得不该说，但已来不及收回了。芷英马上板起脸向外走。

晚饭时，菜店里又来讨债了，他们都出去看电影，叫我怎样对付呢？任之这几天脸上浮着一层躁气，早晚有一天要发脾气的，我恐怕他又将陷入去夏的情境中去，将来的账又不知怎样还法？我那办公处，欠了几月的薪水，在经济上也帮不了他的忙，好在我没有像去年那样生病，也总算暗暗帮了些忙罢。

我对于任之的要求，只是他能助我读书，或是工作后的互相解闷，然而他给我的只是些三角恋爱的苦痛，所以我精神上觉得枯寂了。

他对于芷英也是这样。我眼看着他的意志消磨尽了，学问的路上满生着荆棘，可是他那能满足呢？他的苦痛已是日甚一日地缚住他的手脚。

我想和任之好好地谈一下，然而没有胆量，这种情形实在有好久了。以先住在霞飞坊，有一晚他要我烧面，我做好端上楼来，他又说不吃了，我当时吃着，一边开了玩笑说："你不吃么？我都吃完它！"

那时他便生气了，面上闪着黄黄的油光，异常使我害怕，以后我求他恕我，他还是气着不理我，眼珠格外亮得害怕，从那时起，我便一直没勇气和他开玩笑和倾谈了。

我好几次想冲破这气闷之围，然而总好像缺少机会。

今天他出去了，不知到何时才回来呢？

二月二十六日

我的办公处天天有侦探来包围着，有时装着女人来见我，虽然有点疑心他，不敢和他说什么，他便用厉害的眼光钉我一眼，好像警告我说："留心吧，你是女共产党！"

我顿时手脚都冷了。赶着把案卷收起来了。我在归途上，忙忙地走着，好像满街都有侦探似的。

我回到家，芷英和任之，总是赤裸裸地睡在一床，他们总是享乐着，不管天，不管地，我坐下来，心神还是不安定。任之看着我神经惶乱，晓得总有什么事了，他起来问我："怎样了？是不是有侦探追你！"

我被他一问，几乎哭出来了。我说："我现在情愿被抓进牢狱里去！"

芷英也起来了，她温和多了，她急着说："你不要出去了！好在你不是共产党，他们也不见得会抓你去呢？"

我说："真的被他们当共产党抓进去也好，我就牺牲我的头，永远看不见你们也好！"

说的芷英哭起来，任之也发愁了。

任之说："我早知道你们办公处有奸细，你在妇女联合会大会时演讲又那样激烈，那天没有被抓去就是幸福啊！……"

他说着抚摸着我的头，芷英也坐在旁边拉着我的手。

我顿时觉得幸福了！我有生以来，过了这第一次的幸福。

我欢喜起来，把什么可怕的事都忘了。

灯光红红的，书桌插着一瓶梅花，屋子里的空气，确是温柔呢！我像小孩一般，一个筋斗翻到床上去了，他们替我脱鞋脱衣，我给芷英一个吻，给任之一个吻。

二月二十七日

昨天一天没有到办公处去，我虽然是妇女部的部长，一天不去，也不要紧的，因为我的秘书王贞一，她是很能干的。她对于公文起草真是太熟悉了。

今天一早门铃响得很厉害，芷英先着慌了，任之更胆小，我只好挺身出去开门，我问是什么人？外面传来的是贞一的笑声，我放心的开门了。

贞一为什么这样早来呢？这里面当然有事情的。贞一看见我便一把拉着说："办公处你是去不得了，昨天有一个侦探来找你四次之多，后来又来问我的姓名，我假造一个名字，结果也被他识破了，冷笑着走了。我也不敢去了。"

"大会的传单放在那里了呢？"我急着问。

"真是活该！大会的传单造的孽，不是那天开大会，我们何必吃挂累呢？……"

"但是大会的传单，给他们拿走了，他们是会咬文嚼字，当作证据的呵！……”

“我早就料到了，想把那劳什子烧掉了。”贞一板着脸说。

我现在好像囚徒，一步不敢出门，闲来望望天色，心里烦得更厉害了。我对贞一说：“贞一！你还是进医院罢！你已经有孕了，如果真给他们抓去，是吃不住的呀！”

贞一呆呆坐着，好像想起什么来了，她对着墙上的圣母像望了一望，眼泪是夺眶而出了。我想不出一句话来安慰她。

贞一的情人是佩侯，他是一个英俊的少年，喉音是铜声，做事不辞劳瘁，我们大家都希望他能做出些伟大的事业来，但是在三个月之前，忽被抓走了，就是来包围我们的那些侦探捉去的，至今也探听不着他的消息。多半是死了。

他们真是可怕呀！捉去的人不经过法律的手续，也不详细询问，却随意砍头丢在坑里了，旁人的性命，好像是他们的玩意儿！

我一想着他们的凶狠，便颤抖了。

贞一不敢回到公寓去，和我一床睡了。

二月二十八日

我们办公处的听差阿顺，偷偷地跑来送信，他说：“今天全个办公处，都坐了军警侦探，把办公桌的抽屉都倒翻了，好像没有找到什么呢！可是他们坐在那里不走，好像坐在那里等什么人！……”

我和贞一听了他的话，脸都吓白了。阿顺的红润脸色，今天也惊惶得灰白了。

任之对阿顺说：“不要紧的，你还是去罢，只不要告诉此地的住址，你知道吗？……”

阿顺是一个老实人，我相信他不会告诉他们的，不过我想到那些人的凶狠，也许他们会打着阿顺，教他招出我们的住址来的，所以我决意不放他走了。

这屋里的人，是愈来愈多了，假如给他们打听着，一网打尽，连任之和芷英也要受累了，我急得很，要求任之和芷英离开这里，但是他们死都不肯接受我的意见。

任之说：“我们走了，你们怎么办呢？买菜，买米，打听消息，你们自己能去吗？”

芷英说：“我搬出去只好住女青年会，教我再去租房子弄家，真不高兴哩！”

我一听芷英的口气，任之的居住问题又难解决了。也许又要出别的花样了。我说：

“那样还是我同贞一阿顺三人走开这里，上海这样大也许总可以找到一所隐身之处。再不然我自己投到捕房去，听他们摆布罢！”

任之又急了，他说：“你们万动不得，要说隐身，这地方最妥当了，外面那条狭弄，又湿又污。没有人会找来的。”

我亦不便固执，不过想到这三间小房子，住满这一堆人，假如给邻居知道，也许会通消息吧？上海是什么人都有，而且说不定我们的邻居就是侦探。我恨不得将任之和芷英一手推出去，他们在外面爱怎样就怎样吧，千万不要为我受累，那便上天开眼了。

任之想了半天，他说赵姊走了，听说她的屋子还租在那里，我们去问声看，如果她的屋子可以借给我们，便打算着搬走罢！

芷英和任之在饭后都走了。我想在床上打一个盹，因为心神都疲倦了。贞一她在写信给她母亲，不久也许回家走一遭，教母亲不要记念她。阿顺看我们的厨房的泥炉子坏了，他卷起袖子，用水拌泥，在那里修炉子。三间屋子都有人，然而静得连老鼠走过，也听得很清楚了，我渐渐入梦了。

一个红头阿三先来用棍子打了门，后来一个带尖顶帽的人，又来抓起信筒上的一块板来望望，阿顺轻手轻脚的出去了，他问："谁呀？"

外面恶狠的回答是："开门！要抓人！不开，用刀劈来了！"

贞一吓得向晒台上跑，我也跟她跑到晒台上，登上屋顶，预备跑到隔壁去，但是隔壁晒台也有红头阿三，尖顶帽的人，我急得不知向哪里跑好，只拼命的一纵，希望跳到对面去，但是一个巡捕已抓住我的手，我大声的叫喊着。

我醒来了，看见贞一坐在我旁边，说："做梦么？我想不会是胃病发作呢？"

我呆呆地睡着，对贞一望着说："怎么就做这样的恶梦呢？也许就在这几天，他们会找来呢！……"

但是想着如果任之和芷英已走开了，那便什么都不怕了，今晨还是催他们赶紧走！

上灯的时候，阿顺把菜饭都弄好了，任之和芷英也回来了，他们说房子已问好了，明天下午一定搬开，省得我着急！

"是的，你们在外面还可以替我们打听消息呢！"我好像又忘了一切害怕的事了。

"我天天什么时候替你们买菜呢？"任之说。

"不必天天买菜吧，有好菜我们也吃不下。"

芷英说："那还是后天的事，明天再谈吧，现在大家好好睡一晚吧！"

我心想睡着做起怕梦来，还不如不睡呢！

贞一不说什么倒在床上了，大约又想起心事来了。

三月五日

任之和芷英搬走已三四天了，任之只来了一次，他替我买些肉松来，那是我爱吃的。

贞一懒得像绵羊一般，时时倒在床上，连说笑的勇气都没有了，我怕她会病了，我说："贞一你怎么这样萎靡呢？"

"心里有点凄楚，还怎样提得起精神呢？"

"又难受什么？横竖人总有一天死的，担心它做什么？白刀子进去，红刀子出来，也罢，上断头台也罢，用绳子绞死也罢，那算得什么呢？只要有一滴爱泉，滋养着我的心，便什么都有勇气去干。"

"你当然与我不同多了。就是干枯的坐在这房里，总还有人来安慰呢！我呢？什么也没有了，只剩下他的一滴血，天天吮吸着我的精力！……"贞一说着流泪了。

我虽然有点强硬，但也同情似的滴下清泪。

阿顺提着水壶上来，一壶的热开水，热气从壶里冒出来。阿顺的脸上又恢复以前的红色了，他不知愁，不知苦的神情，撕开一张嘴说："午饭吃什么好？以我看天天烧饭吃，又要弄菜，你们又吃不多，我弄着倒很费事，不如想一个花样，做点别的面食吃吃，换换胃口，也许可以多吃一点！……"阿顺是山西人，他吃惯面食，也会做面食。

我听他这样说，便附议他的话，贞一也点点头说好。

阿顺便欣然的走了。我看着他的背影，便想起他的女儿来。听说他的女儿，就是在周家的阿金，我常到周家去，看见圆脸浓眉的阿金，总觉得她在娘姨群里，要算一个出色的了。后来周先生将阿金的故事讲了一点，他说一个乡下女子，能打破旧传统的观念，总算了不起。阿金才十七岁呢，她居然反抗旧式婚姻，只身逃到上海来做工，真是了不起的行为。

当时在我脑里确也想着，阿金的行为的确是了不得。

以后，到周家去，便看见阿金的脸色呈现着萎黄的颜色，一身乡下女子特有的活泼，完全没有了，我就有点奇怪。

以后几个月，我又到周家去，便没有看见她，还特意跑到厨房去找她，据一个老娘姨说阿金害肺病死了，死了还不多天呢。

我虽然不是一个文学家，当时也把阿金想象得像一朵娇艳的玫瑰花，一旦悴憔而死，也怜惜的说："唉！一朵娇艳的花儿，怎么就给风雨打谢了呢！"

老娘姨告诉我，阿金是肺病死的，但我的想象的说法，似乎有点文学家的意味吧。

后来打听出来，阿金确是给一阵像暴风雨一般的蹂躏死的。周家的二楼住了一堆男学生，看见年青的阿金的勤快做事，不只是满口的赞颂，有时还要动以轻快的手，在阿金的红润的脸上，轻轻的扭着，阿金虽然感觉一阵酸痛，却轻轻一闪，报以微笑，也从来不生气的，这在那些学生，也就赞颂她的好脾气了。

这样的日子过了好久，阿金接受着那些男学生的破衣破袜，替他们缝补，也不止一次了，这在阿金心里多少有点感激的，后来有一天，居然有个姓王的学生从外面回来，走过厨房时，手里举着一盒香粉向阿金打了一个招呼，便轻轻的说："你跟我上楼来！"

这在阿金并不觉得有什么坏意，心想也许王先生要开水呢，便顺手在炉上把一壶开水提着上去。

阿金一推开门，看见一个赤条条的王先生站在房中央，阿金便放下水壶，立刻害羞的回身了。

但是王先生猛的扑过来，给阿金一个猛烈的狂吻，后来被他怎样摆布，那是猜想得到的。

几天后，有一次，四五个学生都回来了，便轮流的将阿金奸着，从那天起阿金的健康便受了打击，一天不如一天，脸瘦黄下来，但是除那些学生以外，是没有一个人明白她瘦的原因的。

阿金不肯说出她的病源，也没有注意她的病为她请医生的人，在那种情形之下，阿金便悄悄地死了。这事，是周家的老娘姨说出来的。

唉，我想这是社会上恶分子害死她的。同时亦是社会环境不好，所以阿金无声的死了，没有一个来替她申说的人，她好像死在一块砖底下，竟没有人来搬开那块石砖，也许反要讥笑她，冷酷的捶她几下，用吐沫唾着说："贱人！你是贱人！"

社会的恶势力在支配着一切，被这种恶势力压死的不知多少了，现在我们的妇女联合会也要为它吞灭掉，我们本来是一番好意，想团集许多女子，无论工人，婢仆，什么人都欢迎，没有职业的便设法去替她们找职业，有不能解决的痛苦，便设法使她们不痛苦，我们女子的痛苦，社会上是永远不会代我们解决的，我们奋然自己起来解决，他们投以冷眼，讥笑够了，便来破坏了。这还有什么说的呢？他们要加我们罪名，自是容易的事。他们无端的说我们是共产党，可真有些小题大作了。我们并不懂什么是共产党呀！

我想到这里，便无声的冷笑了。阿顺把菜饭也端上来了，阿顺做的面饭是馒头，我是好久不吃这些东西了，今天却吃了很多，而且滋味很好似的，贞一也吃的很多。

阿顺瞧我们吃的多，他很欢喜。

三月七日

在小屋里坐着真闷死人，从玻璃窗望着天是那样小，我想，我常这样住下去，性情要变得孤僻，焦躁，狭小起来。

任之又几天不来了，他搬走了，便不想起我们来了吗？芷英从搬了一直没有来过。人们都不肯和我们来往了吗？就是我们妇女联合会的朋友们，也没有一个人来看我们的，倒是阿顺的娘子，昨天来了一次。知识阶级的人，都是自私的，他们得的知识，都是教他们往自私的路上走的吗？我有点怀疑知识的力量了。

像阿顺的娘子并不认识字，她的头脑便简单好改，她走进我们的门槛，却是很自然，并不会觉得我们就是囚徒，就是犯罪的人，并不会害怕有什么危险，这就是一个好例子，她始终都在尊敬我们。那些有知识的朋友，他们以前奉我们为女神，女权者，改革者，天天大捧特捧，捧得令我们自己也害羞了，现在怎样呢？他们人不来，连消息都不给我们知道，恐怕我们会连累他们，会把我们的罪移到他们头上去。现在好像我们身上有了微生虫，有毒菌素，人们都不敢来看我们了，这也好，他们把我们丢开了，他们在一个天地里，把我们放在另一个天地里了。让我们住在冰天雪地的世界也罢，让我们寂寞死，让我们饥饿死啊！人们都是冷酷的，哪里有一点同情，一滴热血呢？

我说："贞一，我今天想到街上去走一走，看有没有人来捉我，假如有人来捉我，我便跟着他们去，我想，他们也许和我们的朋友差不多的，不会比她们待我还冷酷罢。"

贞一吓住了，她说："你走，我也走！"

我为了她的气话，也吓住了。我说："我们的世界还不寂寞呢！我们还有三个人，让我们三个人把我们自己的世界弄得暖热些好了，不去管外面的世界也罢。"

"你也有点矛盾呢！任之和芷英，是你教他们去的，现在又怨恨他们。"

我笑了，我知道自己有时是矛盾的，不过他们也和我一样的矛盾着。任之常说芷英缺点太多，但他爱的却是她的缺点罢？一个女子能用她的肉体去献给她的爱人，以她的妖冶的眼波打动她爱人的心，这算什么呢？这并不是她的缺点，然而任之常说她太磨人了，不知不觉地在那些缺点中打滚，享乐着自己的魂灵，反而说我是一个不会表现爱的人。

贞一对于她的爱人，有时爱的过火，有时又太冷酷，她的佩侯却是一位温良的好人。然而他们矛盾心理，也时常使他们整天的战斗，现在是没得说了，佩侯是死了什么也没有了，但我不敢提起这种事实，恐怕引起贞一的悲哀。

矛盾的心理是人人免不了的，说他做什么呢？这是白费时间而已。

“房里太乱了，这是使人颓靡的原因，我们提起精神来打扫一下吧。门口也没有卖花的来，花瓶里花是干枯了，也应该换些新鲜的才好！”贞一说着，用眼睛打量着周围。

“真的，找些事做做吧，不然会寂寞得像掉在泥团里了。”我笑着说。

任之的书桌上，灰尘是像风沙一般，满满地铺遍了。

他用的笔枝枝都是扫帚一样，睡在桌布上，桌布上是一块一块的墨渍，墨水壶不是东倒，便是西歪，满桌的书堆得像山，我看着那张混乱的书桌，又想起长发方脸的任之来了。他的书桌是从不教人动的，谁拿去他桌上一张纸，都会找你生气的，也不许人家批评他的书桌，然而也奇怪，在那样乱堆得像茅草一般的桌上，他可以随心所欲的写文章，这一点我是佩服的。他桌旁一只摇椅上，垫子上的花纹，都坐得没有了，而且像一个塌饼，连棉花都飞走了似的。我慢慢地瞧着任之的一块笔墨的田地，不觉微笑。

贞一抹着窗，立在高凳上，她取笑的说：

“你又掉在回忆里去了！回忆也是使人颓靡的。我希望你不要回忆了，还是去找现实的生活吧！……”

“你的现实生活是什么？你却快做母亲了！……”

我无意的一句话，却使贞一像受电一般，立时无言，房间里立刻充满了沉默。

三月九日

任之像是客人，来坐了一小时的工夫，便匆匆地走了，我虽然想留住他，又恐怕惹他讨厌。

他走了，贞一便说任之的态度很浮躁，这大约是被什么包围住了。她的话使我想起自私的芷英来，便沉闷起来了。

贞一握住我的手，劝慰了许多话，但我听不进去，仍旧烦闷。我翻开我的簿子，上面贴着我以前写给任之的信：

> 任之弟：现在已是十点钟了，我好像要睡了，只是想到正在被人们包围着，我心里便愤怒着，悲哀着。精神又特别兴奋着了。我想：我应该走开，让你们去混，虽然芷英常是用理性的话，打断你的感情，但这是一时的，我相信她不是那样的人！
>
> 在我这方面也有走开的好处，至少我可以恢复我的性情，我是一个最快乐的人，在求学时代，我仍旧希望那样！我有一个好活动的性情，将来必触机而发，不可压制。那时你也许想踢开我，也许觉得我有点累赘，想用快刀割去。这是我秘密的说笑，在没有成为事实之前，请你不要轻于泄漏人间。我祝福你。

我看着自己的笔迹，激动着心弦，颇有“引刀成一快”之感。但是刀子是握在自己手里，还是握在他人之手呢？就想到这问题了。我相信我不会被人杀，我要反抗人们用刀放在仇敌头颈上。我在激怒时，我要夺下人们的刀，砍他们一刀，在他们脑门上，留一条痕迹！

可是我也有点怕承认自己是能够杀人的人。我想着，又翻到第二封信：

任之弟：我感激你和芷英的好意，你们有勇气助我去读书，那总是可感激的。只是你向我说这事的结论，声色都太严重的，使我吃不住，堕在感慨的深渊里去。我非常伤心，那时桌上如有刀，我也许会自杀了吧！我抱着灰心的态度，睡在床上，一夜失眠，你们猜我这样那样，实际都不是主因。我自己知道却是为了一面要求知识，一面不忍和你别离，两种情欲的斗争，害得我要发狂了。芷英在旁边说，我一走，担子放在她肩上，她的牺牲却是为了我，她的话使我脑里却起无数纠缠，怎样也掀不开了。任之！痛苦永远咬住我的心，我想起你买来的尖利的刀，却好割断我的烦丝！你愿意吗？

真奇怪，每封信上都闪着雪亮的刀，我怎么常提起刀呢？其实他们不来杀我，我也不会杀他们，何苦那样傻气呢。有时把自己显得非常凶狠似的。其实我进了医院，看见伤兵的残废情形，再看看医生们的刀剪，便心跳肉跳了。我是一软弱的人，却偏要说硬话，这正是不会蓄精养锐的缘故。母亲以前常说我，她说："什么都从你的口里冒光了，肚子里永也不会存蓄货，你的聪明也是浮在面上的，空给人以可怕的情绪，原来是一条脆弱的稻草！"

我今天才知道母亲骂得很对。

三月十日

坐在屋里总感着无聊，贞一近来身体不好，常是睡着不起来，我好像更寂寞了，有时去看阿顺烧菜，帮他添把火，浇些酱油。阿顺也是一个古怪人，他看见我一下去，便要赶着我上楼。他说：

"你还是去楼上休息休息罢！这几样菜，我还烧得来，你来帮忙，倒弄得手忙脚乱起来！……"

我丢下菜刀，便奔上楼来，心里想阿顺也多嘴起来了，更没有地方去了。

我没有事做，便只好在过去的事迹上去寻思了，又打开贴信的簿子，看着信：

任之弟：你的牢骚发起来，总没有完，我也无法安慰你。芷英的宗教迷信，日深一日，并有些使我烦恼。当然你不会受她的影响，然而我总希望你能影响她脱离那狭笼式的信仰。不要站在你我对面的地上做可怕的迷信者才好。我听见芷英说："我本来极愿意跟你们走一条路，但不知在什么时候，我忽然又决定，要和你们走相反的路。"我想不出，她何以要反对我们？若说是为了三角恋爱的缘故，那也犯不着走反动的路的。

我是再不敢向她开口了，或者她又要以为我是为了你，要去牺牲她！我希望你一个人去开导她，也许使她不致误会！我祝福你！

我看着这些过去的人，使自己整个的灵魂又陷入过去的生活中，芷英虽然和我与任之同居，但她的头脑极旧，一方面很怕人家知道，她在教会里一般老处女面前，天天攻击一般谈恋爱的人，诸事都畏惧着。回家来，她便处处都争着是任之的爱人，却不肯明白表示和任之同居。因为这样，我表面上也只好和任之疏远了，但任之也许在那里怨我不会表示爱，这真是一件隐痛事啊！

三月十二日

我照着镜子，看了贞一替我剪的头发，觉得自己颇像一个青春的男孩子，我想就算做任之的阿弟罢。这样的发式，在平时我不会欢喜，但现在却合我的心意，因为我的性情，在最近确有些男性化，觉得在现在的时代之下，女性的一切柔和都失了效用，还是男性化好。

我假如真的做了任之的阿弟，也许真的使我成功一个好帮手，对于任之。我希望任之不要以爱人的态度对我，我也要以兄弟的态度去待他。

我翻开一本艺术论，掉出一页词来了，我轻轻地念着：

> 早抽条，迟作絮！不见花开，只见花飞处！绕砌萦帘刚欲住，打个盘旋，又被风抉去！野塘村，芳草渡，离却枝头总是伤心路！愿趁残春春不顾，葬尔空池恨结萍无数！

这虽然是咏“絮”的一首好词，读了之后，也不觉感慨系之。贞一听见我读词，她便沉默无主。

任之来说外面的消息更紧了，报上也登出通缉令来了。他劝我们躲开上海，住到内地去。我不愿意那样麻烦。我们说我们是没有罪的人，是社会上的好公民，但是已经被他们疑心了，这有什么办法呢？最好是让我们去讲清楚，我们没有事了，他们也好放心了。

任之生气的说：“你真是傻瓜，你把社会总是想象得像一个乐园。你要晓得你们真的教他们捉住，是没有那样容易放你们出来，也没有那样容易让你们讲清楚的。”

三月十五日

我从前晚逃到杭州来了。原因是贞一到南京路买物被捕。她的消息现在一点不知道，死活也只好随恶魔们的意了，我现在住在清波门外的一个朋友的家中，整天吃饭睡觉，躲在房中，一步也不出门，就像一条猪似的。

我想，要是心里不担心事，我应该长胖了。可是，梦里也是害怕恶魔的毒手，这真是如何是好呢？

三月十六日

什么也记不出，我想，我的日记，该搁笔了。……

四月二十日

整整一个多月没有记日记了。任之从上海来看我两次。可怜的贞一大约是不在人间了。据任之说，她捕去之后，当地的军警当局，因为勒令她承认共产党，曾将她的衣服裤子统统脱去，赤裸裸地毒打，打得死去活来，大小便也打出来了，她终是不肯承认。她始终倔强，一句乞怜的话也不说。那些恶魔打了之后，还用电线把她的乳头通起电来，使她受尽万般苦恼。这样的受苦，还不如死了好吧。所以她以后的消息，也就不知道了。

我一想起贞一就要哭。几次梦见贞一浑身是伤，赤裸裸地站在我的面前，我便从梦中哭醒了。任之总劝我逃往日本去。芷英是一封信也没有，他们俩如今是甜蜜蜜的一对了。我想，从爱情的队伍里除出我这个多余者，也是很悲惨的快事吧。我应该为他们祝福。

四月二十四日

此地的风声也渐渐紧起来。我的朋友每天捏着一把汗。真不能再住下去了。我把自己的从前留下的几件金器，统统叫人去当了，一共得四百五十元。我想在三四日后夜车化装回到上海，搭五月二日的船到日本去。今天我写信告诉任之。唉，我真爱他，也有点恨他，他如今是芷英的了。我只怕芷英这妖精的过度性欲，会把任之害了。我将如何是好呢？

四月二十六日

我想，到日本去后，我将每天记日记，用情书的体裁，好像天天同任之谈话一样的。我的爱！我真不知道怎样我对于任之的痴情。我想到芷英的肥胖的肉就要哭。

四月二十九日

明天到上海去，我用尽种种法子，宁静我的心。我希望我的心能够平静下去，平静，平静，平静。……

四月三十日

在深夜到上海，住在虹口的一个日本旅馆。是同任之约好的，任之来会。他在我的身旁睡着。芷英未来。

五月三日

爱！今天下午四点钟长崎丸已靠长崎。王奇约我上岸去玩，我因为船上买不到明信片，急于要上去写寄，偏偏看见那牌上写着只停一点钟，五点钟就要开船的。于是我急得心跳，我急得几乎在路上跌交。到了岸上，王奇向我说："你已经到了外国的地土了。"

我又想起你们来了，不知你现在怎样？芷英同你住在一块么？我总有点不放心！

钊英说："真的到了！"

她的声音也有些抖了，她自然也想起她的家属来了。

我不愿意大家沉闷，我说："这是第一只脚踏着异国的土地。"我笑了，王奇和钊英也一边笑着，一边说话，这样走了许多路，因为怕来不及，看见公园也没有停留。只买了几张明信片和些水果，心里怕船开走了，回来的脚步像飞的跑，走过冰室，钊英一定要吃，大家便随她走进去，但是冰摆在桌上是一大杯，今天觉得冰盛得太满了，我们像牛饮一般的吃了三分之一，还是站起来跑了。回到船上，看见牌上的钟点又改迟了一点钟了。我们只是好笑，在甲板上来回的喘气。夜间我们坐在甲板上谈笑，望着黑的周围，望着昏暗的月色，真是空虚呵！爱！你是离开我太远了，你的身旁或者仍是温暖，仍旧安眠在爱人的怀中，可是我呢？爱呀！我不能想，我恐怕我的泪光，会引起大家的悲哀，会使大家都空虚的想到家乡故国。

船是在进行了，船头撞着水声，没有浪，可是潺潺的水声，幽静的声调，她们听了都要睡下来了，爱！我是更想你了，我在这样海天的中途，我只有更想你了。

爱！我祝福你平静，甜蜜的做梦，我在梦里去等待你罢！

五月四日

爱！今天上午十一点钟到了王奇的家中，我十分性急的想赶到东京，现在确是到了，但为了王奇要带行李，只好跟他先到他的家里，从车站到他家里，有一段路，小石子东一堆，西一堆地极不平坦，早上没有吃饭，我一点力气也没有，走得气都回不上来，害得王奇一路上等待我，真是难为情呀！

他的房子前后都有小花园，种了许多杂花，据说是他自己种的。在这里第一次吃到中国炒蛋的滋味。饭后他送我到女生宿舍。

我坐在舍监房里等行李，倦得想睡，但是没有行李，我自己不会去取，舍监老婆子又迟迟不叫人去取，我耐着性子坐在那里，心里只冒火，但面子上仍是静得很，爱！这时我想起你来了，我一静下来，或是一遇到不如意的时候，便会想到你，爱！你也这样么？

今晚和钊英睡在一张床上，因为我的行李还没有拿来，讨厌的舍监，我想，我住在这里一定要和她作对了。

她真是太认真了，对于学生的事，她叫我坐着呆等，一直等到夜间，还没被睡，幸而不是冬天，我还可以同人盖一张被。

虽然疲倦，还是想到你，想起来写信，然而借谁的桌子写呢？这里都是生人，而且这样晚，她们都不愿意开灯罢，我不敢使人讨厌了，爱！明天一早必写信给你了。

五月五日

爱！今天急于要寄出一封信给你，偏偏写好送去又值邮局关了门。因为不懂话，又不敢多问。叫人送去又不愿意，只好明天寄了。

我想明天可去读日文，随意把带来的书，翻了一阵，也不知读哪一本好。对面宿舍有位李女士名字叫李声也是初读，她要我和她同读，说是学费上可以省一点。我不敢答应她，因为怕读得太浅了，白费时间。

此间的下女キ——ヨテ样是新寡的，她有三个女孩子。说起她的丈夫来就哭！我为她难受。看了那吃乳的孩子哭得厉害了，我就不敢叫她做事了。

爱！我将你的小照安放在被隔上，我就睡在你旁边，这样，我们好像仍是睡在一个房里，早晚却不会冷静了。

她们忽然将宿舍里一件情死的事告诉我，害我今天一个下午神思不安宁，据说就是在《新女性》上发表的那位罗女士。她以前住在我的间壁，被杀在会客室里。她们把那死者神情形容得活现，我听了不禁打寒颤。

爱！这里还有一位朱女士，是江西人，说得一口好北京话，仪容温雅，眉目清秀，我不知怎的，总想和她说话。但又不敢讨她的厌，听说她明天要到神户去了，我更有点着急，更想和她说话了。

早上有点地震，脸盆里的水只摇动。

五月七日

爱！我去读过日语了。老先生对我们很不客气，他的眼睛很模糊，手也很粗糙，望了我们给他的书，把五元的票子当做一元。我笑着将票子指给他看，他也笑了。但是我不敢递给他，恐怕碰着他的手。

我今天用功的读了两点钟日语，看了《光与热》，这时检着书籍，觉得中国的书带的太少了，除了一本《光与热》，还有一本《俄国文学史略》和一些杂志。

昨天有一个人打电话来找我的，他说了许多话，我一点不懂得，后来我要他说中国话，他说："中国国语已忘记了。"于是全宿舍的人听了笑个不止。我想，我恐怕将来亦像他一样的忘了中国文字呢！爱！请你多寄些中国书籍来罢。

爱！我想起你那小房子里是如何的堆满了书籍，这种印象，使我更用功读书了。我读的书，生字太多了。一个个的单字，记得我的头脑都昏了，爱，我睡在你旁边！你的照相正望着我。

五月十日

爱！我最近神经上的确有点异常，不知为什么？时常怕听人谈起这宿舍情杀的事，我发见了好几次，我个人不愿在黑暗中行走，独自在深夜中起来。如果永远这样胆小下去，我将没有做事的勇气了。爱！我抬头望见你，好像你是永远坐在旁边陪伴我的，胆子也就大点了。同时我想起我们的三角恋爱，我更胆大了，我将永远孤独，我又何所畏呢！

我去问了李声，她在早稻田旁边美术学校读书，才知道川端研究所是没有教授的。我仍旧是免不掉失望，我知道读书求学都是不能性急的，但是我那能像一班有钱人一样放心等待呢！

"什么时候可以考进美术学校？"这是一般朋友走过我面前时，每日要问我的。我的回答是："不知道。"口里虽然这样说，心里就十分着急了。我并不是想骗一张"毛纸贴儿"去骄人。我很怕在研究所里糊涂地过去。

今晚我跑到街上去散步，因为我很爱着这里的商情，不似中国的商人那样欺诈。在书店看见新出版物，有支那青年，运动，……和《武汉与南京问题》等广告，我脸上一阵阵地发热，说不出是佩服他们，还是觉得惭愧。

爱！这宿舍里真是不能读书，终日只闻见些油气，听些大声怪叫的调子，我的脑子都刺痛了。我如果钱富裕，也希望搬在外面去借贷家。

我每天都要读日文，一方面到研究所去画画，来往的跑，为了省钱，要慢慢地去找劳动食堂吃饭，也费了许多时间，到了夜里真是眼睛也睁不开了，只是想睡了。

照这种情形，我只好少做别的事情，即书籍也少看些了，希望先把日文学好。

有人说太平洋画很好，我想暂时试试看。

九月十日

整整的有几个月不写日记了。爱呀！我接到国内的信也极少，想来你们也正忙着生活，但是连一点消息也不给我，使我怎样的不安呀！住在举目无亲的异国，天天拉着几个会说会笑的朋友谈些解闷的话，心里仍旧是空虚，热闹的笑语一过，便到处都感到无聊了。

宿舍里的厨子是山西人，今天因为是国俗的中秋节，晚饭特别丰富，每人有四对虾拌黄瓜，饺子管饱。陈琼说是每人吃七只，我一面吃着，觉得太少了。后来厨子来添，方敢放胆吃去，我不知道吃了多少，只觉得到了此地是第一次吃饱了，饭后我同陈琼散步到一个不知名的地方，在很高的地方望见了月亮，我不禁起了一点乡思，不知道你们在国内，是如何消遣的?

今天早上听见炮声，后来听说是日皇后生了女儿。晚上商店都挂起庆祝的灯笼，那些灯笼一点不美观，好像我们北方的小馆店门前的招牌。

九月十一日

爱！我今天很想写信给你，但屋内来了一堆人，她们不肯走，把我的情绪全赶走了。

我同兰君到上野公园去看了石井柏亭他们的画展；最使我忘不了的，是汤线一郎的回顾陈列，其次是清水登之，东乡青儿，黑田重太郎等，他们的进步极快。我去年在上海虹口俱乐部见过他们的作品，觉得不如今年的展览。

我异常的着急，怕的是我在此地也不能作画，因为油绘用品太贵了。真的，如果不学画，恐怕不会这样经济窘迫呢？我有些灰心了，对于学画，看了画展回来，心里更浮躁了，想到街上去乱跑，想拉着人说不相干的话，想吃烟，想吃糖，想吃水果，爱，我今天真是烦闷，我怕会对不住你，将来回去仍旧是这样一个我！爱！我想不学画了，但是学什么呢？别的我既不喜欢，又无根底。经济是窘迫得很，也不愿意你知道！我每天只是减食，但一天也省不下多少钱来，油画的颜色是太贵了，我不知怎样好！

九月十二日

爱！我为了经济上的节省，今天搬了屋子，舍监总是板着脸子，她瞧不起我这穷学生，无钱买礼物去送给她，她老是不高兴的！

我和李声住了一间三铺半席的单人房，但是舍监她回答我们："要住就是一间双人的，不要便请出去！"她的生硬的口气，依了我感情，我一定搬出去了，为了不懂日语，为了日语不曾学好，还得暂时受她的气罢！

早来的旧学生可以随便换屋子，新生却须听她的支配，她叫我们住什么屋子，就不能说话，我奇怪为什么一样出钱，要受不同的待遇？我虽然寒酸却没有欠她的房钱，不过自己觉得苦一点，并没有求她减费。旧生却欠了厨子三百多元的饭钱，厨子也没有说一句话，真是强权占优胜了。我是处处都被人欺侮的，我是一个软弱的人。

爱！你给我力量，让我也强硬些吧！我的软弱在三角恋爱里，才显出来的，以前我确是强者！

九月十三日

爱！我很高兴！今天又移到一间六铺席的双人房去了，这屋子于我有两种满意的地方，第一是离开舍监室很远，会客室也离着远了一点，省得听那些大声小气的乱调。第二是这屋子较单间又省了一元房金。而且屋子大了，以后画画，还可以陈设模特儿。画好的画也有处粘贴了。

呵，今天是自己烧的面，两个人才吃了六十文的面。以后我们每天可以省去四五十钱了。我们想每天都自炊，但是舍监不能破例允许的，她们办事真太呆板，穷学生是什么优先权也享受不着的。

下午陈琼来说，她看见中国报纸上说，上海又在戒严，孙传芳又强硬起来，白崇禧部已退到上海。我听见这话，心里又熬煎起来了！她问我记念什么人？我说并不记念什么人，只是怕要回国了。

爱！我是记念你们呢？还是怕还国？这连我自己也说不明白，只觉得万念俱灰，无心读心罢了。幸而本日的功课已预备好了，不然是一塌糊涂的上不了课，我想不出方法来努力了，我的命运太乖张了，它时刻拿我玩弄！呵！

我不知道怎样才生活得下去呢！

九月十四日

爱！我不再多读日文了，因为我的胸部痛的厉害。依我的兴奋，我极不愿这样半休息的读书，但一想到你的辛苦，便不愿任性，使我将来竟没有达到目的的希望。我如果一病倒，不是累人么？我以后想多向绘画用功，室内写生是不大费力的。只是坐在被隔旁读日文，太费力一点，在国内坐在桌旁读书成了习惯，现在没有桌子用，真也不便当呵！

爱！我不能不向你说实话，今天胸部痛得真厉害，我想预备离开这世界了。好在你们都不在面前，我也看不见你们的眼泪。我睡着写了一封遗书，我想写好藏在身边，如果到了死时，便随便交给任何人！爱，我真不懂，到了极悲哀时，眼泪倒反没有了，我不会哭，只是静静地睡着，不愿听见人们的脚步，也不想李声快回来，我的心境和平日大两样了。

自从你告诉我，说我是一个悲哀人，我的眼泪更没有了。以前是非常善感的人，现在是变麻木了，身上稍微有点痛也不觉得，等痛得不能动时，才躺下来了。

爱，这房里真静，我希望静悄悄地死去！我真想不到现在更悲哀了，为了逃出生命，跑到异国来，仍旧想死了完事，自己也觉得羞愧！

贞一的消息一点也没有，有人说她已是阔太太了，有人连笑带骂说她不是东西！我听了都为她难受，她的事情只有我知道。

她如果真的做了阔太太，我也原谅她，她也许仍是一个女英雄。贞一！你是一个善感而有刚性的女子，你是多谋多智的女子，暂时脱身养着锐气罢，我希望你如此，我知道你的苦衷，你的策略！你决不会安分的守在奸人的身旁，那奸人害了我们多少的热血同志！

九月十五日

爱！今夜接到我父亲的来信，他答应我的要求，说：

“有我在世，无论如何不使你流落异邦！……”他又希望我早点回国，说他已是老年人了，像风中之烛，说不定风一来，便消灭了。

爱！我大哭了，我不该写信去激动他老人的心田，呵，他动了感情了，我真是悔恨。我四点钟便起来了，天上是闪着稀疏的星光，白灰的云际，树枝的闪动，都给了我无限的生意。我打算勤苦的熬过两年，带些成绩去见父亲，良心上也许安慰些了罢。爱！对于你也是这样。

九月十六日

爱！你们为什么没有信给我呢？你们真是太忙了，但是我希望你们给我一个字便好，不然我一天到晚浮在半空，毫无着落，也没有心思读书了。

今天兰君要我教她官话，她提起你的官话，使我很高兴，因为我有一个机会可以谈到你，因为只有她知道你，我可以常和她谈着你，除她之外，还有一位钊英，她说见过你，望着我被隔上的照相，说是很像你，我告诉她说那正是你时，她有点奇怪，她大概已经猜着我们的关系了罢。因为我不愿此地人们晓得我的历史，我便不多向她们谈起你了。但她们听见兰君说我在妇女联合会做过事，便有人特来访问我了，我真不愿理睬她们。我想，我此来是避开厄运的，是为求学而来的，并不想谈政治，也不想做什么运动，也不希望活动分子和我来往，所以我不愿见人，也不愿和她们多谈什么。她们看见我不多说话，便都退去了，这真是太妙了。

今天范刚来看我，谈了许多读日文的经验，我很感激她的指导。她说上野也有个美术学校，但我已不希望进什么美术学校，觉得在研究所画画亦很好。

晚上我们到白石山上去看了白神祭的热闹，我听不懂那些叫卖和把戏的喊声，只是眼前很撩乱。一路同去的有冯山的小女儿，她一路上教我日语，她的口齿很清楚，她也有如我一样的幸福，虽然也许有人为她叹息，她很爱惜她的青年寡母，时常为了寡母的叹息而流泪，她告诉我说，“父亲是年青人，脸像玉兰花那样白，我的鼻子真像父亲的。他不知为什么不要我们了，他去了好几年了，也不来看看我，他走的时候，我还不会画画呢！……”

她对我絮叨的说着，眼睛闪着亮光，天真的神气，真是可爱呀！可惜为了穷，她母亲也没有好滋养品给她吃，她的脸色有些黄瘦！

九月二十日

爱！你寄来的书，我已收到了。我送了兰君一本，她非常感谢，她说最欢喜读你做的书。我自己翻着一本，看了多时，心中是说不出的愉快和满足。回忆起我们共同在那间小屋里工作的兴味来了，更遥念着你的忙乱仍然继续无已，我愈想快把日文学好，亦可以帮助你一点。今天又跑了半天路，明天一定又要读日文了。

昨天又来了位崔芷，她是我的同乡，特来找我谈话，她说在同乡面前，不要提起党的问题，也不要提起政治问题。我说我对于那些问题已无兴味。不过她的诚意是很可感激的！爱！我很幸运，处处都遇着诚意的朋友！

天是有些凉了，我买一件男子穿的背心来，回来改造了一下，穿在衣服外面，同宿舍的人看见了，都问我是从什么地方买来的？她们又想学样了，我这种穷打算，她们也看了眼热！真是好笑呢？

同房的李声，今天不知为了什么板着脸，我想她一定心里烦恼，因为前几天说起没有接到家信了，她也是一个可怜人，她的父母全没有了，现在所谓家，便是哥嫂的家，她出来求学，据说也是为了家中闹问题跑出来的！

芷英也无信给我，她和我的感情，只怕一时极难恢复。因为在国内时，她常对我说："现在我对于你不过是一种责任而已。"我虽然知道她所说的责任，并不是什么了不起的责任，逢着我热情涌上时，我听了她的话，便觉得冤枉得要流泪了。我和芷英两人在思想上显然是分途，她谈到宗教的迷信和神秘时，便要和我辩论。她不仅是辩论，时时用刺来刺我，我便只有沉默起来。爱！我的悲哀，不仅为了失恋于你，而且亦失恋于她！我痛苦！我有说不出的痛苦，我怎样表现这悲哀呢？我想我也许永远闭住嘴过着一生！

九月二十二日

爱！我这几天又想你了。在国内时我那样烦闷，你也是一样地烦恼。你一着急，我的痛苦便又加上一层，我们都是天天在苦恼中打滚。我的性情本来是浮躁的，后来又必须闷居斗室，心里虽然求知欲很强烈，但那时的心境很坏，不耐闭门自修，生活上实在是冲突着的，心上也是冲突着，呵，我现在身在异国，冷静的观察当时的冲突，都是有些孩子气，但怪得谁呢？你要实验三角的人生，正是拉人下海，自己也投在海里了，爱！我仍旧怪你吗？我想也不能怪你，这种纠纷是永远说不清的，我不要再想它了，我为了这种痛苦，缠绵不断的痛苦，我决心离开你们，然而我仍旧想念你们！

现在也许仍旧有人说："我是为了责任的缘故！"爱！我对于这句

话是永远藏在心底了，我由种种试验中得到我的前路，以前还想要求你不要说，“这是我的责任！”我极不愿听见人们这样交代，我并不是一块皮，一堆浆糊，用不着谁来粘贴的，我的骄傲也是天成的，爱，请你记着。

总之我为你死是无怨的，但我不愿由你而致死我，死法是大不同的，虽然芷英常讥笑的说，“你死，任之也哭死了。”爱，那不能使我骄傲，以人家眼泪而骄傲的，还是她自己罢。

我永远是你的信徒，你爱我的影子，已被世间指定了，也许不会就消灭罢！我并不希望那种影子便定了我一生，不过由我去毁灭有什么效果呢？如果芷英她愿意将你我的经过，一切都毁灭了，我决不生气好了。

爱！我承认我是弱者，我承认我是感情的奴隶，对于你，不是怨，也不是恨，不知是什么罢了。爱！你为了芷英，你有时要偏护她，竟有些摧残我，说我倔强，说我能干，你竟吹毛求疵的指摘起来，这是你所深知，而故意使我为难的。爱！我已经离开你了，现在所苦的是不能不爱你，爱！你伤了我的心，而我却终于是你的俘虏！

九月二十三日

爱！我已有桌子了，范刚的旧桌子送给我了。我买了一块三角形的布，将毯子包在里面，放在一块硬板凳上，省了买什么椅子了。我很高兴，我可以安心读书了。

她们都笑我性急，她们说：“要入学校的话，非预备一年的日文不可。”我听了她们的话，更着急了。我决计还是自己多读日文罢，在学校也不见得多读什么书罢。

崔芷看见我没有椅子，又送一把椅子来了，她真会照顾我！

今天午后，我跑到白石山公园去，那公园是在山头，铺了几十块石板引出来的一条路，一直上去，周围有些大树，前面有几座破庙，中间有不满十丈方的一块石子地，两边有几张长凳，靠东边树下有几样儿童运动的跳板，还有一个细砂坑。有些小孩子正在细砂中搭玲珑石，他们用小手拿起一个球，从搭成的石孔中放进，那球便从下层的孔中滚出来了。我替他们速写，他们特意的唱歌跳舞起来！他们真是天神，我也活泼起来了。我坐在树下，用铅笔在石板上画着，孩子们都围拢来了。他们高兴，我也高兴！

九月二十七日

爱！雨是连绵的下起来，引的我这旅居的人，愁丝又乱得像一团散发。昨晚张荔之谈起离婚的事，发了一堆牢骚走了。今天李声接着朋友的信，又在这里发呆，你看！怎样可以读书呢？我不但不能读书，她们的神经病，也传染给我了，我不想做一点事，也不想到研究所去。

中餐的面没有烧透，李声一定要吃，我也只好陪她吃了，胃里又不舒服了。兰君买了一幅新画，我也想买一张小画，如果遇到好的。我所欢喜的画一共有廿张，每张都要四五块钱，我看着那些画只是发愁。因为我的钱只够买一张，如买一张回来挂在房里，明天便没有面吃了吧。崔芷在旁边说："等到夜里领你到夜市去看看，那里有旧的，每幅只要几角钱。"

我听了她的话，心里安慰了许多，希望到夜市去收罗几张解解馋。

兰君说明年她将从国内带一个下女来，希望和我同租一间屋子，我很感谢她的好意。不过我很怕和有钱的小姐同住，我是处处应当节俭的，有钱的小姐处处都要花钱，我要是一切都应酬起来，便不能在日本住下去了。

雨是下得更大了，心里想回到房里多读些书，但眼睛又倦得不能看了，唉！真是好像到日本是专来睡觉似的。

崔芷来说庚子赔款，我们也可以设法领取，我有些动念了。如果真的能够得到官费，你可以省力些，我亦可以安心了。

我还想从日本到南洋去，将来再从南洋到法国去，爱，我想做一个流浪人，永远不回家来了，如果你要会我，只要当我离开这个地方，你来送行一次便好了。

爱！我又哭过了，但想到哭坏了身体，那就糟了。我的身体便是我的资产，我又不敢哭了。

十月二日

爱！瑞之的房里，到处都挂着镜子，她可以左右顾盼自己的心影。我一进去便觉得东一片亮，西一片亮，眼睛闪耀起来了，她的屋子布置得很花色，陈设得像公主住的地方。她是一张白圆的面孔，可是有些麻子，所以她洗脸很费事，粉是涂得很厚，然而麻子仍然遮不住，看见生人，常把脸不敢抬高，有时东一闪西一闪，使人家看不准她的脸，我想真好笑！天生成的斑点，是不可磨灭的，那有什么怕丑呢。爱美的女子，脸上偏有些缺陷，正像我是一个爱好的人，偏是满身的缺陷，不能使我向爱好的路上走。人都有缺陷，人都有填不满的缺陷，正像那脂粉填不满麻子一样悲哀。

爱，我又想起我闷居时，我的思想真有些危险，时时陷入自私的危境去，当时不知怎的，总觉得自己比别人要紧，什么事都拿自己来比较，现在却不同了，我想一个人不能不与别人发生关系，既与别人发生关系，就随处都该为人设想。交际虽不是宜于静坐读书的人，但也不必特意去避免交际的机会吧！我以后也要节制自己的过分的孤独性了。究竟有什么事，要使我怕见人呢？我并没有犯罪，国内的官僚要通缉我，我何苦自己退让呢？老实说，我不为了生命，我也许不会跑到日本来的呀！爱！我总是这样想法！

十月三日

爱！我今天去参观日本美术学校画展，成绩不十分好，只有图案画的成绩还不错，雕刻我是外行，不敢多说什么。

兰君约我到李声家里去吃夜饭，看画片说笑话，一直到十点钟才回来，这是在东京第一遭回来这样晚，也是第一次在人家玩的纪念日！

李声从书箱里拿出匕首形的小刀子来，我看了那难看的式样，便有些寒颤了。

晚间我逛了夜市，我买了一个黄色的瓷盒，那种色彩我很欢喜，我买这盒子的初意，是为了储蓄白糖，我每天早餐都有一盘白糖，我总是不吃的，但是到了中餐，有时烧山芋，却要去买白糖，有时还得自己去买。今天买了这便宜又好看的盒子，我很高兴！

兰君买了一本画册，那上面都是些新印象派的画，正合她的口胃，她的画你是见过的，你批评她的话，我已经告诉她，她极反对，她说：

“我的画本来不好，是自己瞎涂的画，和国内那些大画家比一比，也许是现丑了。然而所谓大画家的画是怎样的呢？远看近看都不成东西！他们靠着政治手腕，靠着腿去跑，靠着嘴去说，靠着朋友去拉，把自己的地位抬高了，我是不会那一套，当然我的画也没有他们那样高贵！”

我听了她这一串话，觉得她把社会上的一种人情，描写得很好，但多少是有点牢骚的呀！

十月五日

爱！今天的中餐是自备的面包，限定了七十文的，没有吃饱，晚上崔芷来了，李声去叫了两样菜，我一共吃了三碗饭，后来又吃了一个半苹果，吃得又太饱了似的。

我在露台上看见隔壁的女子，她烧着旧箱子和旧纸，一蓬火焰，一缕黑烟，确是很好的画材。我想回来拿速写簿，又恐来不及了，谁知看了许多时间，她和一堆火焰，全没有动地步，我有些后悔，把一个好画材错过了。这便是因循误事的好口实！

崔芷的素描画的不错，她替我画了一张像，我画了一个李声，我画的东西近来觉得有些进步，不过崔芷总说我的笔触到处都带着神经质，我觉得她说得太过分了。爱！我常没有法子使我的感情调和，那是真的，神经质决不会表现在画面上吧！

十月七日

爱！兰生来信说见过你两次了，她告诉我，你的脸长胖了，精神亦好，但我却有点疑心，我想她故意这样写的罢，她是爱我的人，她常想找些好消息来安慰我，她知道我最关心你，也许竟造些假话来使我安心呢？

兰生是一个有勇气的女子，她开了一爿店，只是做外国人的生意，她从北平买些景泰蓝的花瓶来，在上海当古董卖。暑假时便带些手工做的用品，到庐山，或是莫干山去卖，赚外国人的钱。她好像一个商人，但也有些才气，诗词也都来一手。爱！她说不久寄点学费来给我，我想写信去回绝她，我年来受人帮助的太多了，你和我父亲是大帮忙的，然而小帮忙的亦真不少。我一到夜里，便想将来不知怎样报酬你们呢？我好像一个乞丐，谁的布施都受吗？我想着真难受，如果可以在国内，找点小事糊口，还有办法罢！现在是一天没有人的布施，便会饿死在异邦！

昨天哥哥寄钱来了，他劝我早点回国，而且反对我学画，他说绘画是消遣品，不合于现代经济制度，能够找些事做来糊口是实际的办法，爱！我为经济制度，实在也想丢掉画了，但是国内不能容纳我，可又怎么办呢？

十月十二日

爱！宿舍里有一半生肺病的人，这几天都闹起伤风咳嗽来，我劝她们洗热水澡，她们说日本人最反对伤风时洗澡。我劝她们时常到公园去散步，她们说公园里的蚊子多。日本人反对伤风时洗澡，她们却信仰着，日本人不怕公园的蚊子，她们却不肯学样子。这大约是“择其善而从之”的办法罢。

赵姊到了日本，便没有信给我，等我到了日本，也打听不出她的消息，昨天到医院去看朋友，在无意之中却遇到赵姊了，她黄瘦得很，脸上的皮都皱起了，我不敢认她，她老远地跑过来喊我，我方决定是她了。她说在医院已经好几个月了。她在这里养病，她养什么病呢？在国内时她是身体很强健的。

爱！说来话长，我一提到她的爱人她便哭泣着，我便难受着不敢向下问了。她说：“妹妹，我们能够会面总算幸事呀！”

“我一到日本便到处找你，但你的住址我不知道！”

“唉！我到了日本，便什么希望都灭绝了，什么也不想，什么都不要了。”她说着一串清泪滴下来了。

爱！我也哭了，她为什么失望呢？她的情形也许和我相仿佛罢！我想起你来了。

“赵姊！你的爱人不来看你吗？”我问她。

“我是一个孤鸟了，在日本谁也不认得，也没一个人来看我，我孤独的在此地住了许多日子，天天只有看护在我的床前服侍我，前一个月还睡在床上不能动，常想若是有一个亲近的人，或是一个好朋友，能够陪伴我说笑几句，那是多么幸福呵！这几天腿能走了，倚着栏杆望着草坪，望着远处的青天，飞着几对比翼的小鸟，自己便空虚得要跌倒了！妹妹！你来的正好！”她热烈握住我的手，恳切的这样说。

一个穿白衣衫的看护走过来，她是中国学生，大约是来实习的，手里夹着书，我向她问：“小姐！你知道这个病人的病，现在不要紧了么？”我指着赵姊。

“我不很清楚，不过我晓得她是从海边救出来的，她的头脚都受伤了，听医生说她的脑神经有点小损伤，能够静养也许会复原。然而她是一个失恋的人，时常悲哭，恐怕一时不能出院呢？”她说着带着一些同情的颜色走开了。

爱！证明了，她一定是失恋的了，跳过海被人救起的，头也受伤了，脚也受伤了。爱！一个人为了爱情，弄得一身鳞伤，那算得什么呢？爱人站在旁边，也许会笑她是痴情女子，是一个无用的懦夫罢了。

爱！我想劝她，也正是想劝自己。我希望她把什么都一脚踢开算了。自杀究竟是不值得的罢？人家不爱我就算了，世界上的男子都是色鬼，有什么真爱情呢？你说对么？

爱！你是例外的人，我仍旧爱你！

十月十五日

爱！在画室里，一点旁的事都不会想起，只是脚立酸了。抽木先生说我的画轮廓很正确，我很欢喜他的批评！今天的午餐是买的鸡蛋饼上裁下来的边皮，吃这种东西很便宜，每餐只要五十文就够了。

十月十六日

爱！我今天又去看过赵姊，她比前几天好一点了。但是回来以后，我感着异常的凄凉，觉得屋子太单调了，也太暗淡太凄清似的。爱！我恐怕又要病了！

十月二十日

爱！教我日文的老头子，真有一点神经病，他不肯好好地教书，在上课时他忽然作起诗来了，并且还要把诗送给我，真是讨厌极了。我想以后到了钟点，我也不走了，硬要他多教些会话，这样才可以补转我的时间，不然太不合算了。

今天有人来问我，预备在日本住几年？我说有钱便多住几年，没钱就回国了。你看，我的回答怎样？

十月二十一日

爱！研究所里的石膏部主任高桥虎之助问我从前在什么地方学画的，我说在中国美专学校，是说的日本话，那女干事用奇异的眼光瞧着我，说："呵，你的画已很好了。"她当然说的日本语，我不大懂得，看她的神气，好像是这意思。我近来已学会几句日语，朋友们都说我太性急了，已经学会日语了。爱！难道到日本来生病吃饭的么？她们不是在游戏场，便是在屋子里发呆，我想那样混日子，究竟有点对不住自己呢？

日本的中学生小学生，在马路上，在电车上都拿着书看，劳工们休息时，也拿着书看，他们对于时间是太经济太会利用了。然而我们的同学们却想在外国享福！

十月二十二日

爱，天下雨，我七时才起来，在洗脸的地方，听见厨子在那里发牢骚，他说："这些中国留学生，天下雨了，便不起来想懒学，难怪日本强起来，中国一天天地弱下去。还讲革命呢，我看先将自己革命罢！"

我很难为情，其实我在宿舍里要算起早的了，大约他不是对我发牢骚罢！

我洗了一堆衣服，一边煮粥，食饱了便出去买木炭。

同房的李声今天要到西京去了，我忽然发呆，觉得她去了我一个人便像尼姑住在庙里，又将寂寞得像掉在水里了。

我送李声走后，在路上遇到一个日本孩子，只有七岁，她跟我走了许多路，她问我住在哪里？并且把她自己的住址告诉我。可惜我不能和她多说话，感着一种惭愧。

她一直送我到门口，她走了说着告别的话，她长得很美丽，圆圆的脸孔，穿着西式的衣服。

爱，小孩对我很好，我觉得她的灵魂可爱，愿意接近她。她再来时，我一定和她多说话，练习日语。

十月二十四日

爱！川候里见来领去参观帝展（第八次），出品很丰富，共有十二室洋画，我所欢喜的画竟不多，我觉得他们的画只是技能纯熟些，变化却少，偶然有几张新派的画，却不见得自然。雕刻比较二科画展多而且好。

川候里见和我很熟，看过画，她请我去吃茶，她说有空要领我去逛银座。我的画，她也不客气的替我改了很多，她的日语，在我听着很好懂，我希望以后和她多来往。

爱！帝展有一张《三人之国》，我很欢喜。它的光线和物体质地上的研究，给我些益处。还有中泽宏光等几位老画家，他们的画题都是含哲理的，色彩是灰暗的，确是表现着老气横秋，我自己也有这种毛病。

顺路去看环英，她一看见我，便飞的跑来说：

“呵，原来是你呵！我听说有一个女子逃到日本来的，却不知道就是你呢！”她仍旧那样胖，那样爱笑爱跳，但是我一听这个逃字，心里便有些不舒服。

环英问我关于政治思想的话，全给我打断了，但她一心一意的要打听我的事，我只好在半睡的状态里听着她。

在归途中买了一个埃及图案的罐子，虽然钱袋里的钱是有限的了。爱！我太枯燥了，假如没有一些玩物来滋润我的灵魂！

十月二十六日

爱！现在我是无论如何都不会快乐的了。在我们中间，我发现了有什么东西隔离着我们的心，那是什么？那是什么东西呢？我绝对不明了呀！

我想有许多话要向你解释，但是现在我不能跑到你的面前来。爱！我一天不向你解释，便一天不能安心。我愿意有勇气杀出一条生路来，不然就引导我们的爱情走到毁灭的路上去。为了恋爱而受无数痛苦，我是甘心愿意的。

要活，应该寻求的是幸福！要死，那么在未死之前，把应该做的事情做完了赶快去死，用得着留恋么？要死，我们一起死罢！

爱！我的魂灵是洁白的，我爱你的一番苦心，上帝会明白，我为了爱你而痛苦死了，上帝也会明白，我是个恋爱的牺牲者，我的爱火是不灭的，我的精神是不死的，虽然我像基督一样的是个殉教的不幸者！

我变成愚笨了，没有思索，没有感情了，再也振不起精神来工作，我不是懒，不是灰心，我自己也不明白是怎样的了！

十月二十七日

爱！人们久别，感情会冷淡么？我恐怕你会如此呢！今天接到你一封短信，短得连称呼，日期一起在内只有一百三十几个字，短得一个人在一点钟里，来得及写十倍二十倍长的信，请你想想，这种信多么使我绝望呀！……

我想起我们在一起时的情状，我要背人哭泣了！想起我们的别离，想起我的痛苦，我是异常的悲哀，然而我却没有泪了，爱！我没有诉苦的地方，除了你，我是不愿意在别人面前滴一点眼泪的，就像除了你的跟前，别人要杀我的头也不肯跪下去的呀！

十月二十八日

爱！我整天的悲哀着，从房里走到会客室去，走了十次，我像寻求着什么似的，我像失掉了一件宝贝。爱！我没有一刻坐定了的，我的心一刻也不安宁，我想忘了你，使我自己快乐一回，但是，爱！我那里能够！……

十月二十九日

爱！我也许要病了，心里太不痛快了，我不能哭，也不能笑！想避开一切的人！爱呀！我为什么这样寂寞，这样悲哀呢！……

十一月一日

爱，我这几天心里更乱了，好久不接到你的信，今天看报知道国内政治分裂的现象，我又不知怎样处置自己了。预备入学校，但钱没有多少，还谈什么学校？眼望别人都决定明春的考试，我老等待着，有什么益处呢！想回国，又不知怎样可以回国？

兰君晓得我又在烦恼，她一定拉我去逛银座。路是两人都不认得的，也不敢问人，因为你说过，那地方有流氓。后来居然摸到了，还参观明治天皇的衣服和手迹的展览会。爱，我在日本也会找路了。

十一月十一日

爱，兰君今天要回国了，她说："你不回家么？"她这样一问，我几乎掉下泪来。爱，我回国来，教我在什么地方住呢？回自己的家看见老父亲，便不能再出来，和你住罢，芷英便要生气，爱，我是无家可归的人呀。

兰君说，如果我能回国，便和她住一起，但一想到我的身子是不自由的，也不敢答应她。为了不舍得兰君，请了半天假陪着她。我们坐在火钵旁，谈话煮菠菜，我的食量今天大减，不想吃什么。很想到街上去买些东西送你，想到袋里只有一个月的饭钱，便又发呆了。

十一月十五日

爱！我牙齿痛得不能睡，脸上肿得很高，我今天只好睡着了，思想又起伏不定，又重温了旧梦，心中便悲酸着，看看我周围的画册书本，觉得只有这些东西和我同食同息，是太寂寞了罢。

谢谢你寄来的棉袍，棉袍送进来，我便好像见了亲人似地又快乐又流泪。我把棉袍穿上了，我一伸手在袋里摸出两块小手巾，我更欢喜的说不出话来，爱！你真想的周到，我正缺少这东西呢！

脸嘴虽然肿得很高，心里却很快乐。

崔芷撞进房来，我正在微笑，她说："你不痛么？"

"不痛了。"我仍是微笑。

"真奇怪！吃了什么药了？"

"没有吃药。"我说更好笑了。

崔芷看见我身上的棉袍，她疯了似的笑起来了，说："呵！谁寄来的呀？怪不得你今天这样高兴！牙也不痛了，俗话说'心病得心药医！'真不错呢！"

十一月十七日

爱！我有几个牙齿坏了，早上出了些脓血，她们说非瞧医生不可了。但我想在国内看牙医是很贵的，每次都要三四块钱，如果镶牙便更贵了，非百几十元。我的袋里只有看一次牙的钱了，如果全拿去用了，明天吃什么呢？父亲答应寄钱来，但是还没有寄到。这样想着就很为难了。

中饭吃的是菠菜，面包，是自己烧的，晚上觉得牙更痛了。爱！我若是这时死了，静静的屋子看着我，明天她们一定奇怪的各人失色了，也许有人怜恤我，也许有人讥笑我，她们也许把我火葬了，一坛清灰，欲待何时，你才收回呢？

爱，人到贫病交加时，志气便短了，只希望悄悄的神鬼来伴住我是好的。不然我是没有法想了。

十一月十九日

爱！断粮的日子快到了，袋里还有两块大洋零几角钱，如果买一瓶止痛水，便什么也没有了，明天只有睡在床上不要起来。

爱！你的薪水是有限的，买书吃饭刚够，我真不好意思向你开口，我天天希望的是父亲的钱，能够明天寄到，我便好去看看牙了。牙齿痛起来心焦急得很！

十一月二十日

爱！我陷在寂寞的深渊里，我整天地不动声色的坐在铺上，心想今天大约有信来了罢！只是等下女送信来，火钵还冷着，也希望下女来生些火，然而今天左等她不来，右等她亦不来，人到穷的时候，便什么人也瞧不起了。我静静把头落在枕儿上，又回忆起我的伤痕来了，我常说已往的好比死了，想着多增烦闷，但脑子里却常是想起那些伤感的事，心上一下下的刺痛着。

窗格上射着淡黄的光，外面一只忠实的猎狗，吠得一片杂乱声，爱！我确是病了，听见这种声音，便抖索着心都飞起了。地上的一个小画架上摆着未完的工作，屋角里堆着一堆未洗的衣服，爱！这样杂乱而污秽的堆满屋子，我是更心焦了。

看见枕边摆的小说，也无心去看了，看了那个题目是《别泪》，引起自己的悲哀，眼泪不由的流下来了。

十一月二十二日

爱！今天下午，我正躺在床上难过，忽然下女说是有个女子找我，是前星期从中国来的，我叫下女让她进来，仔细一看，却是贞一！天呀！我真要疯了！我心里又悲又喜，有话也不知道从何说起！我们俩相抱着哭了。

"我跟着东海逃到日本来的！"贞一一边流泪一边大声的说。东海是什么人呢？爱！我想起来了，他便是追求贞一的人，贞一怕他的猥鄙的性格，常是以"敬鬼神而远之"的态度去对待他，他气极了！他便在众人之前声言要枪毙佩侯！现在佩侯在他手下死了，贞一也成了俘虏了！

十一月二十四日

爱！我是病的更厉害了，手脚冰一般冷，胸部却烧热着，脸上仍旧肿了。我睡在铺上等待死神来招呼，但也等得心焦了。

贞一今天又来看我了，她一只手摸着我的额头，她惊得叫起来了，我说怎样？我已经是无用的人了吗？她只是摇头说不出话来，眼泪又那样容易流下来。我看着她的神情，自己却一点泪也没有了，我说："贞一，我如果真的就这样和上帝见面了，那就救出我了。你看！天地虽大，哪一片土可以使我站住脚呢？"

"你有你的力量，在那一片土上都站得住呀！你是有革命性的女子，怎么今天也说起颓唐的话来了？……"

贞一是有志气的女郎，她是一个刚强的女人，她虽然告诉我，她现在已做了军人东海的俘虏。她还是有一天要报复的。她说："假如有一天，想起复仇来，便拿东海自己的手枪打死他，他现在也好像在我的掌握中。"

爱！贞一虽然从大波浪里卷过来的，心身受的创伤也许比我大的多，我是对于什么都厌倦了，但是贞一仍是那样英气勃勃，就这点看起来，我已是无用的人了，今天死了也好，明天死了也好！

十一月二十五日

爱！屋里有一股臭气，下女亦不来替我收拾，我硬撑着起来，但是头晕得几乎跌倒，脚也软得站不住，这样真不能算人了罢，桌上灰尘也披满了，只有昨天贞一拿来的一束蔷薇艳得很，这几天怎么还有蔷薇呢？蔷薇到了冬天，不是该萎靡的憔悴的死了么？

爱！我是一朵憔悴的蔷薇，颜色是赭色，是死色的了，浑身有雨打风刮的痕迹，一双手便像是枯柴，也像一片梧桐叶，那艳满的肌肉，为虫类的嘴吃的省下几根茎了。呵！爱！我是一个丑鸭，在世上只能烘托美的生命，但是自己的生命已经完了。

爱！我是天天在赞颂死之歌，周围的颜色使我想着死是乐的，是美的。但贞一又来看我了，她一定要我进医院，而且说她已经在医院里定了房间，房钱也付了十天。

爱！我流泪了，我的感情又软弱了！我感谢一切人给我的恩惠，我不知怎样在一切人们之前，赎回我自己，我不知道怎样在一切人们之前，忏悔我自己！

爱呀！为了贞一的热心，我只好随着她进医院去了。

房里乱堆着的书籍画板，仍旧死了似的在那里等待着，不知道它们等待着什么？

十一月二十六日

爱！我好像已经死了，看着四周的白色，这种凄清的颜色，使我想到我死后，也许有人会为我挂一条白布。爱！

我想着想着，便好像听见你的哭声了，我也微弱的哭了。

爱！我的热度又高了许多，今天头上放着冰袋，看护来嘱咐了好几回，教我静静地睡着，不要想家，不要想不快乐的事，也不教我写字，要把笔和日记本一概都拿走，爱！我又哭了，我哀求她不要干涉我！她笑着说：

“你的病静静地养着，将来好了可以多写，现在病着写什么呢？”她那种恳挚的态度，又使我感激了。

十一月二十八日

爱！我一点不想睡，看护来量热度，把她吓了一跳，说我热度太高了，她急急的去叫医生了。

爱！也许今天，我的日记本要被她们拿走了，爱！我到什么时候，才可以拿回写呢？爱！我希望看见你的信！

爱！天上飞过一个鸟，我希望它给我带一封无字信来，只要是给我的。爱！你不想我了吗？怎么这样长久都没有一个字寄来呢！贞一昨天要写信给你，我阻止了。为了要使你心境像水一样平静，我是不想拿什么悲惨的消息来打动你了。爱！再会。

十一月二十九日

爱！贞一一早上就来了。她的眼睛是哭肿了，我问她为什么又伤心？她更哭的厉害！爱！我想不到她今天在我面前会这样哭，她为什么眼泪有这样多呢？我是一滴眼泪也没有了，想想世界上的东西都是美丽的，都是值得留恋的，如果，我不会病死，爱！我仍旧要回到你的怀里来，过着可爱的春天呀！……

十二月二日

爱！我想起来，我说我好了，但医生和看护不让我自由，他们把冰袋一个两个的压着我的胸，爱！我气闷死了，我想把冰袋推下去，偷偷地起来，好好地写一封信给你！医生嘱咐着看护，说夜里不要断人，好好的看着我。

爱！我今天神气太好了，我心里有一腔热气，好像酒后的醉意，这真可爱呀！……

想明天一定可以写封长信了。

十二月四日

爱！贞一又哭着进来了，她真是会流泪！……爱，愿意能够见你，在你的梦里！……

贞一手记

上面的日记，是S姊手记的，直记到她的最后一天为止。S姊是死在病院，她的尸身，第二日便抬到火葬场焚化了。我把这许多日记留着，并且想，S姊的确是一个痴子，她痴恋着任之的，因名曰《痴恋日记》的。

给璐子的信

第一封信

亲爱的璐子：

在那天，环龙路上，无意中看见你，在我，是很高兴的。虽然你的身旁携着手的是活泼勇敢的青年人，不是陈先生。我早就奇怪，陈先生哪里去了？

亲爱的璐子，你是一个勇敢的女子，在革命的潮流中，你的确做过秘密的工作，这是我最近才知道的。陈芳到过江西，据说又回到绍兴去了。最近是被他的父亲幽禁在家中。呵，璐子，别来不到两年，在我们和我们的国家中间，已经生了如此许多变化。我的头发白了好多根，我的脸上的皱纹也增加了许多了。而我们的老大的中国，现在正在水深火热中，受着悲惨的炮火的洗礼！呀，璐子，我们还谈什么恋爱？

你从前说过，我是一个没有胆子的人，只能弄弄文学，旁的什么也不会。是呀，璐子，我的确什么也不会。

但我的思想改变了，我好像一个小孩子，什么也要试试看。你叫我走哪条路？向左边走？向右边走？前些日子，在一个茶话会中，我听见一个小胡子的文人，在大着喉咙讲演。他说，“我们应该向前走！”有人问他，“前面是哪里？”他说，“在爱人的怀里。”亲爱的璐子！我希望我不要走进爱人的怀里。但是两个人走路，总比一个人有趣味些，有力量些。救国是一件大事。你又要说，我成了国家主义者了。不呀，因为我爱世界，所以我爱国家。我们的国家究竟是一个什么国家？璐子！你说罢，我们要彻底认识它，然后就可以彻底改革它。

天晚了，不写下去。愿你来信，祝你平安。

逸敏　一月二十日

第二封信

亲爱的璐子：

你的信收到了。你说，“你愿意走什么路，便走什么路罢，我并不强迫你。”“是的，璐子，你的路不同我的路，但我们手携着手，一同走着。”

你现在是桂君的爱人了。你的脸上有了美丽的胭脂，你的身上也有了华贵的衣裳。而且，你的新式的高跟鞋，正成队的站在桂君的铜床边。

呀，璐子！这是你现在走的颓废而堕落的路。

这是你所愿意的，我还有什么话可说？

你从前说过，“让死人去埋他的死尸，我们活人且走活人的路罢。”你现在走的是什么路？我想你总该知道的。

青年人不能竖起骨头来担当国家和社会的大事，就是吃麻醉药打吗啡针也好的。不知是谁说的可以痛心的话了。亲爱的朋友！难道你用麻醉药和吗啡针了你的一生么？唉！！！

逸敏　一月二十三日

第三封信

亲爱的璐子：

我今天早起，就收到你的长信。

你的信充满了愤懑的情调。你说我整天同那些文人学者鬼混，也是走自杀的路。璐子！你说的话是对的。但是，热闹的上海滩上，我看见的只有流氓，走狗，市侩，猪头，哪有什么文人和学者？

亲爱的璐子，让我告诉你，上海的一个著作家协会的怪事。自从一二八以后，我几次在著作家协会提议，要把暴日侵沪的行为，通电各国的文学家，引起他们的注意和援助。但是会中的人说，我们的会章，是不干涉政治的。

他们每月一次的集会，只是吃吃西餐罢了。那著作家协会的组织是世界的，各国的文豪如萧伯纳，高尔基全在内呢。你想，中国的这些没有血气的东西，怎不叫人羞死？

璐子！你以为有什么文豪可以代表中国吗？没有，没有，一个也没有。中国的新文学的历史是太短了。那些自命作家的东西，正像大世界的玩把戏的，你玩你的大鼓，我玩我的双簧罢了。虽然每人的前面都有几十个几百个的喽口罗或捧场的，各据一方，欺人利己，对于多数的看客，是不发生关系的。我们的新创作到如今还打不倒张恨水的《啼笑姻缘》，还吹什么牛皮，摆什么架子？

璐子！你的那篇《燕子来时》写得还好。望你努力，不要写一些东西，就自己满足了。

天下大雨了，讨厌的雨声，滴得人怪难受的，不写下去了。

祝你好，你的桂先生也好。

逸敏　一月二十五日

第四封信

亲爱的璐子：

我今天看一本书，是Sewell Stokes做的Isadora Duncan《意莎德拉·邓肯传》。邓肯真是一个奇女子！她爱过好多人，爱过很多艺术家，她不曾辜负过任何人，但是男子亦是自私的残忍的多，很少人能够了解邓肯的真实的伟大的爱。她同一个富翁结婚了，后来又闹开。因为她说："我能够把这个身体卖给任何人，这是很容易的，可是，即使我愿意卖掉我的灵魂，我也办不到。……要是和整个的贝多芬交易。我情愿把我的肉体和灵魂一齐拿出来。要是为了钻石和金钱，我只能拿出肉体。"邓肯的丈夫是一个富翁，不是一个艺术家，所以她的灵魂亦常在旁的艺术家身上。亲爱的璐子！我读了这一节书很有所感。我希望你不要为了钻石和金钱，连灵魂也一齐卖掉。而且，我也希望你的桂先生能够用功，他年纪还轻，能够成就一个事业家或艺术家。不，璐子，如果你的桂先生能够成为一个你所期望的革命家，那也好的。没有一个伟大的艺术家不是一个伟大的革命者！

我来看你们，听你们楼下的房东说，你们看电影去了。我回来写这封信，希望你能够了解我的深心。

逸敏　一月二十八日

第五封信

亲爱的璐子：

亲爱的，我不知道为了什么，睡里梦里也忘不了你。

我睡在自己的妻的身旁，却想着那睡在旁的男子的身旁的你，亲爱的，这诚然是一种矛盾。

可是我有什么办法呢？

我们的世界，并不能跟了我们的理想走。我相信世界应该只有人类与人类的互助，相爱，亲善。一切的国家，家庭，婚姻制度，经济制度，都得变更，打倒。可是无论我的理想怎样，我却不能不在旧的社会与国家，家庭的制度下讨生活，这诚然也是矛盾之最大者了。而且，我们的邻人日本，正在中国疯狂走，我们难免都在Mars的脚跟牺牲，这也是最大的矛盾的悲惨之一。为了要解决矛盾，我们得反抗与改革。什么时候社会与国家的矛盾取消，我们的理想也就实现了。亲爱的璐子，我说的话对吗？

因为菊华成了我的妻，所以启瑞就疯狂暴怒，他的爱好美术的天性，变成粗鲁的暴动者，他终于在弹丸的压迫底下牺牲。记得启瑞被逮以后，他写信给我和菊华去杭州看他，我们正在动身，他的死信已经传到上海了。

法官问："你为什么要革命？"

启瑞答："我为了被压迫与被损害的人，所以要革命。"

法官说："你如今把自己的命先革掉了。"

启瑞笑："那正是我所愿意的！"

这是启瑞的最后的一幕。

璐子！菊华与启瑞只有纸上的恋爱，她丢开启瑞来与我同居，这本没有什么不对的。可是启瑞却成了永久的牺牲者。这，正如你离开陈先生而和桂先生同居，呵，璐子，你不是说过，陈患了第二期肺病，因为他活不多年，你才匆匆和他相居的吗？陈先生如今哪里去了？

我相信一个女子可以爱几个男人，一个男人也可以爱几个女子，只要社会制度改良，医学的卫生发达，一定可以达到的。妒忌可以测量爱情的深浅。那是旧式社会的流毒的产生物。女性的私有正和财产的私有一样无聊，不合理。然而，我们有什么法子呢？我们仍旧在这不合理的社会底下生存着。

每次我握着你的手，你的脸先红了。你的桂先生站在旁边，我的脸也红了。这也是可笑的心情呀！再见吧。

逸敏　一月三十日

第六封信

亲爱的璐子：

今天看报，看见一条悲剧的新闻，亲爱的璐子，你见过没有？

那新闻，是说，东三省的伪满洲国，近来受了日本人的压迫，更是黯无天日了。那里的官吏与执政的人多是日本帝国主义者的走狗。近来因为各处的义勇军纷起，伪国的官吏，饮食不安，所以由日本人指示，在朝鲜调来四千余名宪兵，派赴各地，监督民众，免得与义勇军暗通声气。

沈阳城内，已经宣布特别戒严。一到下午五点钟，就不许居民外出。白天的时候，街上走路的人，不许有三人以上的人，互相谈话，否则处以扰乱治安，煽惑人心的罪名。

因为人心念旧，逃到国内的居民加多，所以近来伪满洲国，对于居民的出入境界，防备甚为周密。遇有出境的居民，须先向当地长官，详陈理由。并缴本人全身的照片两张。此外还要当地店铺二家的连环保证。再四麻烦，方准给予护照，限期归境缴还。如遇有人回来的时候，还要验明照片，是否相符，一再查问，是否与出境时所填写的相符合。倘然有错，便指是义勇军的侦探或者是华军的便衣队，随便枪毙了。倘若出境的人，到期不回来呢，官厅就向连环保证的店铺二家索人。店主须受一年以上，五年以下的苦工刑罚。同时并将店铺封门，货物充公。

那里的监狱，是专门为了对待良好的居民的，你要是犯了一点小事入狱，便永远没有出狱的希望了。伪满洲国是没有法律的，日本人的说话，便是法律。居民犯事，在入狱以前，须经日本军事机关的严密审问。男人要打手心，打屁股，女人呢，用电通到她的乳头中去，用木棒塞到她的阴户中去。监狱分天，地，玄，黄，宇，宙，洪，荒八种。监狱的构造，每间高不逾五尺，阔约八尺，每间容囚犯两个人。中间隔一块木板。那里，没有台桌，没有凳椅，犯人只能日夜都站在那里。饮食都由一个小洞递进去，每日两餐，每餐只有黑粥两碗。每一个犯人的脚上，全钉有重逾十斤的脚镣，防备越狱逃走。手上也有手镣，但是比较轻松。还能很不便地饮食。看守监狱的是日本兵，他们有时兽性大发，就用皮鞭由小洞向犯人毒打。犯人没有地方躲避，自然只能忍痛承受。所以伪满洲国的国民，都叫监狱是鬼门关。

可是在那样的情景底下，义勇军还是前仆后起，到处反抗。这些日子，义勇军没有饭吃了，便专挖野菜为生。

日本兵的搜索，是很可怕的，他们捉着义勇军，便用五马分尸的古法。或者倒挂在树梢，使他心血下流而死。妇女呢，更可怕了。年轻的，先拿来轮奸，然后用乱刀砍死。年老的，用大木的树枝，塞其阴户而亡……

亲爱的璐子，我不能再写下去了。我的笔如果能够诅咒，我愿意用最大的魔力，诅咒日本军阀。

我怕日本的平民，也有很多是我们的很好朋友。我们应该团结起来，打倒日本的军阀，为中国，为日本，也是为了世界。璐子，你相信我的话对吗？

晚上，我抱着沉重而忧郁的心，在霞飞路上闲步。咖啡馆中仍旧是灯火辉煌，烟迷与酒醉的男女正在喁喁情话。跳舞场中仍旧是音乐悠扬，玉腿与革履齐飞。呵，可诅咒的活尸的上海，享乐的上海，堕废而淫逸的上海。你们应该灭亡，应该永劫地为人奴隶。

心酸得很，不写下去也罢。

逸敏　二月一日

第七封信

亲爱的璐子：

今天我翻了菊华几个月前的日记，发现她的一页记录，是记给我看的，我读了觉得十分难受。璐子，我抄下给你看看也好：

我感着异常的孤独与寂寞，事情做多了，眼花腰痛的睡在床上，我想，假如我就这样地死过去了，你不在旁边，等你和别的女人谈够，吃够，玩够了回来，你究竟是哭呢？还是大笑呢？

我每天都记得我的病了，常常为了病自己纳闷，但是不愿意在你面前提起它，因为我想，你这一世是一个快活的人，不会想到苦人的苦痛，在这世界上我也许不会得到你的同情了。

我只是上帝遣我来侍奉你的病的，现在你好了，我也该走了，我已经没有责任了，我知道。

上帝呵，我要和你奋斗！为了你的使命，我的肉体是瘦得干枯，颓上只是骨头高高突出，眼角也凹进去了，一双手只露出几根筋，我完全把青春消失了，我成为世上的一个可怜虫。上帝呵，我和你拼命到底，我宁愿自己毒死，不再受你的愚弄了。

我需要的是光，然而天天在黑暗中走着，上帝呵，你若是肉做成的，总该有一些情热吧，请怜恤我，给我一点勇气，让我跳出黑暗的地方，哪怕就是我死的一天，那也是好的呀！

到不能活下去，也得忍耐的活下去，因为应该拿他的厉害为前提，万万不应该自由行动的，哪怕就是苦得不能言说，也应该说得有笑有喜的。

爱情呵，我真是上你的当了，我为什么要请你来盘踞了我的心呢！

亲爱的璐子！菊华的确是爱我的，她为了我辛苦了好多年，她说的话却使我难受。我的确爱过几个女人，但我却不愿辜负任何一个女人的。我爱过秀芳，爱过小汤，在以前，我还曾爱过黄翠。胡人侠是爱过我的，但我只当她是我的姊姊。菊华终于成了我的妻。这自然是她的恋爱的伟大的结晶。但是亲爱的璐子，你是懂得我的，我是一个不羁的马，不能一生只供给某一个人骑坐的，啊……璐子，你不是知道我最近同Flora的恋爱的事情吗？菊华的日记是为她而发的。

相思正似浙江潮，
早也魂销，
晚也魂销。

呀，璐子，我也来作一次“恋爱的清算”吧。你愿意知道吗？

逸敏　二月五日

第八封信

亲爱的璐子:

记得从前在什么书上，读过匈牙利诗人Petofi的诗，那诗说:

我生最宝贵，
恋爱与自由。
为了恋爱故，
生命可舍去;
为了自由故，
恋爱可丢去。

呵，璐子，这是很好的诗，值得我们再三讽诵的。记得好几个月以后，有一次，我同Flora（恕我不能对你说她的真名字）在公园中走着，你同桂先生迎面而来，我们四个人刚走了个对面。我奇怪的，是桂先生的勇敢的神气，代替了陈先生的清秀的影子。听说陈先生逛公园也要带着药水的。但我当时还不知道桂先生是谁，有点愕然了。我知道你也愕然的，是我的身边那梳着双辫的美丽的女子。呵，璐子，Flora的注意你，也是可以知道的，你看见她对你上下打量没有?

我同Flora认识，在半岁以前，那时我在北京路的一个杂志社里，担任编辑，她呢，也在那里做书记的事情。她是我的助手。你从Flora的流盼的双眼里，也可以看出她的富于情感的表示。我们同事了三个月，性情很相投，渐渐熟悉起来了。——那时，听说你已经同陈先生同居，可是究竟不知你们是住在哪里。我作了不少的词想你。

有一天，我们办公刚完，已经是下午六点钟，时间已经晚了。Flora

走到我的桌边，问："逸敏君，你不是有了夫人吗？为什么还常常做词想另外的女人？"

她的突然而来的话使我呆住了，我说：

"F.女士，你以为，一个人有了夫人，便不该再想旁的女人吗？"

她的脸一红，她笑了。

"你有爱人吗？我看你天天写情书呢。"

"我有一个爱人，他在暹罗。"

她的脸一红，又悲哀地说："他很久不来信了。不知道是病了没有？"

璐子！这是我们第一次谈到恋爱，在一个夏天的黄昏，两人携着手从办公室出来，街上已经灯火辉煌，彼此都有醉意了。

亲爱的璐子，这是我们堕入爱的深渊的开始。从此，她每天到杂志社，比较更早了。她每天一早就去等我。为了是办公室中人少些，我们可以自由谈天。我们中餐总在一处。她是一个很热烈的女子。璐子，她每次和我Kiss总要Kiss到气也喘不过来方才罢手。我说："你忘了你的爱人吗？"

"没有。我还是爱他的。"

"你不是爱我吗？"

"是的，我也爱你。"

亲爱的璐子，Flora的爱，有些像Geprge Said，她在那暹罗的爱人以前，仿佛也爱过旁的男人，她曾给我看过她做的一首追悼那男人的诗。璐子，Geprge Said爱过许多男人，她对谁都绝对忠实的。她爱她所爱着的人，自由而且忠实，绝对相信自己。Geprge Said一生没有一个阴谋密约的故事。璐子，我绝对了解Flora，她是一个忠实的爱人，虽然……

我头痛得很，不写下去了。

逸敏　二月八日

第九封信

亲爱的璐子：

Flora（为了便利起见，以后简称F.）已经很久不给我信了，自从她到浙江去以后。

F.是一个理想的女子，但她的理想是失败了。她的失败也就是我的失败，这应该怪谁呢？

F.是爱着一个暹罗朋友的，那朋友，叫做黎贤，是中央大学的毕业生。他们俩已经爱了四年了。那时，F.在南京女子中学念书；黎贤呢，也在南京大学念书。

F.的父亲，是一个教会大学的教授，中文很好。他有两个女儿，大的是女子大学的毕业生，中英文都很好。

可是她的面目却很平常。她有一个怪脾气，从小厌恶男子，不喜欢和男孩玩。大起来，她也还是孤零零的，不肯找男人，在校里，有人要替她介绍一个男朋友，她说，“谁要和那些Boy玩，才倒楣呢。”

F.的脾气，却和姊姊大不相同。她很美丽，多情，她关于两性间的事，知道得很早。

亲爱的璐子，F.在黎贤以前，还爱过一个男人，那男人的名字和他们的Romance，我不知道，也没有问过她。但她爱黎贤的感情，却是很缠绵。

她的父亲很反对黎贤，因为他是暹罗华侨的一个纨绔子弟，所以很反对黎贤和F.的恋爱。他们俩的热烈行为，他父亲是深恶而痛恨的。

他对F.说：“什么男人你都可以爱，我偏不许你爱黎贤，你听我的话吗？”

F.说：“为什么呢？”

他说："我不愿你将来跟了黎贤吃苦。"

F.说："我自己做的事，吃苦也情愿。"

她父亲是一个豪爽的男人，气得痛苦地哭了。

亲爱的璐子，我爱F.的开始，完全是一种同情。我那时觉得F.的父亲，他顽固地反对F.与黎贤恋爱，是没有理由的。所以我第一次吻着F.我说："我一定帮助你，使你和黎贤恋爱成功。"

F.感谢极了，红着脸点点头。

但是，后来，我从一个朋友那里，知道一些黎贤的消息。黎贤是一个浮荡的青年：他的父母都早死了，他从两岁时，便给一个富翁抱去养起来。他的本姓是什么，他自己也不知道。因为养他的富翁姓黎，所以他也姓黎了。那富翁在暹罗经营商业。他在汕头有一个家，在广州也有一个家。那富翁有三个太太，但是到现在，还没有一个儿子，因是，黎贤就算他的儿子了。

黎贤在那样奢华的生活中长大，他习于挥霍，用功的事是不用提了。他在广州中学念书时，就和那里的一个女戏子认识，后来生了儿子。在汕头，又和一个女学生结婚，生了两个女儿。他到南京念书，又追上了F.成了他的爱人。黎贤有什么好处呢？他只有一样好处，在女人的面前，表示顺从并且守规则的样子。

他写了许多情书给F.，F.很珍重地拿出给我看，那些情书不用说写得好了，就字面而论，离清通也差三万八千里。

如果说恋爱是盲目的，F.的爱黎贤，的确是最盲目的了。我知道黎贤的历史以后，几晚都不好睡。我觉得眼睁睁看见一个很好的女子堕在一个浮浪的青年的手里，是一件可以痛心的事。我更爱F.了，为了我要拯救她。

有一天，我问F.："你知道黎贤家中有了一个妻，而且还有一个女戏子吗？"

她奇怪得很，红了脸，沉思了一刻，说：

“知道。”

“你不管那些事么？”

“那是他自己的事，他自己会料理的，与我何干。”她很沉痛而坚决地说。

我还有什么话可说呢？F.对于恋爱的勇敢是可以惊异的。我气了，有一次，我竟问：

“F.你告诉我，你究竟爱黎贤的什么东西？”

“我爱他的一双眼睛，他的灵活的眼珠十分迷人！”

是的，F.爱黎贤是他的肉体，不是他的灵魂。

我说：“F，你也想到你和黎贤的将来吗？”

“没有想到。我只想黎贤快从暹罗回来，他每次抱我，都把我的腰抱得很酸，那是我所欢喜的。”

停一会，她又说：“可是黎贤很久不来信了。”

我忍不住插嘴，我说：“也许他在广州呢，现在正陪着他的戏子。也许他在汕头呢，现在正陪着他的夫人。”

F.睁大了眼睛，想了一刻，忍不住抽抽噎噎地哭起来了。

……

璐子，关于F.的事，现在不谈了，下次再说吧。祝你好。

逸敏　二月十日

第十封信

亲爱的璐子：

一个朋友王君告诉我，你同桂君同居的事情是不公开的，你们看见他就脸红，璐子，这很使我奇怪，你为什么这样胆小？一个人有胆量去做的事，就不要怕旁人知道。

王告诉我，桂的家中是一个大地主，他的父亲是河南的首富。桂自己，还是上海精武体育会的一个会员。王还讥笑地说，桂的种种条件，都可以使你满足的。呵，璐子，你的灵魂究竟满足没有？

我的朋友，我记起一个故事来了。很久以前，我就想写一篇小说，那里面的主人翁，男的，是一个画家，女的，是一个音乐家，他们俩很美满而快乐地结婚了。画家，当然是很瘦的，脸上还有一脸短胡子。女的呢，会音乐而且会舞蹈，她的脸孔本是很丰腴的，但是结婚之后，反而渐渐瘦了。他们俩的感情很好，外面人看见他们，都很欣羡地说“这真是一对良缘，一对美满的夫妻呀！”报纸，杂志上都登载他们的新闻，他们的相片。可是那女的丰腴的面容，半载以后，竟瘦得同那画家一样了。她成天玩狗，她爱了一只小狗，抱它，偎它，要是画家出去旅行，她每夜都是抱着小狗睡。她觉得小狗是她唯一的慰安者，唯一的伴侣了。画家，只是她的形式上，灵魂上的慰安者和伴侣罢了。

有一天，在一个炎夏的晚上，画家很早的睡了。那女人，她竟睡不着，小狗也很疲倦似的睡在床下。她起来，看见窗外是月光如水，她凭窗看月，若有所思。忽然看见对门人家的楼上，有人裸立，似在沐浴。呀，她昏迷了！那强健而丰满的四肢，饱满的胸膛，突出的臀部，长大的××！她昏迷了。她整夜不能安睡。

后来，她再四调查，她亲自看见的理想的健男人，就是对门人家的洋车夫。

从此，她花了许多时间，去设法和那车夫接近，瞒着画家。她的目的达到了，她又渐渐肥胖起来。有一天，她把她从前心爱的小狗，投在马路上，让汽车压死，她说：“我是个人，为什么不爱人，要爱一只小狗呢？”

她觉悟了，她离开她的丈夫——画家，同那洋车夫，逃到深山深处，度美满的年月去了。

璐子，你看我这篇小说的内容怎样？为着肉体的快乐而卖掉灵魂的女人，世上原是很多呀。

逸敏　二月十二日

第十一封信

亲爱的璐子：

今天我到路上走，碰见桂先生，他对我点点头，我也对他点点头。璐子，听说你可和桂先生有些意见，这消息真吗？

我在整理抽屉，在乱书中发见F.和我同摄的小影。呀，那双垂的小辫！那灵活的眼波！那妩媚的面孔！那小巧的嘴唇！呀！我的妹妹！

我前次不是告诉你，F.因为久接不着黎贤的来信而悲愁吗？是的，在黎贤的消息沉闷中，我爱F.更加亲切了。我们彼此更加了解而信任了。一个月光沉醉的晚上，我们在灯火辉煌中步行，F.忽然告诉我："黎贤有信来了。"

"真的吗？"我奇怪的问。

"真的。"她随手取出信儿，给我。

那是一封简短的信，大致说，他已经从暹罗到了汕头，一周后可以到上海了！这突然而来的消息，很使我昏迷，我说："黎贤来了，你会不理我了。"

"不会的。"

"你要不要把你和我恋爱的事情告诉他？"

"我会告诉他的。"

“他一定会讨厌我的？”我有些着急了。

“不会。他很听我话，我说什么就是什么。从前，在南京的时候，有一次，他回暹罗去了，有一个同学追着爱我，我看他很亲恳，就同他往来。后来，黎贤来了，我把那个同学介绍给他，他很高兴，还请那个同学去看电影呢。”她很有味地说。

但是我终不能释然。我同她到四川路中华菜馆吃饭，在灯火辉煌的小室中，我问：“F.你同黎贤会结婚不会？”

“也许会的。我们从前约好，在来年的秋天。”

“呀！”我叹了一口气，忍不住掉下眼泪来了。

F.很亲热的抱着我，说：“傻哥哥，不要怕。我虽然爱着黎贤，可是决不会丢掉你的。假使我同黎贤结婚了，你也可以到我家里来。我将为你预备一个房间。你一样的是我的爱人呀！”

“不！我不能同那坏东西在一处！”我哭着喊。

“呀，你不能当我的面骂他！”她用手掩着我的口，她也哭了！

从此我们的冲突开始了，我常常同她谈黎贤的事情，我说：“你要爱什么男人，那是你的自由。可是黎贤真不是一个好人。”

“我也知道。可是我爱他，他的不好也就好了。”

说话的那天，是在外滩公园的树下，她望着那来来去去的大小船儿，她说：“黎贤快要来了，我很高兴。我们别离了很久呢。”

我说：“你的高兴，正是我的悲哀。”

她说：“你不要太着急了。我一定当着黎贤的面，吻你，抱你，亲你。”说着，她就亲着我的嘴。

我们的悲哀正长呢。为了有人走近我的身边，我不能再写下去了。

祝你好。

逸敏　二月十四日

第十二封信

亲爱的璐子：

告诉你一件可笑的事吧。一个朋友为南京××部的专员，办了一个《春天艺术》，因为骂了上帝的十字架是生殖器的象征，基督教徒闹起来，把杂志闹封了。事情是这样的，那个专员闹出事来，就自己远走高飞了，把那些过处，全推在一个出钱办杂志的总长身上，他说："钱是总长给我的，文章也应由总长负责。"

于是全国的基督教徒，群起而攻总长。

总长气极了，在各报登了一个广告，说："杂志的钱由我出，文章我并没有工夫看，不能负责。"因此那杂志就关了门。

本来那杂志一个月花一千二百块大洋的经费，印一千本，卖去的每期不过二百本，定户只有十几个罢了。那专员自己住洋房，养狗，养猫，他的家在我的住房的旁边。

他是我在北京时代的同学，现在是阔了，他却骗我："办杂志真苦呢。每月经费二百元，够了印刷费就不够稿费。所以稿费是没有的。大家帮忙罢。"

我替他写了许多文章，一个钱也没有拿。

他自己的脸，一天天地吃得面团团起来。人也渐渐不像人了。宗教是不该迷信的，但谩骂却可以不必。他如今闹出事情来，自己想把祸移在那个总长身上，又碰了一鼻子的灰，因此异想天开，竟在外面对人说："是逸敏捣的乱子呀！是逸敏有个爱人，是个基督徒，她在基督徒方面鼓励，所以把杂志闹翻了。"

他到处这样宣传，这真是见他娘的鬼！

璐子，你想必也听见这个消息吧。我的爱人中，有没有基督教徒，是很容易知道的。秀芳是个基督徒，她现在是在美国，而且早已和我翻脸了。她也决没有工夫回到中国来闹事。秀芳如今是生了两个儿子了。她的丈夫汉杰也已经在美国得了数理博士！哦，那坏东西纯粹是无中生有，滥造谣言，要知道，滥造谣言，决不能打倒任何人的。璐子，你说对吗？唉，上海滩上的怪事，不要再谈也罢。

逸敏　二月十五日

第十三封信

亲爱的璐子：

你听见世界上有这样怪文学理论没有？

一个坏东西，就是我前信所说的坏东西，他在一个学校讲演，他说，“文学是说假话的骗人东西。愈会骗人愈好。”

璐子，你听见过世界上有这样的妙论没有？

无论文学，艺术，宗教，哲学，政治，恋爱，说假话无论如何是站不住的。说假话可以在总长那里骗几千元津贴，或者骗得一个小官做做，但决不是文学。一切伟大文学里面都藏着真实的心。文学领土里容不得说假话的人。

璐子，我们不要再说那个坏东西也罢。我们还是再谈谈F.吧。

F.一连接着三封黎贤的信，他说快要到上海来了。

他们本来的计划，是黎贤在暹罗弄得一批款子，回到上海之后，就预备结婚的事情。他们虽说是等到来年秋天结婚，但这样的期间是越近越好的。

可是黎贤来信，对于结婚的事，一笔不提。他说到上海之后，就进京去找事情做，这很使F.奇怪，而且不能放心的。

F.说："黎贤的信，很奇怪，什么话也不说明白，他到南京去干什么呢？"停一会，她又说："黎贤的家中，很疑心他在外面胡闹，几次曾停止他的经济供给呢。也许他如今又不能活动了。"

说着，她的眼睛一红。

亲爱的璐子，老实说吧，F.那时同我的关系，已经到了不能分离的地步了。一天的晚上，我们在邓脱摩饭店晚餐，她忽然把她的指环脱下来，戴在我的手指上。

她说："我把指环给你，我的心也给了你了。"

我感激得痛哭起来，我做了一首诗：

感君赠指环，
谢君殷勤意。
人去环亦归，
剩有千行泪。

我泪有时干，
君恩无时已。
半世恼恋情，
为君憔悴死。

亲爱的璐子，你可以知道我那时的烦恼！

可是痛苦的事，还在以后呢。我和F.恋爱，菊华是有一点知道的。我每天一早就离开家了，到杂志社去，每天很晚才回来。就是星期也不肯留在家中。

菊华说："你近来为什么这样忙呢？"

"是呀，忙得很！"

“忙什么，还不是在外面同什么女人胡吃胡玩罢了。”

我生气了，一句话也不说。

一个深秋的晚上，我同F.携手在霞飞路上走着，晚风吹在我们的脸上，觉得非常舒服。我说：“黎贤总是这几天要来了吧？”

“他有信来，说是要缓几星期了，等一个什么女人同来。”

“呀，女人？”

“是的，他说是他的嫂嫂。”

“什么？嫂嫂？我以为是他自己的老婆。”

“什么，逸敏……”

霎时间，似乎有一个影子在我们的旁边出现。

“喂！F.！逸敏是我的丈夫，不是你的！”

菊华圆睁着眼，大声地说。

F.的脸孔发青，一句话也不说。

我觉得好像有把利刃刺入我的胸膛，我痛苦得发抖。

F.呆了一刻，对菊华说：“姊姊，逸敏是你的，你好好把他带回家好了。”

说着，她就跑到前面，赶上电车。

我从此没有再见F.的面了。……

次二日的早上，我到杂志社去，就接着一封F.的信：

逸敏：

我已经向杂志社辞职了。我觉得我太痛苦了，为了要表现我自己的人格，为了要免除去自己更大的痛苦，我决定和你分离了。而且，就是黎贤来，我也不和他见面。我今天就动身到杭州去，转车到乡下去，那里有我的一个小学时代的女朋友，会留住我的。你不必打听我的通信处，我的荆棘的路让我自己走去好了。我还是一样生存着，虽然我的生活从此飘泊无定。

F.

璐子！F.是走了，她一个人很勇敢地走了。对于她，我觉得犯了很大的罪似的，我增加了她的痛苦。

逸敏　二月十八日

第十四封信

亲爱的璐子：

我到如今还不知F.的消息，她因到了浙江去以后，就不曾给我信了。但我很盼望她是健康的生存着。F.走后几天，我们的杂志社里，忽然来了一个年青人，满口广东口音，面目黎黑，他是来找F.的，无疑是黎贤了，他说是从汕头来的。

我抱了沉重的心，出去见他。我说："黎先生，F.走了。"

"到哪里去了？"黎贤奇怪的问。

"不知道她哪里去了。大约不是回家吧，听说到浙江的乡下去了。"

"唉，早知这样，我何必白跑一趟呢，这遥远长途！"

他的脸上显出满脸愁容，匆匆忙忙地去了。我望着他的瘦长而黎黑的影子，心中有说不出的苦。我可怜这浮华的青年人，对于他，我也是抱歉的。唉，璐子，不写也罢了。

逸敏　二月二十日

第十五封信

亲爱的璐子：

你已经搬到学校去住了，这也好的。

我的一个朋友林白君曾说，“女子是一朵花，种在花园中是美丽的，放在室中就坏了。”这句话是可以相信的，我们看见许多活泼，有为的女子，一旦嫁了人，有了家庭，孩子……等烦累，她的个性也改变了，学问也退化了，脸也瘦了，皮也皱了。活像一个可怜虫了！

我觉得家庭同私有财产一样都不过是暂时的制度，不是永远需要的。我们应该走向社会去，做一个堂堂的社会的人。我们看上海的亍共亍堂房子，每一个狭小房子是一个世界，大的，小的，男的，女的，老的，少的，丑的，俏的，各占据一个小房子就是一个家庭，有他们的悲欢，他们的事业，他们的消遣和娱乐。他们简直不知道社会和国家是什么东西。“各人自扫门前雪，莫管他人屋上霜”。这两句话是最彻底的中国人的自私的家庭心理的表现。日本的飞机和大炮，也打不破这些荒谬的心理吧。亲爱的璐子，我望你做一个堂堂的社会的人！

逸敏　二月二十一日

第十六封信

亲爱的璐子：

我昨天早上在四马路一带闲游，看看各书店的出版书籍。在xx书店中，我忽然看见一个短发女郎，呀，璐子，那人儿就是我从前同你说过的黄翠。她的装束十分素静。

“喂，Miss黄，别来七八年，好容易这里会见了！”

“哦，你是逸敏呀，你的头发也白了很多根了！”黄翠很惊喜的说。

我们相偕到四马路的一家春菜馆坐下。黄翠说：“逸敏，你还不知道，我的程先生已经死了。”

说着，她眼睛一红。

“死，几时死的？我并不知道程先生已经死。我就是连程先生和你结婚以后的情形，也不清楚呀。”

“是的，就在北京我和你分别的次年，我的程从巴黎回来，我们就结婚了。八年之中，我们生了三个可爱的孩子。程一向在军界服务。这几年，他竟做到师长……”

我忍不住插嘴，我说：“好的，黄翠，你竟做了师长夫人了！”

“你又何必取笑我呢。”黄翠说，“我的程先生，上月坐飞机从湖南飞到上海，就在路上因为飞机堕地丧命了。灵榇运到上海，我上星期从湖南到上海来，预备运灵榇回家去。”说着，她流下眼泪了。

我也感觉悲酸。我将黄翠上下一望，她的脸庞比从前消瘦，却更加妩媚了。她的美丽与娇态使我们看不出是生过了三个儿子的母亲。只有浑身素服，使我们可以想象出她是一个“未亡人”。

“别来几年，你做成一个小文豪了。从你的作品中，知道你已经结婚。你为什么老是生病？在北京的时候，你不是几年不生一次病吗？”黄翠很怜恤地说。

“是的，常常生病。近来倒好得多了。”

“我知道你在一个杂志社做事。总想写信给你，却也无话可写。自己想着是小孩子的母亲，也就没有精神写信给另外的男人。我觉得老了，人老，心也老了。”

“哪里，我觉得你更漂亮了。”

“你不许胡说。我明天就要走了。今天还有很多的事情要料理呢。

我们用饭吧。”

饭后，我还想找些事情同她谈谈。她匆忙地站起身，说：“逸敏，这次遇见你，可以说是奇遇。也许这是我们最后的会面了！我回湖南就要从长沙搬到乡下去。我待安葬了程后，就在乡下教养三个儿子读书……”

“你现在是你的儿子的母亲，不是你自己的了！你从前不是高谈儿童公育吗？”

“是的。我觉得一切理论都没有用处，我现在只管实际。”她说。

我们从一家春菜馆出来，我们就分手了。她不许我到旅馆去看她。她握了一握我的手，就坐上车去了。

……

璐子，这真是一个奇遇！黄翠是我在北京大学读书时的第一个恋人。她同我纯洁地恋了几年，几乎每天必见面，但我们没有一点关系。她告诉我，有个未婚夫在巴黎学军事学，等他回来就结婚了。她待我，像小弟弟一般，我很怕她。我们曾同睡了两晚。那是星期六星期日两天，我们从真光电影院看完了电影回来，时候是严冬，西风很严，她身上的衣服很薄，她说，回西城太晚，就在我的公寓中睡了。我们俩在一个被窝里接连睡了两晚，竟没有一点儿女的关系，她连手也不许我动。呀，那也是一个奇迹！不再写了。

逸敏　二月二十三日

第十七封信

亲爱的璐子：

黄翠的影子总在我的身边荡漾，我十分同情她，但她已经不接受我的同情，她如今是儿子的母亲，她的精神都注在她的三个儿子身上去了！

呀，璐子，黄翠从前是一个理想主义者，她说结婚之后，一定要开办儿童公育院。她不肯做一个家庭的女主人，要做一个社会的改造者。别来八年，她已经变成一个实际主义者了！环境影响人生真大呀！

我为黄翠想到小汤。小汤从秀芳和我闹翻后，曾几次要和我结婚，她说："你买一个钢琴送我，当作证婚的礼物吧，我们马上可以同居的。"

她的理想终于失败了，因为我那时没有力量买一个钢琴，一个钢琴的价格，会供给我一年的伙食零用呢。小汤后来嫁给一个冈木的日本人，冈木现在奉天做大官，小汤也在那里做阔太太吧。我想。

小汤是第一个女人用她的肉来安慰我的，她有桃色的脸庞，美丽的眼睛，豪爽的性情，她是一个具有北方爽直性格的奉天人。

我又想到胡人侠从武汉革命后，就失踪了，听说她是被枪毙了！胡人侠的思想很左，她爱了范文杰，范文杰是北京有名的C.P领袖。范文杰在北京被捕处死刑后，胡就发疯了，看见人总是"文杰，文杰"地喊。后来，在西山休养了半年，到武汉去革命，听说真的把命革掉了！

亲爱的璐子，往事如烟，不谈也罢了。

逸敏　二月二十五日

第十八封信

亲爱的璐子：

我这两天，又想F.想得厉害。

一个寂寞的下午，我一个人走进法国公园。是严寒的冬天，园中的景况，是那样的萧条呀，我坐在那寒风袭人的水池边，看着水中的坚冰，我忍不住要哭了。

亲爱的璐子，在这未结坚冰的水中，曾映着我和你的双双的倩影，而且，在别一时期，也映着我和F.的双双的倩影的。

记得你在吴淞海滨，有一次，到上海来看我，我们便到法国公园游玩了一个下午。那是一个炎夏的下午，你穿着很朴素的衣服，披着蓬松的头发，愈显出你的妩媚。我们的手是没有一刻闲着过的。为了躲避旁人的讨厌的眼睛，我们的嘴，始终没有接触过。那也是我们的命运。

亲爱的璐子，在陈先生没有来之前，你是对我暗示过的，你要我到你的家中去住，你说你的妈妈一定很好的待我。亲爱的，你似乎隐隐地说过，我们可以同住在你家的一个书房里。我当然很欢喜乡间的生活，但是，亲爱的，无忌惮的同居，我原是很胆小！因为，我没有一刻忘记了我自己，我是一个有了老婆的丈夫呀！

但是，你原不管这些。就是在吴淞，你也三番四次的写信给我，要我到吴淞去住。正因为我的没有决断，因为我的延迟和胆小，你才很决绝地告诉我，你要和陈先生同居了。失恋的痛苦，接着是一二八的炮声，我从此便不知道你的消息，但仿佛地听见你的同乡张敏扬告诉我，你们是同住了，你的陈先生，时常手里拿着药水，同你游法国公园呢。

但是，一年以后，我在法国公园所遇见的，是你和桂先生同走，那身体坚强的青年人！那时F.正在我的身边。呵，这疑奇的变幻很多的法国公园！

而今，我正是一个人坐在这冷冰冰的水池边。呵，世事的无常呀！要是我有决心，我愿意冲破这水面的坚冰，冲到那冷清清的水底去……

愿你晚安！

逸敏　二月二十七日

第十九封信

亲爱的璐子：

你是不肯来信了。

昨天，在环龙路上，我们又遇见了，在那电影明星王荣女士的门前。

唉，璐子，你的眼边有一道黑圈，你的脸庞是那样消瘦！你的衣服是那样黯淡！

唉，这是一种不幸的象征，我的两腿，不觉地跟着你，走上王荣女士的高楼。

在楼梯上，我用手抚摸你的消瘦而且憔悴的脸，我说：

“亲爱的，你为什么这样憔悴，你应该爱惜你自己？”

你的眼睛一闪，泪珠是很难堪的忍住了。

我仿佛打了一个寒噤，我是十分难受。

但，王荣女士的笑声，是把你的悲哀隐住了，你是默默地坐在床上，一言不发！

这屋里，充满了王荣女士的妩媚的笑声，我是不能再坐下去，便匆匆地走下楼来了。

又是一晚不好睡。

菊华说：“你又在想什么女人了吧？”

我一句话也不响。

逸敏　三月二日

第二十封信

亲爱的璐子：

今天一早，我便去找王荣，她刚才起来呢。

在吴淞，王荣第一次见我，她是同你手握手地走着。

别来几何时，她已经剪下双辫，成了有名的女明星了。人事的变迁真快呀！我感觉自己是老了。

王荣说："你也是爱璐子的，为什么不安慰安慰她呢？大家都是拿她玩玩，没有一个真爱她的人。"

我觉得王荣的话太重了，重得我有点担不起了。我忍不住分辩。我说："她不是有桂先生吗？"

"那小孩，也是拿她玩玩的。"

桂先生的年龄比大家都小，王荣还叫他小孩呢。

我说："璐子近来是憔悴多了。"

"是的，她有了肺病呢。"王荣说。"有了肺病？"我忍不住惊奇起来。

"是的，就是她从前的姓陈的，他传染给她的。"王荣说。

……

唉，璐子，你是拿你青春和爱情，贡献给陈先生过了。他所给予你的报酬，却是他的肺病！唉，这还有什么可说的？

但是，璐子，肺病并不是不可医的病。我自己也是生过肺病的人，现在却已经很好，而且很胖了呢。我明天当来看你，告诉你怎样疗养。一早就来，望你等我。

愿这封快信，伴着你睡眠。

逸敏　三月三日

第二十一封信

亲爱的璐子：

我到了你的学校中，你是走了，你留下由密斯黄转交的一个字条，我已经看见了。你说，桂在这里，不愿你多见我。唉，这有什么话可说呢？但我还感谢你的好意，因为，你说，“为了你的记念，我一定要活下去的。”

唉，璐子，愿桂先生很好地待你，愿他能够用伟大的力量，恢复你健康，你健康，我也就快乐了。肺病原不是不可医的病哪！

逸敏　三月四日

第二十二封信

呵，可怜的璐子：

我知道，我的信给你的，不是快乐，是悲哀，但我实在压制不了我自己的情感。我的F.是不知何处去了。我的菊华今天又病倒了。她的病，原是一种结核性的腹膜炎。已经病了七八年了，总没有医好！中医，西医，真是什么医生都医到了。她的病终于没有好，肚子还是一天一天地大起来的呀！昨天，她的病又发了。脸色惨白，一夜不能睡，肚子是痛得厉害。

唉，璐子，我有什么法子呢？我只有将她送到红十字会医院去。今天一早，我便将她送去了。

我在医院中陪了她很久的时间。医生说，腹膜中有很多的水，要用手术放出来，才有办法呢。

用手术有没有危险，医生是不能保险的。菊华很勇敢地在手术单上自己签了字。她说："这次我死了，你还是去找璐子吧。我是反对F.的，那坏东西！"

亲爱的，我忍不住流下泪来了。我对不起菊华，也对不起你，更对不起一团火热的不知跑到何处去了的F.呀！

菊华要是不幸死了，我也不愿活下去。

逸敏　三月六日

第二十三封信

呵，璐子：

我昨晚一个人睡在床上，真是冷静极了，我想起一个朋友柳先生的词，"见也寻常，去便思量着。"那真是描写得很对的词呀。

我想起自己从前的生病。我整整的病了三年，我的菊华很柔顺的服侍我，一句怨话也不说。她一面在学校教书，课余便坐在床前服侍我。晚上，因为我失眠，或者要吃东西，总是一夜起来好几次。钱是不够用的，因为我生的是肺病，是富贵病。她时常向朋友，亲戚去借钱，受尽了人家的冷面孔。我有时说："我是对不住你的。"

她说："那有什么呢？你好了，我也就快活了。"

她时常用这句话安慰我，并且安慰她自己。我整整病了三年，我的脸孔一天天胖起来了。我从九十五磅的身体，加到了一百四十六磅！亲爱的璐子！我的脸孔一天天地胖，菊华的脸孔却一天天地瘦了。她的结核性的腹膜炎，也一天一天地厉害起来。

而我，却在这几年之间，先遇着你，以后又遇着F.种下了无可奈何的恋爱种子。

呵，有妇之夫的恋爱，不过增加各方面的痛苦罢了。

虽然，这些玫瑰色的痛苦，也是甜蜜而且欢愉的，在我，在你，在F.都是不能自制地跃入这些苦痛的环境中。而菊华，她却是一个无辜的，被波及者罢了。

在漆黑的夜里，我独自一个人流着眼泪，听着床头的滴滴答答的钟声，我真是一个罪过的人呀，对于菊华，我是罪过的。然而这都是我的自愿。

唉，璐子，这些话多是你不愿意看的，不写也罢了。

逸敏　三月七日

第二十四封信

呵，璐子：

我应该很高兴地告诉你，我的菊华今天已经好得多了。她的腹膜中放出了十几磅的水。

这是很奇怪的事，那些水从什么地方来的？我不能说出理由，那医院中的医生，也说不出理由的，现在，医生已经把那些放出来的水，拿去化验了。

我的心中的一块石头，可以暂时放下了。我知道你也愿意知道这些消息，因为你的简单的来信，也“希望菊华是能够恢复健康”的呀！

祝你安好。

逸敏　三月八日

第二十五封信

亲爱的璐子：

一连好几天不写信给你了。因为近来事情，是比从前忙碌些。我用我的手和我的嘴，维持我自己和一家人的生活。书店老板，是那样没有良心，他们把我版税都吞没了。学校又欠薪水。所以手头便拮据得多了。

但我却愿意贫穷。一个小官僚什么专员的太太，见着人便说，逸敏是穷极了，穷得连房子也住不起了。是的，贫穷是应该的。但是让太太去陪了阔人跳舞，并且低心下气的去巴结阔人，弄一个小小的专员，那样下流的事情，我是不愿意干的。

璐子，你说对吗？

天气冷得很，听说你又咳嗽了。愿你小心。

逸敏　三月十五日

第二十六封信

呵，亲爱的璐子：

这真是为难的事情呵。我的祖母病了。家中父亲来信，要我回家去。

我的祖母已经七十八岁的人了。她老人家，素来没有病的。我已经十二年不见我的祖母了。

我三岁便同着我的祖母睡，我原是我的祖母养大的。

记得小时，最疼我的，就是我的祖母了。我因为先天不足，从小便身体衰弱。自从有了妹妹以后，我便跟了祖母了。她是一个朴实耐劳的妇人。

我家也有十几亩田。本来，我的父亲还开了一个小店，不种田也可以糊口了。但我的祖母是非种田不可的。

春夏农忙的时候，她提了锄头，雄赳赳地到田里去的情形，是我到如今也忘记不了的。

我的祖母希望我读书以后，回到家中去种田。她说："在外面混什么？多赚些钱，也就多花些钱了。倒不如回到家里，种点田，教点书，有的吃，有的玩，天不管，地不收，岂不快活？"

可是我却不能听她老人家的教训。一别十几年，我的祖母已经是七十八岁的人了。而今，她又在危急的病态中，我恨不得立刻回家去，但是如何回去呢？

唉，我不能再写下去了。祝你安好。

逸敏　三月十八日

第二十七封信

我的璐子：

写了"我的"二字，觉得自己是很不安似的，你如今不是"我的"，是"他的"了，虽然你也许不……

Bacon说得好：It is impossible to love and to be wise.感情同理智原是不能调和的，我还是把你当做我的好了，在我的寂寞可怜的心里。

F.有信来了。她很痛苦。她说黎贤待她的不忠实，完全发现了。现在，她只愿我到浙江乡下去找她。

唉！我想要去，但是如何能去呢？

让我告诉你吧，黎贤怎样找着F.

这是F.来信告诉我的。黎贤到了上海以后，到处找不着F.便跑到南京去了。在F.的一个女朋友那里，打听出F.教书的地方了，并且知道同我恋爱的故事。他急急地写信给F.说是他已经来了，急急的要去见她。F.她是一个热烈的人，当然也愿意他去见的。F.是在浙江的一个乡下教书，他们俩便在乡下很甜蜜的相见了。久别后的热烈情感，是不消说的。

但是，不久，她便发现黎贤的不忠实了。黎贤来的时候，是带着他的女戏子同来的。他到浙江乡下去找F.，那女戏子便住在杭州。

不久，这秘密是发现了，在F.同黎贤到杭州的一天晚上。本来，黎贤是不愿F.到杭州来的，但那是一个什么假期，而且，那乡下离杭州也不远。F.同黎贤到了杭州以后，黎贤竟不客气，同到那女戏子所住的旅馆里。

F.也难堪地住下了。他们三人便同在旅馆里，度那样的共同生活。

每天晚上，黎贤去和F.睡，那女戏子便哭起来了。

去和女戏子睡，F.也哭起来了。

最后，F.忍不住了，她赌着气要回到乡下。黎贤说："你不是也爱过逸敏吗？你爱得逸敏，为什么不许我爱女戏子呢？"

F.气得没有话说。

但她终于一个人回到寂寞的乡下。她觉得无法消遣这无可奈何的忧愁，只有看《圣经》消遣她的可怜的光阴了。

但她又不能自制地想起我，她希望我到她的乡下去……

……

为了F.的苦恼，我是应该到乡下去看她的。

但是，我的祖母的病危的电报又到上海了。我想起从前，我祖父病危的时节，我正在北京，家中打电报叫我回去，我因为没有钱，竟不能回去。

后来，我的可怜的祖父，期待着我的归家，竟不肯让那最后的呼吸停止，在床上挣扎着，等他的远方的孙儿。

我的祖父是在那样可怜的境遇中死掉了。不可挽回的罪过呀，每次想起我的祖父，我总是忍不住要流泪的。

而今，我的祖母又在病床上等着我……

唉，我将如何是好？璐子，你看我将如何是好？……

逸敏　三月二十日

第二十八封信

亲爱的璐子：

你的回信还是那样冷冷的，你还是说你的老话：

“让死人去埋他的死尸，我们活人且做活人的事。”

我觉得问题不是这样简单。我们做事的日子正长呢，我只有一个祖母，这会子不去见她，万一不幸，是一辈子不能见她的了。

我是决定要回去看看祖母的。可是菊华的病忽然又厉害起来。她有着热度呢。医生告诉她应该小心静养，我如何可以把回家的话告诉她。而且，菊华一定要疑心，她不相信我是一直回家，她还以为我去看F.去的呢。

F.是连天来信了。她的信都由我的一个朋友转。她说她是痛苦得很。她说她不能再在乡下住下去。她望我快去呢。

唉，璐子，你看我怎样办才好？人生是永远在痛苦中纠缠着的。我不愿解脱，还是让他永远纠缠下去的好吧。

我把一切的苦水，都喝在我的肚中，再让他从眼中变做泪流出来，这就是我的消遣了。

逸敏　三月二十一日

第二十九封信

唉，璐子：

我的祖母是死了。她的死信到了已几天。我有什么法子消灭我的悲哀呢？我的祖母是死了。我家的田园，将有谁去耕种呢？可怜的祖母的锄头呀！可怜的祖母的田园呀。

然而，我觉得我的负债是更重了。在人生的路上，撒下有益于人类的种子，这是我应该做的。我种的野草与奇花太多了。我也到处种下荆棘，使自己痛苦，也使旁人痛苦。我忏悔了。我忏悔我的无聊和浪漫呀。然而，F.与你，多是我心头念念不忘的人，你们给我快乐，也给我苦恼。给我灵的安慰，也给我肉的痛苦。

你来信说，几日后将陪了桂君，到日本去了。愿你有一个伟大的将来，然而我不愿来送你。你走上你的人生的大道路，我也要走上我的人生的大道路了。让多情的F.也走她自己的人生应走的路吧。为了人类，为了国家，为了世界，我们应该做一些有益人生的事。

璐子，你说对吗？

我们应该为人类做些有益的事而活着。

逸敏　三月二十五日

第三十封信

亲爱的璐子：

你明天到日本去了。祝你一路健康吧。菊华已经好得多了。F.那里我也已经去信，我说，大家都丢开理不清的恋爱和忧愁吧。在人生的田园里，用自己的锄头，种下有益而滋养的种子，这是我们应该做的事。

璐子，我写这些话，送给你，作为临别赠言。

逸敏　三月二十八日

从你走后

从你走后，这世界已经改变了颜色。我爱，我知道，你的呼吸会使房内的空气温和，你的微笑会使窗上的阳光妩媚，你的思想与行动会使这寂寞的世界变成乐园。呵，有你在这里，我的生命是怎样轻快而且安逸，我的心境是怎样美丽而且快乐呵！但是，今天，是你走后的第三天了。早上我只是躺着，躺着，懒得起来。我想着从前，你未走以前，每天我比太阳先起来，对着天上的一抹朝霞，从公寓步行到工作室，晓风吹着我的微笑的脸庞，街上的行人也十分稀少。当我走到工作室的时候，同事们都还没有来，我便勤快地开始我的工作了。好像有爱神在旁边监视似的，我的工作是那样愉快而且有味，等到太阳慢慢地走到天空，壁上的钟也打了十二下了，这时我的心里便突突地跳起来，以为这是可爱的你应该来的时候了。我便从工作室跑回公寓，可爱的你已经坐在我的房中，看见我来，微笑地站起来，伸出手来让我握着；我的脸庞便不由的靠近你的脸庞了，你抬起你的头来，我们的嘴唇这样的互相接触着。有时你来得稍迟，我便开了房门，在风前踱来踱去的等着你；非等到你来，我是不肯进房的。你每天来时，总带来你的绘成的美丽的图画，你把图画挂在墙上，闭起你的一只眼来瞧着，微笑而且愉快地赞美并批评你的当天的创作。然而我对于图画是毫无研究的，我也只能茫然的瞧着罢了，我总微笑地站在你的一旁。有时你伸出你的手来，放进我的袖筒里，有时我伸出我的手来，放进你的袖筒里，我们这样互相取暖。我们每天相聚的时间虽然短促呵，然而即使这样几十分钟的刹那时间，我们已领略了世界上一切的幸福。窗下的黑暗的木桌，书架上的几本破书，书桌边的细小火炉，我爱，这便是你爱的可怜人儿所有的资产！但是，我并不贫穷！我的富胜过过去的帝王，我的富胜过上海的豪商，因为我有了你，我便有了世界，因为我的世界便是你。我爱，有你在这里，我的确是懒得读书的。因为，从你的话中，我能够听出世界上所有的真理，从你的心中，我能够懂得世界上一切的神秘，从你的眼角与眉边，我能够看出宇宙中无上的美丽。我爱，我还希望而且要求什么呢？我知道而相信：读书十年不如你一笑之使我聪明；而且百世流芳也不如你一握手之使我愉快！

但是我爱，今天，我被仆人的呼声将我从床上懒懒地催起来以后，我看见我的桌上是这样杂乱而且没有秩序，这便是可爱的你每天坐在旁边的桌子呵！炉中的火也不知何时已经熄了！我披着衣服，走出房门，我的四围仿佛尽是沙漠：灰白色的天，冰冻了的大地，秃了枯叶的老树。

这里，没有梦想，没有欢乐，以至没有生命。只有风的狂吹与鸦的乱啼。我爱！这便是我眼前的世界，是你走了以后的世界！

我悄然走进我的工作室，同事们都正在低头工作。坐在我的座位旁边的一个胖子L君抬起头来望望我，从他的惊疑的眼光中好像是在问我："你今天怎样来得这么迟呢？"我烦闷而且羞惭，懒得去和旁人攀谈，便在自己的座位上坐下了。桌上堆满了文件表册，我也无心去整理它们。抬起头来望着壁上的时钟，看见钟摆不疾不徐地摇动，短针正走在十二点的旁边，长针也渐走渐近了，——唉，十二点钟，三日前的正午十二点钟呀！好像是爱神专为我俩而设似的。记得临走的前一天，午饭已经吃毕了，你和我并肩坐着。你问我别后如何消遣，我便流下泪来了，我把头儿靠在你的膝边，让眼泪流在你的裙上。你抚着我的头发，用你的嘴唇亲了一亲我的额头，说："这样小孩子似的！又不是去了不来！不过三十天呀！好好的玩玩罢！"后来我总说三十天太长了，你又微笑着说，"也许要早几天来的。"我乘势将你抱在我的身上，把嘴唇凑在你的耳边，说，"最好是你不要去！"你说，"那怎样能够呢？就是——也免不了暂时的分离罢。"你说到"就是"那里，微笑地用手指在桌上画了"结婚"两字。这时我愉快而且兴奋起来了，我疯狂地将你紧紧地搂着，……我爱的，那是怎样美满的一刹那呀！然而现在呢？壁上的时钟已经到了十二点，午饭的时间也已经到了罢。同事们有家的是回家去了，没有家的也回公寓去了。我爱的人儿！你想我还有心回公寓吗？从前每天午饭的时候，桌上总摆着两双筷子，两个碟子，两只瓷碗；这些筷子，碟子，瓷碗都是可爱的你亲手买来的。你每天来时总带来我所爱吃的小菜。临吃时你又时常劝我，说我吃饭吃菜都吃得太快，是不合卫生的。记得有一天，你买来许多牛肉干，我狼吞虎咽地一连吃了几块，你急了，把牛肉干拿到你的面前，夹了一块放在自己的嘴中，慢慢地咀嚼了一回，然后送到我的嘴里。我那时真淘气呀！我不知感激，反向你说："让我自己吃吧！这样的喂人实在于卫生有碍的。"你可生气了，不肯接着吃饭。……我爱的！你爱我，真像慈母爱子一般，连吃饭时也注意着的。你走后，我已经无心再在公寓中吃饭了。前天和昨天，都是在街头巷口的小馆子随便叫些东西吃吃。在那里同餐者虽然尽是些陌生人，然而究竟比一个人坐在房里独吃热闹得多了。所以今天，我在同事们都已经走完了以后，也一个人走到街上。我爱，这条僻静的街是我和你常常行走的。记得我和你在街上行走时，大地负着它的一切在你的脚下为你祝福，阳光和白云在天空低吟赞美之歌，狂吹的风儿也为你而寂然平静。

然而今天我是一个人行走了！我觉得街上的道路是那样崎岖不平，灰尘是那样迷乱我的双眼，我想着市场的馄饨好吃，便喊了一辆洋车，到市场去。

我爱，在洋车上我曾几次回转头来；因为往日到市场去，总是你的洋车跟在后面，我时常回转头来望：要是我的洋车和你的洋车距离较远，我一定叫我的洋车停着等你。今天，我还是一样的回头望你的呵。我已经望不见你了！我望见后面跟着许多洋车，里面坐着的尽是些不相识的人们，他们的道路也许不是我的道路。我于是感觉眼前是寂寞而且空虚，因为没有可爱的你在后面跟着。

市场到了。好热闹的市场呀！一切还和你在这里时一样。两旁的洋货布店，五色灿烂地摆着许多绸缎布疋；书摊上摆着许多新旧的书籍；食摊上摆着许多精美的食品；然而我都无心去理会它们。在东口的一个茶楼上，我靠着楼窗坐下了。沿着楼窗望下去，可以望见市场上许多来来往往的人们：趾高气扬的青年，披红穿绿的少女，肥胖的商人，污秽的乞丐。我觉得眼前的人们都使我厌恶极了。

我爱，你知道，当我初离家庭而初和社会接触的时候，我的感想不是这样呵，那时我的母亲告诉我："天下的男人都应当像兄弟一般看待；天下的女人都应当像姊妹一般看待。"那时我真热烈呵，我胸无城府的爱一切的人。然而我觉悟了，自我与社会接触了几年以后，经验告诉我：人们不是个个可爱的。而且有些实在是不值得爱的。不值得爱的人们，你爱了他们，报酬只有带毒的利箭穿透你的心。至于淡漠的人们，你给与热烈的同情，收获也只有傲慢和侮辱。我的思想改变了，我以为博爱是不可能的事情。谁同谁有关系呢？为什么要博爱呢？我爱的人儿呵！从我有了你以后，受了你的高洁的思想与行为的熏陶，我愈觉得眼前的人们是那样恶臭而且愚蠢。我爱的，我虽然处在这熙熙攘攘的市场，然而我的确感觉孤独的悲哀呵！我想总有一天，我爱的，我们离开一切讨厌的人们，双双地建设我们的家，在我们理想的那里：那里，那里有低低的山，那里有清澈的泉，那里有平铺的草地，那里有整齐的森林，那里你绘画我吟诗，那里你和我过着光阴直到白首！

我倚着窗儿凝想了若干时，随便吃了两碗馄饨，天色渐渐晚了，市场上尽是灯火。我独自走下楼头，慢步归去。黑漆漆的天空，云和星也一齐都隐了，狂风吹送我的归途。为了减轻沿途的痛苦，我到处喊着可爱的你的名字。

呵，我爱的人儿！我现在已经回到我的公寓了。在灯光底下，我看见你绘的苹果还是那样鲜红，你绘的山水还是那样美丽，你倚着椅背凝望的小影，正斜着眼儿凝视着我，同你在这里时一样。然而可爱的你现在是在离开我数百里以外的乡村里了！这漫漫的长夜，我怎能安睡呢？看哪，现在，在我的身边，有甜美的梨子，芬芳的花生，烤熟的栗子，这都是我从前买来供奉你而你所爱吃的。呵，我爱的人儿！这些梨子，这些花生，这些栗子，它们也都在这里期望你的早来！